人文传统经典

苏东坡词全集注评

薛瑞生 注评

人民文学出版社

图书在版编目（CIP）数据

苏东坡词全集注评/薛瑞生注评. —北京：人民文学出版社，2022
（人文传统经典）
ISBN 978-7-02-017201-6

Ⅰ. ①苏… Ⅱ. ①薛… Ⅲ. ①苏轼（1036-1101）—宋词—诗歌欣赏
Ⅳ. ①I207.23

中国版本图书馆 CIP 数据核字(2022)第 085562 号

责任编辑　**葛云波**
装帧设计　**陶　雷**
责任印制　**张　娜**

出版发行　**人民文学出版社**
社　　址　**北京市朝内大街 166 号**
邮政编码　**100705**

印　　刷　**三河市延风印装有限公司**
经　　销　**全国新华书店等**

字　　数　**262 千字**
开　　本　**880 毫米×1230 毫米　1/32**
印　　张　**11.75　插页 2**
印　　数　**1—5000**
版　　次　**2023 年 10 月北京第 1 版**
印　　次　**2023 年 10 月第 1 次印刷**

书　　号　**978-7-02-017201-6**
定　　价　**59.00 元**

目　　录

未编年词(31 首)

前　　言

一、苏轼生平遭际与政治思想略说

在群星灿烂的中国文学艺术史上，苏轼无疑是一个少有的天才和全才式的巨星。他在散文、诗、词、书法、绘画诸多方面都作出了杰出的贡献。散文方面号称唐宋八大家之一，其诗奠定了宋诗的基本特点，其词有开派之功，其书法与黄庭坚、米芾、蔡襄合称四大家，其所画古槎枯木被后人称为“玉局法”。但他千余年来对中国人的影响与滋养，却绝不止于文学艺术，还在于其学养、思想、政治品德等所构成的人格魅力，古往今来，海内外的人们都崇敬热爱他，构成了旷世稀有的苏东坡现象。

苏轼，字子瞻，一字和仲，自号东坡居士。四川眉山人，生于宋仁宗景祐三年（1036），卒于宋徽宗建中靖国元年（1101），活了六十六岁。他经历了仁宗、英宗、神宗、哲宗、徽宗五朝，这期间风云变幻，事态纷呈，然而决定他一生命运乃至整个北宋王朝命运的，却是熙宁变法和元祐更化。正是这二者使他九死一生，倒霉了一辈子，也使北宋王朝在党争中先祸人，后祸国，导致了北宋的灭亡。

苏轼于嘉祐二年（1057）春中进士高科，从此就进入仕途，曾先后在凤翔、杭州、密州、徐州、湖州、杭州、颍州、扬州、定州等地任地方官，也曾入朝任制诰、翰林学士、侍读、礼部侍郎等官。元丰间因乌台诗案被贬黄州，绍圣间又因触怒昏庸又狠毒的哲宗与同样狠毒又钻营的章惇之流而被贬惠州、儋州、廉州、永州，直到临死前半年才因徽宗登基覃恩群臣而获赦北归，回到常州后，不久就逝世了。

在中国思想史上，从汉儒开始，就兴起了企图将儒、释、道三教合流的思潮，至宋儒而大昌。作为蜀学首领的苏轼，就是三教合流的代表。总体来说，苏轼对三教各有所弃取。他本于儒而不为儒所囿，参释老而不为释老所溺，遂通三教之变，成一家之言，形成了他对万事万物的独特看法。这些独特看法，在事君、穷达、亲民、知命上表现得特别突出。

第一，君臣相济。毫无疑问，在政治上苏轼是一个彻头彻尾的忠君主义者，但他却并不固守儒家的"君臣大义"，而是以佛家的"世法平等"来校正"君臣大义"，将"忠君"与"非君"统一于"君臣相济"上，认为人臣的大节莫过于忠，而忠的内容却是正君之非。所谓"圣人之治天下也，宽猛相资；君臣之间，可否相济。若上之所可，不问其是非，下亦可之；上之所否，不问其曲直，下亦否之，则是晏子所谓以水济水，谁能食之？"(《辩试馆职策问札子》二)他的立朝大节，就是以此为本，忠君之志弥坚，正君之非弥急。正因为如此，仁君把他当作忠臣，蓄之唯恐不近；昏君把他当作奸佞，贬之唯恐不远；节士趋而效之，争入苏门；奸邪恨而攻之，必欲致死而后快。他一生倒霉透顶，无不与这"君臣相济"四字相关。

第二，穷达如一。儒家教人臣事君的原则，即所谓"达则兼济天下，穷则独善其身"；"用之则行，舍之则藏"。即如疾革锐进的王安石，罢相后居金陵，即缄口不言朝事。司马光被贬后蛰居洛阳，四门不出，专心著述《资治通鉴》。一个是新党首领，一个是旧党首领，都遵循儒家这一事君原则。苏轼却不同，乌台诗案后，于元丰三年(1080)被贬黄州，却并没有明哲保身，于次年写了《代张方平谏用兵书》（明茅维编《苏轼文集》、清王文诰《苏诗总案》系此文于熙宁十年，误），对朝廷兴兵提出了批评。到了元丰七年（1084），他被减轻处罚，量移汝州，过金陵，访王安石。王安石误以为他要和自己算老账了，孰料他一开口，就质问王安石为什么对朝廷用兵、兴狱一言不发？王安石就以在外不言事为答，苏轼却说："在朝则言，在外则不言，事君之常礼耳。上所以待公非常礼，公所以事上者，岂可以常礼乎？"这就是苏轼，常不避祸福，言人所不敢言之言，行人所不敢行之事。

第三，民胞物与。在苏轼那里，"民胞物与"不是口号，而是真情实感。他能以己之心体民，以民之心为政，常常将自己的安危祸福置之度外，却将人民的饥寒冻馁装在心里。所以上朝议事，务陈安民之策，入境问农，必解倒悬之忧；带罪僻壤，甘跻小民之伍。看他杭州浚湖筑堤，密州祈雨捕盗，徐州治水修城，惠州造桥补路，儋州医民课士，阳羡买屋焚券……足迹所到之处，即能泽及万民；身为涸辙之鲋，犹自濡人以沫。正如其诗所云"我虽穷苦不如人，要亦自是民之一"，"我本儋耳民"，"海南万里真吾乡"，"不辞长作岭南人"等等，其甘与草民为伍之意实属可感。轼常以贬地为故乡，而贬地之人亦常以轼为同乡，此中之情，亦非"拉名人作乡贤"之俗所能比拟于万一。

第四，乐天知命。轼之所以为轼，即在于他能乐天知命。他说："命，令也，君之令曰命，天之令曰命，性之至者亦曰命。"（《毗陵易传》）他不仅将天命、君命与人命等量齐观，而且强调的则是以"性之至者亦曰命"。所谓"性命"，本是中国古代的哲学范畴，指万物的天赋与禀受。在苏轼看来，人无论贵贱，能将人性修养到极致就是知命。因其知命，故能乐天；因其乐天，故能置穷达、生死于度外。他成为中国思想文化史上一位罕有的"不可救药的乐天派"（林语堂《苏东坡传》中语）。这种"乐天知命”的思想，在他的生命史与艺术史上都表现得淋漓尽致，不仅令人刮目相看，而且有时表现得令人难于理解。例如他在生死关头，也能令人破涕为笑。乌台诗案兴，御史台派官员去逮捕他时，他竟面对泣不成声的妻子家人讲起了真宗朝一个真实的故事：隐士杨朴好诗，真宗请他出仕，他却不愿出仕，问他有什么诗作，他答不会作诗，问他临行时有没有人写诗送别，他说妻子作诗送别曰：“更休落魄耽酒杯，切莫猖狂爱咏诗。今日捉将官里去，这回断送老头皮。”真宗大笑，复放还山。讲完后，苏轼对妻说：“独不能如杨处士妻作一诗送我乎？”妻、子不觉失笑。(《东坡志林》卷二)若非将生死置之度外，焉能如此？至于与同僚甚至上司经常开玩笑，已经成为家常便饭。有一次他去拜访一位宰相，适逢人家正在午休，等到接见他的时候，他却因为等得不耐烦，便指着厅里那只眼上生毛的乌龟说：“六眼龟呀六眼龟，你睡一觉抵得上别人睡三觉！”岂不变成了恶作剧？正因为如此，林语堂才在“乐天派”之上又加了个“不可救药”。

至于在熙宁变法与元祐更化中，苏轼这种思想品格也表现得十分充分。苏轼有自己的政治思想，但却不是政治家，因为政治家权衡的是利弊得失，他却只认死理。在围绕着熙宁变法而出现的新旧党斗争中，苏轼并非旧党的核心人物，但却充当了替旧党冲锋陷阵的急先锋。过去有人说他是顽固的反对派，也有人说他的骑墙派，这其实都是污蔑不实之词，他与王安石的区别，仅仅是渐变与急进的不同，所谓“法相因则事易成，事有渐则民不惊”(《辩试馆职策问札子》之二)。即使对王氏新法，亦不全持异议。如《上神宗皇帝书》说：“臣非敢历诋新政，苟为异论，如近日裁减皇族恩例，刊定任子条式，修完器械，阅习鼓旗，皆陛下神算之至明，乾纲之必断，物议既允，臣安敢有辞？”后来外任地方官，则更对新法不拘成见，能“因法以便民，民赖以少安”（苏辙《亡兄子瞻端明墓志铭》）。或有与朋友切磋之间，能自觉自己的错误：“吾侪新法之初，辄守偏见，至有异同之论。虽此心耿耿，归于忧国，而所言差谬，少有中理者。”（《与滕达道书》，《东坡续集》卷四），这话是在旧党重新掌权之后说的，哪有这样的骑墙派？在元祐更化期间，司马光出于党派偏见而全废新法，这时苏轼已入翰苑，不仅没有随和，反而与其面折廷争，为新法之便民者作辩，以至退朝之后尚大骂司马光：“司马牛！司马牛！”

苏轼这种不怀偏见而为新法之便民者辩的举动，却为拥戴司马光的朔党所恨且攻击不绝，他只好又自请外任。此后就“逃官如小儿逃学”，复“畏朝廷如畏虎狼”了。所以有这个变化，因为苏轼入朝是宣仁高后所提携，却因受高后恩宠太隆，且苏轼强烈反对司马光尽废新法，所以为朔党所不容。司马光无意于立党，但朔党却借司马光欲全废新法而对苏轼攻讦不断。宣仁高后又因对苏轼恩宠太甚，所有弹劾苏轼的奏折都隐而不宣，反而形成了恶性循环，更加引起了朔党的仇恨，愈攻愈烈。与此相表里的还有“宣仁之诬”。宣仁高后生神宗皇帝、岐王颢、嘉王頵。神宗病重的时候，宰相王珪等乞求立延安郡王（即后来的哲宗）为太子，太后（即宣仁高后）权同听政，神宗表示赞同。但奸臣邢恕与蔡确却阴谋立岐王颢，事败被贬。元祐八年（1093）九月宣仁高后崩，邢、蔡又结奸臣章惇，反说邢、蔡有拥戴之功，诬宣仁高后谋立岐王颢。昏庸而又狠毒的哲宗竟然听信谗言，对自己的祖母宣仁高后怀恨在心，若不是太后（哲宗之母）力辩其诬，几乎要废他的祖母宣仁高后为庶人，当然也对自己的老师、宣仁高后特与恩宠的苏轼也恨得咬牙切齿，并欲全置元祐诸臣于死地而后快。在这种政治氛围内，聪明的苏轼当然心知肚明，所以内心深处就“逃官如小儿逃学”，复“畏朝廷如畏虎狼”了,这就是苏轼这一时期的政治心态。然而直憨的苏轼,却还在经筵借讲经之机又大讲时政,这又为自己埋下了后来的祸根,能九死一生就算幸运了。

二、苏轼词中的百味人生

如前所述,是苏轼在宋代词坛开创了豪放派,其功甚伟。但在当时不仅缺乏嗣响,而且菲薄指摘者居多。为什么会出现这种现象呢?这和当时的思想潮流与艺术潮流有关。北宋词坛还是婉约派的天下,守词“别是一家”之见者自然惊诧莫名。况且北宋承平百年,君臣宴安,社会风气亦为之“软化”,朝野上下对绮丽之音耳熟能详,难以接纳铿锵镗鞳之声,无人嗣响就成为必然。

人易俗难,俗移人易。及至靖康祸起,风柔沙软遂为怒涛咆哮所替代,苏轼开创的豪放词才成为时代的主旋律。不仅心存抗金浩然之气者如李纲、赵鼎、陈东、张元幹、岳飞等引东坡为同调,即是主词“别是一家”者如李易安、惯写婉约词者如向子諲、叶梦得、朱敦儒等等,亦转而写豪放词。而在理论上首肯这一转变的,还是与李清照同时,由北宋入南宋的理学名儒胡寅,他对“退江北所作(婉约词)于后,而进江南所作(豪放词)于前”的向子諲的《酒边词》非常欣赏,在其《向芗林酒边集后序》中说:“词曲者……唐人为之最工。柳耆卿后出,掩众制而尽其妙,好之者以为不可复加。及眉山苏氏,一洗绮罗香泽之态,摆脱绸缪宛转之度,使人登高望远,举首高歌,而逸怀浩气,超然乎尘垢之外。于是《花间》为皂隶,而柳氏为舆台矣。”值得注意的是,他是以词史的眼光,在充分肯定柳词的同时,又对苏词作出极高评价的,读者可从中看出时代潮流与思想潮流对词风演变的影响。

况且若论东坡词,亦决非豪放所能概其全,婉约、清雄、旷达等等兼而有之，可说是“词备众体”。总览坡词，则如参天大树，宜面面观而不宜旁睨斜视；纵览坡词，则又如江河奔涌，宜溯源追流而不宜截梢取末。否则见仁见智，则难免南辕北辙。现存坡词342首，可编年者311首，几乎为坡词十分之九。若以编年而论，则其源流灿然，嬗替繁衍之迹明晰，含纳吐弃之态自见，其间之“心光”、“心声”、“性情”亦在，从中可鉴东坡体味中的百味人生。

据笔者考证，宋仁宗嘉祐八年（1063），苏轼年二十八，在凤翔府签判任，即有词《渔家傲》（一曲阳关情几许）与《南歌子》三首（雨暗初疑夜、日出西山雨、带酒冲山雨），此后至熙宁四年（1071）倅杭之前，计得词十首。这九年可称为东坡词的发轫期，均短制而无长调，遣词造句亦平平，其稚嫩可见。若论风韵，亦多旖旎婉转而无铿锵镗鞳，非“别是一家”而何？看来在发轫期，苏轼似未曾将填词提到文事日程的重要位置，亦无“自是一家”之念，仅随故常，试笔而已。若论其内容，则既有送别辞，又有行役词，复有怀古词、赠妓词，亦是随感而发，兴至笔到，但却也摆脱了花前月下的羁绊，突破了诗疆词土的畛域。

与发轫试笔期不同，自熙宁五年至七年（1072—1074）倅杭期间，东坡作词成爆发之势，三年间共得可编年词55首，年平均18首有奇，仅甲寅一年即得词45首。之所以会出现这种情况，正如前人所说，因为苏轼为一大批诗人兼词人所包围，苏轼深受其影响濡染，所以一发而不可收拾。通判杭州，政治上虽已失意却未受到打击，仕宦生涯又使他的酒朋诗友大增，江山的奇丽与心境的相对平静，又成为东坡倚声填词的最佳环境。但生活范围又受到限制，所以内容多为送别赠答，大体尚未脱宋人赠妓侑酒往来应酬的狭小天地，词风亦未完全越出以婉约为宗之传统藩篱，师法柳永的痕迹十分明显。尽管已初露锋芒与心声性情，以诗为词的特点也很显著，清新峭拔之气也初见端倪，究竟还未形成足以被后人称之为东坡体的独特风格。

朋友之间以词相赠答，始自柳永。但推为大波者，却非东坡莫属。苏轼在倅杭期间，张先、陈襄、柳子玉、杨元素、李公择、刘贡父等等名臣诗人先后聚集于杭，文人得江山之助，江山借文人风流，山召水号，朋呼友唤，常常“三五十首唱和”，只是“应社”之始（清人周济曾说：“北宋有无谓之词以应歌，南宋有无谓之词以应社”）。意新而艺不精，兴浓而意境欠浑。但于词中见性情，则当首推倅杭词。或应人之请，或出自己见，或意在笔先，或兴来墨落，或梦中有感，或酒后余思，大凡政治抒怀，离情别绪，家国之痛，一己闲愁，均寄之于词，至无意不可入，无事不可言，目送手挥之间，“心光”与“心声”自见。以今观宋，苏轼以词“应社”是为词体解缚；以宋观宋，苏轼以词“应社”是词侵诗疆。其功在消弭“诗庄词媚”的界限，使词成为可以自由抒写的体裁，也使词成为充分显示作家个性与人格的途径。

倅杭词究竟属于外因诱发所致，是自发而非自觉。因其自发，所以情之所至，任意挥洒，少有律束；又因其声气相求，故情动于中，喜形于外，略无藏掩。观其词，跃动其间的主旋律，乃是个人之间的悲欢离合与政治风云中的兴衰际遇，还未能对生活进行入乎其内、出乎其外的艺术概括，所以明快多于藏锋，浏亮而缺乏遗响。这些感慨时而又与人生短促、功业未成之感相融合，随又化为野鹤闲云式的自我排遣，其中的政治愤懑也分明可辨。

后人论两宋词，曾认为南宋词工细，北宋词浑成，苏轼倅杭词尤其是“应社”词多数还远未达到浑成的境界，只有少数例外。所以如此，就因为“应社”之作成于樽前马上，只顾心到手追，显得画面破碎，意与境隔。“应社”之外，尚有少数感怀词，却无疑代表了倅杭词的最高成就。如《蝶恋花·离别》词云："春事阑珊芳草歇。客里风光，又过清明节。小院黄昏人忆别。落红处处闻啼鴂。　　咫尺江山分楚越。目断魂销，应是音尘绝。梦破五更心欲折。角声吹落梅花月。"这首词写于熙宁六年（1073）十一月自杭赴常州、润州赈饥七年三月上旬返杭途中再经润州时思念夫人而作。以赋为词是柳永的绝诣，当然也是苏轼学习的榜样，这首词就全用赋体，在叙述中抒发了对夫人的真情。若与柳词《雨霖铃》（寒蝉凄切）对看，不难发现师徒传承的痕迹。而赠答词未免因人造情，因事造情，而感怀词则情动于中而发于外，是由自发到自觉的转折，苏轼亦于此中找到了以个性化表现生活的途径，这无疑是苏词由第二期向第三期过渡的桥梁，也是东坡体逐渐形成的契机。

自熙宁八年（1075）到元丰二年（1079），苏轼宦游于密州、徐州、湖州，五年间得可编年词53首，年平均仅十首有奇。与倅杭时的自发期不同，这五年是苏轼词的自觉期与成熟期。

这一时期，苏轼均为地方行政长官，正是"用之则行"的大好时机，所以豪放词成为这一时期的主旋律，旷达、清雄词也开始出现，婉约词也与前大异其趣，变得更加深沉典雅。正是在此期内，苏轼完成了由"别是一家"到"自成一家"的转变，此后苏轼词才显出与众不同的自家面貌。

作为这种完成的标识，就是他在《与鲜于子骏书》中所说的："近却颇作小词，虽无柳七郎风味，亦自是一家。呵呵。数日前，猎于郊外，所获颇多。作得一阕，令东州壮士抵掌顿足而歌之，吹笛击鼓以为节，颇壮观也。"（《苏轼文集》卷五三）苏轼自评其词，唯此一见，其自豪自赏之情也溢于言表。函中所谓"自是一家"之词，即《江神子》（老夫聊发少年狂）。这首词的写作背景是宋辽之战。熙宁八年（1075）七月，辽主胁迫宋室

“割地以畀辽”,“凡东西失地七百里”(《历代通鉴辑览》卷七七)。词始终以抒情主人公形象为主体,左黄右苍、锦帽貂裘、千骑平冈、雕弓满月与“聊发少年狂”妙合无垠,“西北望,射天狼”亦显得水到渠成,浑然一体。豪放词不唯与苏轼积极用世、急于事功的政治思想相合拍,也与他的性格相和谐,所以在《江神子》(老夫聊发少年狂)之外,又有《南乡子·席上劝李公择酒》、《阳关曲·赠张继愿》、《江神子》(前瞻马耳九仙山)等等,至于豪情健句见之于词者则更多。

这五年的宦游生活,使苏轼经历了一场政治思想与人生思想的搏斗,形似平静的官场生活,掩盖不住他内心深处行藏用舍与世途祸福的矛盾。由通判而知府,使他用世的勇气大增;然而朝廷上新旧党争究竟谁胜谁负,却如庞大无朋的顽石般压在他的心头。明白了这些之后,方知他为什么自请东守与弟团聚而又如愿以偿时,却写出了《沁园春·赴密州早行马上寄子由》那样感慨万端的作品来,所谓“世路无穷,劳生有限,似此区区长鲜欢”,“用舍由时,行藏在我,袖手何妨闲处看”,正是这种“庞大无朋的顽石”在他心头的自然流露。

但论者常以《水调歌头》(明月几时有)入豪放词,却系误解。这首词有小序说:“丙辰中秋,欢饮达旦,大醉,作此篇,兼怀子由。”正与《沁园春·赴密州早行马上寄子由》的主题相表里。“寄子由”写到任之前行藏用舍的内心矛盾,“怀子由”则写到任之后出世入世的复杂心绪。前词中所谓“用舍由时,行藏在我”只不过偶发感慨,实际上他只能做到“用之则行”,却做不到“舍之则藏”。对人生的执着与迷恋,常使他半孔半庄又非孔非庄。每当他政治上碰壁或预感到将要碰壁时,则常效庄子梦蝶,作超然之想。但他又常常“转头山上转头看”,“转头”看到人生,又将那心造的“仙境”否定。《水调歌头》(明月几时有)

就是如此，全篇气韵流转，意境高远，意到笔随，天马神行，绝非只凭敷彩而增色的词可比。充塞在词中的是清雄森秀之气，却并无豪放迈往之情。他将出世当作用世而不得的政治解脱，而这种政治解脱却恰成为通向迷恋人生的桥梁。

豪放与清雄之外，这一时期的婉约词也不乏名篇，其上乘之作如《江神子》（十年生死两茫茫），感人之深并不亚于豪放词，甚至超过了豪放词。在词史中，是柳永最早将悼亡题材引入词作的，他的《离别难》（花谢水流倏忽）首创悼亡词的先例（见拙著《乐章集校注》增订本），继之者为苏轼这首词，再继之者为周邦彦《过秦楼》（水浴清蟾）（见拙著《周邦彦别传》），如果将三者做对比，则不难发现柳永尽在妻子的美貌上用笔，周邦彦多用僻典，遂给读者造成一种阅读障碍。一个放情恣肆，一个情为典障，而苏词却一改平常爱用典的习气，一气呵成，既无典障，也无辞碍，情真意切，造境幽渺，感人者速，化人者切，身经此境者读之不禁肝肠寸断，未经此境者读之亦当感慨万端。与初期倅杭时的婉约词相比较，这一时期的婉约词，则褪尽了红袖添香、歌妓侑酒的俗气，或抒情深沉，或寄意高远，自是一番新的境界。

乌台诗案是苏轼一生的转折点。自元丰三年（1080）东坡被贬黄州至元丰八年（1085）流寓辗转于江淮间，是苏轼词创作的高峰期。这六年间共得可编年106首，年平均八十首有奇，其创作密度与倅杭时相等，而创作质量则不可同日而语。对思想的执着决定了苏轼在政治上的稚嫩乃至不懂政治，所以乌台诗案之后，苏轼绝意于仕途却不绝意于政治，身在山林而心仍在魏阙，还要议政之不明、吏之不良、民之不恤。政治打击只是消磨了他以身许国的豪情，却并未消磨掉他对人生的迷恋，所以他还是积极乐观，肯定人生。但人生又非虚幻之物，而是客观存在的实体，于是龌龊的现实又使他作出世之想，而出世又非其所愿，最终还是回到人间。被这种思想上的重重矛盾所困扰，黄州词发生了极大变化，这就是旷达词被推到了显著地位，清雄词居其后，婉约词亦日臻完美，而豪放词则寥寥可数。

世言苏词豪放，必举《念奴娇·赤壁怀古》，岂不知它既是豪放词的绝唱，也是一曲晚唱，同时也是旷达飘逸词的开始。其后绝少豪放词，即使有，也只有句豪而无篇豪，大不类当年写《江城子·密州出猎》时的气魄了。如将这两首词作对比，就区别自现。在"密州出猎"中，抒情主人公形象与诗人自我形象是合而为一的，艺术画面与豪情壮志均有其现实的具体规定性，抒情的出发点与落脚点都于词尾可见。"赤壁怀古"就不同了，抒情主人公形象与诗人自我形象分而为二，全词的艺术画面是历史画面与现实画面的叠印衬托，豪情壮志则被历史的具体规定性所制约，希望今人演出历史的新场面，抒情的出发点与落脚点都是"人生如梦"的喟叹。所以这首词实际上是告别过去，咏叹现在，追寻未来，预示豪放词的逊位、旷达词的登台。

写于元丰五年（1082）之秋的《前赤壁赋》，呈现了苏轼在乌台诗案之后的思想基调与艺术基调，词也概莫能外。初到黄州时所写的《西江月》，开头就说："世事一场大梦，人生几度秋凉。"就是惊魂未定时的浮沉感慨，后又在《满江红·寄鄂州朱使君寿昌》中抒写其惊魂初定后之惆怅落寞与追寻，并多次表示仰慕李白、范蠡、司马子微等历史人物，终于在《西江月》（照野弥弥浅浪）与《临江仙》（夜归临皋）中铸就成诗人自我的"仙风道骨"。《西江月》词说："照野弥弥浅浪，横空暧暧微霄。障泥未解玉骢骄。我欲醉眠芳草。　可惜一溪明月，莫教踏破琼瑶。解鞍欹枕绿杨桥。杜宇一声春晓。"《临江仙》词说："夜饮东坡醒复醉，归来仿佛三更。家童鼻息已雷鸣。敲门都不应。倚杖听江声。　长恨此身非我有，何时忘却营营。夜阑风静縠纹平。小舟从此逝，江海寄余生。”于前词，苏轼自序说：“春夜蕲水中，过酒家饮，酒醉，乘月至一溪桥上，解鞍曲肱少休。及觉，乱山葱茏不谓人世也，书此语桥柱上。”于后词，叶梦得《避暑录话》卷上说：“子瞻在黄州……与数客饮江上，夜归，江面际天，风露浩然，有当其意，乃作歌辞，所谓‘夜阑风静縠纹平。小舟从此逝，江海寄余生’者，与客大歌数过而散。翌日，喧传：‘子瞻夜作此词，挂冠服江边，拏舟长啸去矣。’郡守徐君猷闻之，惊且惧，以为州失罪人，急命驾往谒，则子瞻鼻鼾如雷，犹未醒也。然此语卒传至京师，虽裕陵亦闻而疑之。”《东坡志林》也有同样记载，足见“坡仙”之名已得之于苏轼生前。然坡翁的“仙气”，既不同于范蠡的泛游五湖，也不同于李白的啸傲王侯，更不同于司马子微的绛阙坐化。他以“出世之姿”入世，又以“与世无争”之姿与世抗争，实际上是大而化之式的自我解脱。唯其如此，这种清俊飘逸的“仙气”，经豪气的点化，就变为清雄旷达。试观《渔家傲·赠曹光州》：

> 些少白须何用染。几人见得星星点。作郡浮光虽似箭。君莫厌。也应胜我三年贬。　　我欲自嗟还不敢。向来三郡宁非忝。婚嫁事稀年冉冉。知有渐。千钧重担从头减。

这里有牢骚，有不平，也有乐观；却无颓唐，无消沉，也无愤激。似乎苏轼能将政治阴翳化为云霞，却又于云霞上投上一层雾霭，使人既振奋又沉闷，全然是东坡式的对乌台诗案的回响与反拨。

黄州时期的婉约词也至绝诣，读其词，可见其铅华尽弃，独抒性灵，托物明志，寄慨遥深，不仅造境自出手眼，高情亦不拘常度。举其大端如《满江红》（忧喜相寻）、《少年游》（玉肌铅粉傲秋霜）、《南歌子》（寸恨谁云短）、《水龙吟》（似花还似非花）、

《卜算子》（缺月挂疏桐）等等，其词笔的老妙，声韵的婉转，风神的隽朗，较前此之什，自有天籁人籁之别。

自哲宗元祐元年（1086）至徽宗建中靖国元年（1101），是苏轼词的老健期。在此期内，苏轼旋升旋落，经历了殊荣殊辱，但却荣辱不惊，守常如一。之所以如此，绝非如政治家的经受坎坷而后变为老辣，却如思想家的以殉道为己任而不计得失。与黄州时期处山林而心怀魏阙相反，入翰林后却身在魏阙而心在山林。此期共计二十六年，得可编年词 85 首，年平均不足三首，创作密度仅高于发轫试笔期。被一贬而岭南，再贬而儋耳，他却说“我本儋耳民，寄生西蜀州”，似乎也乐在其中，只有关心民瘼则始终如一不变。春风得意能体恤下民，这是封建社会正直的官员都可做到的。但到了自己已如涸辙之鲋，还能对下民相濡以沫，这正是苏轼异常之处。所谓“候虫时鸟，自鸣自已，何足为损益”（《答李端叔书》），他不仅用这话以自解，也用这话以自立自砺。词作所以量少，也不能以“欲焚弃笔砚为瘖默人”与“江郎才尽”来作解释，原因当在于与其交往朋友中诗人、词人大量减少关系极大，所谓“酒贱常愁客少”，所以不能再如倅杭谪黄时“三五十首唱酬”。有学人因其少而视之为衰退期，似不妥。实则此期词一若诗，似枯而实腴，于老健处见其“心光”、“心声”。他仍然咀嚼着这酸辛苦辣的人生，并在其词中毫无掩饰地表现了出来。

如元祐四年（1089）四月出知杭州，已出郊，宣仁高后遣内侍赐龙茶、银盒，慰劳甚厚。到杭州，即作《行香子》（绮席才终），从词史角度来看，苏轼要打破“诗庄词媚”的界限，竟然将君臣大义这样庄重的事情入词了；从词的内容来看，写尽了“初拆臣封”时的高兴心情。但若从政治环境来看，他实在太天真了，天真得像个小孩。宣仁高后对他的特殊恩宠，使他高兴得有点得意忘形，可谁知这正是更大的政治台风到来的前奏，更加重了后来哲宗对他进行政治打击的砝码。

但他对哲宗的忠心仍像当年对神宗一样，直到远贬儋耳，绍圣四年（1097）中秋作了和子由的《西江月》（世事一场大梦）词，可谓情景交融，可情从何来？古今均有两说，一说是悌友情深，一说是爱君如初，其实竟兼而有之，观其“月明多被云妨”句可知，若单说是悌友情深，那么这句就难于索解了。

到了第二年即元符元年（1098），他又写了《千秋岁》（岛边天外）次少游韵，这首词真可谓东坡事君四十年的血泪之作，字字沉痛，语语伤心，但却结在“乘桴”句，还是怨而不怒。然而忠君的同时也使他看透了人生，在否定名利地位中显出了旷达消散而又郁闷的情怀。元祐六年（1091）深秋在颍州所作的《渔家傲》（临水纵横回晚鞚）词中就说：“腰跨金鱼旌旆拥。将何用？只堪妆点浮生梦。”在自言自语中抒发了独斟解闷的郁悒情怀。元祐八年（1093）在定州作《行香子》（三入承明），上阕自嘲，将功名富贵一笔抹尽；下阕自解，以严君平、郑子真为楷模，欲回避世间的“寒灰炙手”，愿“无念”“无名”。又作《行香子》（清夜无尘）词说：“浮名浮利，虚苦劳神。叹隙中驹，石中火，梦中身。”“几时归去，作个闲人。对一张琴，一壶酒，一溪云。”看得破，说得透，还是一种苏轼式的自我解脱。

“应社”赠人词固然比前此少得多了，但却是因为“酒贱常愁客少”的缘故，并非衰退。如《八声甘州》（有情风、万里送潮来）是苏词中的名篇，仍见其宝刀不老，哪里有衰退的痕迹？郑文焯给予极高评价，说是“突兀雪山，卷地而来，真似钱塘江上看潮时，添得此老胸中数万甲兵，是何气象雄且桀！”其实还仅仅是从字面看的，俞陛云手眼自高，说是“起笔破空而下，风潮来去，有情而实无情，千古之循环兴废，大抵如斯”。若与结句

“不应回首，为我沾衣”合观，当有寓意值得思索。至于全词风韵，清俊旷达之中又复感叹深沉，所谓“骨清神寒”，正与这一时期的心态契合如一。

这一时期的赠人词，也不再有往昔的豪迈之气，多在“同声相应，同气相求”中，以旷达的胸怀看待人生。他的朋友钱穆父为官清廉，为小人构陷，连连被贬，苏轼就作《临江仙》（一别都门三改火）词劝说道“无波真古井，有节是秋筠”，“人生如逆旅，我亦是行人”。客主的情怀自在其中。在儋州所作的《减字木兰花》（海南奇宝），全用夸张手法且纯用赋体，却天趣层出，忍俊不禁，令人绝倒。此外，赠人词中开玩笑的内容也大大增加，在看似游戏人生中却透露出他避祸求安的心境。

此期的婉约词堪称上品者亦比比皆是。元祐六年（1091）作《南乡子》（冰雪透香肌）词赠其小王夫人，活脱脱一幅美人春睡图，不假铅华却芳姿自见。结在曼倩风流，若从对面飞来，绮霞满天。这首词与其怀念大王夫人的《江神子》（十年生死两茫茫），可谓苏轼爱情词中的双璧。绍圣二年（1095）五月在惠州，作《殢人娇》（白发苍颜）赠朝云，上片写朝云的美艳，下片写朝云的情态，语言本色，情感朴素，格调清新隽永。咏佳人而无闺房气，却出之以佛子家风，咏朝云实亦自咏。

咏物词如绍圣三年（1096）十月作于惠州的《西江月》（玉骨那愁瘴雾），从咏物的角度来看，可说是将白梅的芳姿、风骨、情韵写得出神入化，无与伦比。杨慎《词品》说“古今梅词，以坡仙‘绿毛幺凤’为第一”，并非溢美。但咏物词贵在有寄托，而寄托又如周济所说“无寄托不入，专寄托不出”，正在于有无之间才能见其妙。所谓“高情已逐晓云空”即花谢人去，而“晓云”非朝云而何？所谓“不与梨花同梦”，即而今而后能夜夜入梦者仅梅花而已。如此看来，这首词可谓句句咏白梅，又句句咏朝云。朝云卒于绍圣三年七月，十月即作此词，足见他对朝云的情深。此外如《蝶恋花》（一颗樱桃樊素口）、《南歌子》（苒苒中秋过）、《临江仙》（多病休文都瘦损）、《贺新郎》（乳燕飞华屋）、《玉楼春》（知君仙骨无寒暑）、《蝶恋花》（花褪残红青杏小）、《浣溪沙》（桃李溪边驻画轮）等，也都脍炙人口，细读自能体味。

三、请下神坛看坡词

在古典文学研究领域内，研究者对自己研究的对象的热爱乃至崇拜，既是正常现象，也是普遍现象。但这种热爱与崇拜要有节制，也就是要有一段距离。因为距离是审美的必备条件，失去了距离就失去了审美，甚至失真。苏轼《题西林壁》说："横看成岭侧成峰，远近高低各不同。不识庐山真面目，只缘身在此山中。"这首理趣诗就讲的是这个道理。距离的消失，热爱与崇拜就很容易变为神化，甚至演变为一种造神运动。尤其是像苏轼这样的天才作家与全才作家，在文学艺术的各个门类都做出了杰出的贡献，其学殖、文学、艺术，再加上儒、释、道三家思想的滋养，成就了他无与伦比的人格魅力，甚至他的人格魅力比文学艺术魅力还要大，赢得了三教九流乃至社会各类与文学艺术毫无关系的人物的热爱与崇敬。在宋代他就曾被神化，统治者让他从祀孔庙，称为"十哲"之一，沙门说他前身是妙喜和尚，道家又说他身后成为天上的奎宿。

但宋人的神化苏轼，是与政治斗争相联系的，也是四民与三教九流对强权政治的一种反驳，自有其积极作用。而当今的神化苏轼，却表现为极力美化与极力为尊者讳。针对这种现象，笔者曾反复强调："研究者面对自己的研究对象，要做法官，不要做情人。因为在法官那里，是什么就是什么；而在情人那里，是东施也是西施。"须知过誉胜毁，这个道理谁都懂，但一碰到具体问题就不同了。在苏轼诗文研究领域内,这种现象还不甚突出,因为在诗文领域内,涉及爱情乃至性描写者罕见,而在词的领域内却大大不同。宋人将爱情描写挤压在词的窄小范围内,称之为艳科词。检东坡词集,此类词不少,有的竟直接描写性生活。苏轼是玩笑大王,的确有拿朋友与侍女的性生活开玩笑的词在,如《双荷叶》与《荷华媚》这两首因为有词题"湖州贾耘老小妓名双荷叶",谁也无法为之辩驳。但若碰到与苏轼本人有感情纠葛的词,就出现了为尊者讳的现象,并且因此而牵涉描写对象与编年的歧见。如题为"赠小鬟琵琶"的《减字木兰花》词说:"琵琶绝艺。年纪都来十一二。拨弄幺弦。未解将心指下传。主人瞋小。欲向春风先醉倒。已属君家。且更从容等待他。"这首属艳科词且为赠朝云无疑。苏轼《朝云墓志铭》说:"东坡先生侍妾曰朝云,字子霞,姓王氏,钱塘人。敏而好义,事先生二十有三年,忠敬若一。绍圣三年(1096)七月壬辰,卒于惠州,年三十四。"以此前推二十三年则是神宗熙宁七年甲寅(1074),正是朝云来归之时,时朝云年十二,与词中所云完全相符。词抒其怜花惜玉之情。情固真,未免袒露。惟其袒露,始见其真。古今学者中不乏为尊者讳者,总在曲意作解,实则欲晦反彰,莫若彰中求真,反不损其伟大于丝毫,因为苏轼是人而不是神。但当今有的注家以为是赠别人"小鬟"的,与朝云无关。可这样为尊者讳的结果,恰恰是过誉胜毁,实在经不起读者一问:苏轼为什么如此低级趣味,拿艳情词在开别人的玩笑呢?

千余年来,无人能解题作"采菱、拾翠"的《皂罗特髻》词,词云:

> 采菱、拾翠,算似此佳名,阿谁消得。采菱、拾翠,称使君知客。千金买、采菱、拾翠,更罗裙、满把真珠结。采菱、拾翠,正髻鬟初合。　真个、采菱、拾翠,但深怜轻拍。一双手、

采菱、拾翠，绣衾下、抱着俱香滑。采菱、拾翠，待到京寻觅。

这首词的内容连同调名，近千年来都是个谜。刘崇德《苏词编年考》说："此词在苏轼集中最为奇特。一为词牌在北宋词作中为仅有。'采菱拾翠'共出现七次，都在起句里，非活用'和声'。再者，其内容乍一读很难理解。实则，采菱、拾翠者，乃苏轼两小鬟也。考苏轼于黄州与朱寿昌（康叔）书有云：'所问菱、翠，至今虚位，云乃权发遣耳。何足挂齿牙！呵呵。'此信当是元丰四、五年间所写，当时菱（采菱）、翠（拾翠）位空人去。'云（朝云）乃权发遣'，可能有两个意思：一是暂去又回，一是有此意而未实行。因为苏轼与蔡景繁的信中说：'凡百如常，此后杜门壁观，虽妻子无几见，况他人也。而云蓝小袖者，近辄生一子。想闻之一拊掌也。'朝云（即云蓝小袖者）生子遁，在元丰六年七月。这一前，采菱、拾翠已离开苏轼，辗转到了汴京，故词末云：'待到京寻觅。'此亦流露出对她们的怀念。"这起码给为尊者讳的人一个提示：苏轼固然伟大，却仍然是人不是神，也有七情六欲。不要见了此类词就莫名惊诧，总不能再断言"绝非东坡所作"，也不能说这首也是戏别人小鬟吧？其赠内词中即常及夫妇间事，说这些词是艳科词未必就是贬拟。更有艳到一至于俗，一至于全写私期幽会。《南歌子》（笑怕蔷薇罥）、《雨中花慢》（邃院重帘何处）就属于这类词无疑。

其实在宋词中，写私期幽会的不仅苏轼，起码还有欧阳脩和柳永。南宋人傅共为他的侄子傅幹《注坡词》写的《序》中就曾说："私期数章，旧于《文忠公集》中见之"（"文忠公"，就是欧阳脩）。在柳永《乐章集》中，写私期的也有《玉楼春》（阆风歧路连银阙）、《法曲第二》（青翼传情）、《燕归梁》（轻蹑罗鞋掩绛绡）三首。仅以苏轼而言，这类词的俗艳与柳永已难分畛域，区别仅在于苏轼缺乏几分坦诚而未明言，柳永缺乏几分遮饰而明言之，如此而已。艳科词外，尚有恶谑、恶趣之词，在东坡词中亦不罕见。如咏洗澡、咏美人脚等。如上所述诸端，虽在整体苏轼词中仅为少数，丝毫不会损害苏轼的伟大。所以一一指摘，也不是专为苏轼抹黑，旨在求真，将苏轼请下神坛，因为这才是真东坡、全东坡、活东坡。知我罪我，以待高明。

苏词版本颇多，重要的有以下几种：一、傅幹《注坡词》（简称傅注本），是东坡词最早的注本，刻于南宋绍兴初，但刊本已佚，今存抄本。此本保存了许多罕见的资料，对东坡词正文、题、序的校正以及笺注、辨伪、编年等，都有贡献。二、曾慥《东坡先生长短句》（简称曾本），收词较傅注本多，刊于绍兴二十一年（1151），刊本已佚，赖明吴讷编《唐宋名贤百家词》抄本（简称百家词本）与明人编《宋元名家词》紫芝漫钞本以传。三、元叶曾云间南阜草堂刻《东坡乐府》（简称元本），是今存最早的东坡词刊本，刊于元延祐庚申（1320）。四、明焦竑批点《苏长公二妙集》中的《东坡诗余》（简称《二妙集》）。五、明毛晋编汲古阁刻《宋六十名家词》本《东坡词》（简称毛本）。六、朱祖谋编《彊村丛书》本《东坡乐府》（简称朱本）。七、唐圭璋编《全宋词》本《东坡词》（简称《全宋词》）。本书以紫芝漫钞本为底本，以如上诸本校勘，择善而从，随注出校，其不全者，从别本补录，并于【点评】栏说明。互见词、存疑词、误入词与残句一律不收。凡俗体字、异体字改为规范用字。个别字古今同义异音者，也于注释中予以说明。长安为十三代故都，陕西话就是当时的官话，有些辞语只有用陕西方言才能注清在词中的真正意义，亦酌情采纳，并加以佐证。

薛瑞生

2017 年 12 月于西北大学蜗居轩

编年词

渔家傲

送张元康省亲秦州〔1〕

一曲阳关情几许〔2〕。知君欲向秦川去。白马皂貂留不住〔3〕。回首处。孤城不见天霏雾〔4〕。　到日长安花似雨〔5〕。故关杨柳初飞絮。渐见靴刀迎夹路〔6〕。谁得似。风流膝上王文度〔7〕。

【注释】

〔1〕张元康:未详。其人当在长安为官。长安,今西安市,宋属永兴军路治所所在地。路,宋代行政建制,略相当于今之省。秦州:今甘肃天水,宋属秦凤路治所所在地。

〔2〕阳关:王维《送元二使安西》有"西出阳关无故人"句,后配乐成为送别曲,称《阳关曲》。

〔3〕"白马"句:反用高适《送孙䜣》"离人去复留,白马黑貂裘"句意。皂貂,黑貂。

〔4〕孤城:远去的城市,此指长安。霏雾:飘拂的云雾。

〔5〕"到日"句:你到故乡时,长安已是暮春了。花似雨,落花如雨。

〔6〕靴刀夹路:此句形容赠主回到故乡时地方官夹道欢迎盛况。唐制,诸郡将见府帅皆戎装,握刀,穿靴,迎于道旁。

〔7〕"风流"句:王述(字怀祖)甚爱儿子王文度,虽长大成人,还抱置膝上。见《晋书·王述传》。此以拟张元康归家省亲之乐。

【点评】

宋仁宗嘉祐八年(1063),苏轼年二十八,在大理评事、签书凤翔府节度判官。宋代官制,有官与差遣的区别。官,用以寄禄,既无职,也无权,略相当于现在的工资级别,所以也称寄禄官。差遣才是现在意义上的有职有权的官,所以也称职事官。大理评事,即寄禄官。签判,全称为“签书判官厅公事”,佐知府以治州事。案:有“签书”二字者为京官的差遣,无者则为选人的差遣。凤翔府(治所在今陕西宝鸡市凤翔区),宋属秦凤路。这年正月、二月间,苏轼因事至长安。长安至秦州陆行当不足一月,故词中有句:“到日长安花似雨。故关杨柳初飞絮。”苏轼行踪与词所写亦相符契。此阕《渔家傲》与下三阕《南歌子》均为苏词发轫之作。此为送别词,上片写送别场面,以声(阳关曲)景(天霏雾)衬惜别之情;下片写赠主回到家乡的情景,出之以想象,情调欢快。苏轼曾开豪放一宗,但在发轫期乃至倅杭期,却仍然辄随故常,走的是婉约的老路。

南歌子

寓意

雨暗初疑夜,风回忽报晴。淡云斜照着山明。细草软沙溪路、马蹄轻。　　卯酒醒还困[1],仙村梦不成[2]。蓝桥何处觅云英[3]。只有多情流水、伴人行。

【注释】

〔1〕卯酒:卯时(早晨五至七时)酒,即晨酒。

〔2〕仙村:仙人所居处,指山中道观。

〔3〕“蓝桥”句:唐长庆年间,秀才裴航于蓝桥(在今陕西蓝田县蓝桥

镇)遇仙女云英,随成夫妻而去。见裴铏《传奇·裴航》。

【点评】

宋仁宗嘉祐八年(1063)二月下旬,送赵荐罢任还蜀,入宝鸡乱山中,三月一日,查张培瑜《三千五百年历日天象》,是年三月一日清明(下凡注节气历日均据此书,不另注)。回凤翔府,此首及下二首即作于此次终南山之行中。赵荐,字宾兴,临邛人。皇祐三年(1051)进士。词上片写景,下片抒情,格调清新明秀。抒孤寂之情连用仙村与裴航事,有衬托之妙,旖旎婉转而又不腻不凝。

南歌子

和前韵

日出西山雨,无晴又有晴[1]。乱山深处过清明。不见彩绳花板、细腰轻[2]。　尽日行桑野,无人与目成[3]。且将新句琢琼英[4]。我是世间闲客、此闲行[5]。

【注释】

〔1〕“日出”二句:化用刘禹锡《竹枝词》“东边日出西边雨,道是无晴却有晴”诗句。

〔2〕彩绳花板:指秋千上的系绳与踏板。

〔3〕“无人”句:意为孤凄清冷深山无人可见。目成,眼见。

〔4〕“且将”句:意为孤寂无聊,权且修饰诗句以写红花。琢,修饰。琼英,红色玉石,此指红花。

〔5〕“我是”句:化用杜牧《八月十二日得替后移居霅溪馆因题长句四韵》“景物登临闲始见,愿为闲客此闲行”句意。

【点评】

此词亦上景下情，格调清新明秀。然抛却典故，或化用前人诗句，或自抒情怀，左旋右转，总不离“静”“闲”二字，远胜前阕。

南歌子

再用前韵

带酒冲山雨，和衣睡晚晴。不知钟鼓报天明，梦里栩然蝴蝶、一身轻〔1〕。　老去才都尽〔2〕，归来计未成〔3〕。求田问舍笑豪英〔4〕。自爱湖边沙路、免泥行〔5〕。

【注释】

〔1〕“梦里”句：《庄子·齐物论》：“昔者庄周梦为胡蝶，栩栩然胡蝶也。”

〔2〕“老去”句：反用杜甫《寄彭州高三十五使君适虢州岑二十七长史参三十韵》“老去才难尽，秋来兴甚长”句意。

〔3〕归来：指归隐。用陶潜“归去来兮”典。

〔4〕求田问舍：意谓无远大政治抱负。陈登字元龙，有威名；许汜批评陈登“豪气不除”；刘备则批评许汜无救世之意而“求田问舍”。见《三国志·陈登传》。此处苏轼以“求田问舍”的许汜自比，以陈元龙比凤翔府知府陈希亮（公弼），说他甘愿为这位“豪英”所笑。案：陈希亮清劲寡欲，平生不假人以色，严而不残，驭下严肃，威震旁郡。苏轼其时年轻气盛，每与希亮争议，至形于言色。故胸中不平，乃流于诗句间。行文至此，则知此三首词作于嘉祐八年癸卯二月下旬至三月初送赵荐。其时，苏轼因误会陈希亮，情绪不佳，故出此语。

〔5〕湖边沙路：凤翔城东有古饮凤池。苏轼疏浚整修后，因其在城

东，故名东湖。

【点评】

此阕情景交融，在“梦”、“醒”二字上作文章。梦是虚景，醒是实景，梦、醒、虚、实，都在苏轼式的自我解脱中得到统一。

华清引

平时十月幸莲汤。玉甃琼梁〔1〕。五家车马如水，珠玑满路旁〔2〕。　　翠华一去掩方床〔3〕。独留烟树苍苍。至今清夜月，依前过缭墙〔4〕。

【注释】

〔1〕“平时”二句：唐玄宗自天宝四年至天宝十四年，每年十月皆幸（皇帝亲临曰幸）华清宫。莲汤，莲花汤，即贵妃池。玉甃（zhòu）琼梁，以玉砌成池内壁，以琼玉为横梁。

〔2〕“五家”二句：贵妃得宠，其从兄铦、锜与韩国、虢国、秦国三夫人五家俱骤贵。每幸华清宫，五家扈从，珠玑饰物遗于满路。见《旧唐书·杨贵妃传》。

〔3〕翠华：天子之旗，此代指唐玄宗。

〔4〕缭墙：围墙。

【点评】

宋英宗治平元年（1064），苏轼年二十九，十二月罢凤翔任赴京，至华阴度岁，过骊山当在十二月二十日左右，游骊山，作此词。此调为苏轼所创制，且其后无人再以此调填词者。苏轼每每称其不善音律，却能自制曲，且自制者尚有数首，看来并非不善音律，只是于音律不严，故亦有人评其不合音律，录以备闻。此为怀古词，纯用赋体，在叙述中抚今追昔，寓有讽义。

一斛珠

洛城春晚[1]。垂杨乱掩红楼半。小池轻浪纹如篆[2]。烛下花前,曾醉离歌宴。　　自惜风流云雨散[3]。关山有限情无限。待君重见寻芳伴。为说相思,目断西楼燕[4]。

【注释】

〔1〕洛城:即洛阳,宋时为西京。

〔2〕纹如篆:水纹如写的篆字一般。

〔3〕风流云雨散:谓朋友云飘雨散。王粲《赠蔡子笃》:"风流云散,一别如雨。"

〔4〕西楼燕:西楼,在成都。五代王仁裕《开元天宝遗事》载,长安郭绍兰适(嫁)巨商任宗,任至湘中,数年不归。郭托双燕捎书,书达,任归。

【点评】

宋神宗熙宁三年(1070),苏轼年三十五,在朝任监官告院。官告院,属吏部,掌文武官员官告(即委任状)。《一斛珠》即《醉落魄》。这年暮春,苏轼因事至洛阳,作此词。上片写景,下片惜旧日老朋友风流云散,感慨万千,格调苍逸。据"西楼",或有怀念故乡之意。

如 梦 令

题淮山楼[1]

城上层楼叠巘[2]。城下清淮古汴[3]。举手揖吴云[4]，人与暮天俱远。魂断，魂断，后夜松江月满[5]。

【注释】

〔1〕淮山楼：在泗州，即旧日都梁台。见南宋王象之《舆地纪胜》。泗州城已于清康熙年间沉入洪泽湖，淮山楼亦沉没。

〔2〕巘（yǎn）：下小上大的山。此指山峦。

〔3〕清淮古汴：指淮水与汴水。

〔4〕揖：拱手作揖。吴云：因下程即去苏州、吴兴等地，故云。

〔5〕松江：即吴淞江。此句为计程语，即后夜至松江时，当为月满之日即十五日。

【点评】

熙宁四年（1071），苏轼年三十六，任监官告院兼判尚书祠部。祠部，属尚书省礼部，掌天下祭祀、道释、祠庙、医药的政令。王安石欲变科举，神宗有疑意，使两制三馆议之。苏轼献三言，王党不悦，命摄开封府推官，有奏罢买灯疏。御史知杂事诬奏苏轼过失，未尝一言以自辩。乞外任避之，除通判杭州。通判，郡之长贰，佐府帅以治其事。九月出京，约十月中旬首次过泗州，作此词。词为即兴而发，全用赋体，记泗州的形势兼计程。

南 歌 子

楚守周豫出舞鬟因作二首赠之[1]

绀绾双蟠髻[2],云攲小偃巾[3]。轻盈红脸小腰身。叠鼓忽催花拍、斗精神[4]。　　空阔轻红歇,风和约柳春[5]。蓬山才调更清新[6]。胜似缠头千锦、共藏珍[7]。

【注释】

〔1〕楚:楚州,宋时属淮南东路,即今江苏淮安、盐城一带。周豫:治平三年以集贤校理出知洪州,迁太常博士。集贤校理与太常博士均为寄禄官。舞鬟:即歌舞妓,此应为家妓。宋代歌妓,分官妓、私妓与家妓三种,官宦与富贵人家,常蓄家妓,多者乃至数十甚至数百。家妓与侍妾无二,出家妓佐酒,是对客人的尊敬。

〔2〕"绀绾(gàn wǎn)"句:用深青色的彩带系绾。绀,深青色。绾,缚。双蟠髻,指少女头上的双髻。案:古代女子未至笄年时,发式盘为双鬟形,称双鬟或双丫。

〔3〕"云攲(qī)"句:头发侧面为一条小头巾所覆盖。云,形容少女浓密的头发。攲,斜,侧面。偃,覆盖。

〔4〕叠鼓、花拍:叠鼓,急击鼓。花拍,乐曲正拍之外的附加节拍。舞曲之妙在叠鼓、花拍之际。斗,比赛。

〔5〕"空阔"二句:意为红袖飘举,舞姿轻盈,若风摆柳。据下文,此两句为别人赠舞妓的诗,下句是对诗的评语。

〔6〕蓬山才调:杰出才调。东观,汉代藏书处,学者称东观为道家蓬莱山。见《后汉书·窦宪传》附窦章传。此句指宴会上别人赠歌姬的诗

或词。

〔7〕“胜似”句：接上句，谓别人所赠之诗词胜过赠缠头，同样值得珍藏。缠头，旧俗，赏歌舞人以锦彩置之头，称作缠头。

【点评】

熙宁四年(1071)九月，苏轼出京赴杭州通判任，十月中旬经楚州，楚守周豫饯东坡(按宋制，地方官设有“公使钱”，专门招待过往官员)，并出舞鬟佐酒，苏轼于席间作此词赠之。词用层层递进法，写舞鬟的意态、舞姿以及观者的醉迷。前三句写其意态，“云鼓”句为出彩之笔，大有“未成曲调先有情”之致。中三句写其舞姿，突出其轻盈飘逸的神情。结二句赞誉舞鬟若天仙之美，而“胜似”句又别出心裁，谓美誉胜似缠头，出人意表。

南歌子

同前

琥珀装腰佩〔1〕，龙香入领巾〔2〕。只应飞燕是前身〔3〕。共看剥葱纤手〔4〕、舞凝神。　　柳絮风前转，梅花雪里春〔5〕。鸳鸯翡翠两争新〔6〕。但得周郎一顾、胜珠珍〔7〕。

【注释】

〔1〕“琥珀”句：以琥珀装饰的腰间佩物。

〔2〕龙香：即龙涎香。领巾：围在领子四周有图案形的装饰性织品。

〔3〕飞燕：即汉成帝皇后赵飞燕，相传身轻如燕，善于歌舞。

〔4〕剥葱：形容手指纤细白嫩如剥皮之葱。

〔5〕“柳絮”二句：腰柔如柳絮随风，容美如梅花舞雪。

〔6〕鸳鸯翡翠：皆同行偶居之鸟，不离不弃，故以此戏周豫与舞鬟之

情。李白《古意》:“中巢双翡翠,上宿紫鸳鸯。”

〔7〕“但得”句:戏语,谓周豫之顾盼胜过珠珍。周瑜知乐,时人谚曰:“曲有误,周郎顾。”见《三国志·周瑜传》。此喻指周豫。

【点评】

此首亦用层层递进法,但与前首不同,为艳科词,重点在传情,连用贵妃、飞燕与周郎典,并将鸳鸯、翡翠两种匹鸟拟人化,以戏周豫与舞鬟。但艳而不腻。若与柳永之艳科词做一对比,则判然分明。有学者否认东坡有艳科词,何不顾事实如此?

减字木兰花

寓意

云鬟倾倒[1]。醉倚阑干风月好。凭仗相扶。误入仙家碧玉壶[2]。　　连天衰草。下走湖南西去道[3]。一舸姑苏[4]。便逐鸱夷去得无[5]。

【注释】

〔1〕“云鬟”句:谓醉后云鬟不整。

〔2〕“误入”句:费长房见市中一老翁卖药,及市罢,老翁携费长房俱入壶中,惟见壶中有酒一升许,而二人饮之终日不尽。见《后汉书·方术传》。此写歌妓,故云“误入”,意为醉酒后的仙女。

〔3〕湖南:此处指太湖之南。苏轼时由苏州赴杭州,太湖之南为必经之道,故云。

〔4〕姑苏:山名。隋因山名州,故称吴县治曰姑苏,此处指苏州。

〔5〕“便逐”句:戏语,谓你便让她跟随我而去行不行?传说越灭吴,范蠡携西施泛游五湖。案:此为误传,越灭吴,西施被沉江而死。鸱(chī)

夷，指范蠡。范蠡浮海出齐，变姓名自称鸱夷子皮。此以范蠡自比。逐，追随。

【点评】

熙宁四年（1071）十一月，苏轼过苏州，时陈安石知苏州，设宴饯苏轼，轼于席间作此词赠歌妓。与前赠周豫舞鬟词不同，此词中的歌妓当为营妓（即官妓），官妓为官员佐酒，则是其职务之一。写法亦不同，撇开了歌妓姿色与技艺的描写，只写其醉态，寥寥数语，醉中仙女的形象即从纸上走下来，以少少许胜多多许。下片忽作跌宕之笔，写去杭行程，结句又如战马收缰，回到本题，更衬出歌妓之美。所谓“正题无文”，于此可见一斑。

浪淘沙

昨日出东城。试探春情〔1〕。墙头红杏暗如倾〔2〕。槛内群芳芽未吐，早已回春。　绮陌敛香尘〔3〕。雪霁前村〔4〕。东君用意不辞辛〔5〕。料想春光先到处，吹绽梅英。

【注释】

〔1〕试探春情：古有元宵后出城探春的风俗，故云。

〔2〕“墙头”句：红杏，此指杏树。暗如倾，形容杏枝繁多。于此可想其将来绽放时之美。

〔3〕“绮陌”句：此句实写士女车水马龙出城探春，遂使香风满路的盛况。“香尘”是香风而不是尘，万莫当作花香。敛，聚敛。

〔4〕雪霁：雪停天晴。

〔5〕东君：即东皇，司春之神。

【点评】

底本无此阕，据《二妙集》、毛本补。熙宁五年（1072），苏轼年三十七，在倅杭任，正月中旬出城探春作此词。词人观察细腻，落笔有实有虚，末句畅想，写出盼春之切。

行 香 子

过七里滩〔1〕

一叶舟轻。双桨鸿惊〔2〕。水天清、影湛波平〔3〕。鱼翻藻鉴〔4〕，鹭点烟汀〔5〕。过沙溪急，霜溪冷，月溪明。

重重似画，曲曲如屏〔6〕。算当年、虚老严陵。君臣一梦，今古虚名〔7〕。但远山长，云山乱，晓山青。

【注释】

〔1〕七里滩：严州府七里濑，一名七里滩，亦名七里泷。在桐庐县严陵山西。

〔2〕“双桨”句：谓桨声惊起鸿飞。

〔3〕“水天”句：谓水天一色，波平得能照见清晰的人影。湛，清晰。

〔4〕“鱼翻”句：谓鱼游翻动了浮有水草能照见人影的水面。藻，水草。鉴，喻水清如镜。

〔5〕“鹭点”句：谓白鹭点点飞过云雾缭绕的水边小洲。

〔6〕屏：画屏。

〔7〕“算当年”三句：严光，字子陵，隐而不仕。少时与刘秀同游，刘称帝后，曾除为谏议大夫，不就，仍躬耕富春山。此谓“一梦”“虚名”，赞扬严光隐居不仕。

【点评】

熙宁六年(1073),苏轼年三十八,二月,苏轼自新城放棹桐庐过严陵濑作此词。词记行程所见,写景如画,不足七十字却写了舟、桨、水、鸿、鱼、鹭、汀、霜、月九种事物,既精炼又确切。上下片均连用三个排比句,堪称警策。"虚老严陵","今古空名",抹尽了"君臣一梦",正见出苏轼对隐者的歌颂。

祝英台近

挂轻帆,飞急桨,还过钓台路[1]。酒病无聊[2],攲枕听鸣橹[3]。断肠簇簇云山,重重烟树[4],回首望、孤城何处。　间离阻。谁念萦损襄王[5],何曾梦云雨。旧恨前欢,心事两无据[6]。要知欲见无由,痴心犹自,倩人道、一声传语[7]。

【注释】

〔1〕钓台:在浙江省桐庐县富春江滨。

〔2〕酒病:亦曰病酒,因饮酒过多而病。

〔3〕攲枕:依枕。

〔4〕烟树:雾霭苍莽中的树林。

〔5〕萦损襄王:此反用宋玉《高唐赋序》楚襄王梦云雨典,故前谓"萦损"后谓"何曾",并以襄王自比。

〔6〕"旧恨"二句:本事难索,未详所云。若作臆测,当与夫人或侍妾之间发生感情龃龉。

〔7〕"痴心"二句:意谓欲请人从中传语说合。倩(qìng),请人。

【点评】

底本无此阕。据《二妙集》、毛本补。此亦纪行词,与上阕作于同时。

上片写“酒病无聊”的所见所感，下片抒离情。然本事难究，所谓“旧恨前欢，心事两无据”者何？无解。岂其与家人之感情纠葛？余参笺注。下片用叙事抒离情，柳永《倾杯乐》（皓月初圆）曾有句云：“算到头、谁与伸剖。向道我别来，为伊牵系，度岁经年，偷眼觑，也不忍觑花柳。”此种章法，与柳永何其相似！

瑞鹧鸪

寒食未明至湖上，太守未来，两县令先在[1]

城头月落尚啼乌。朱舰红船草满湖。鼓吹未容迎五马[2]，水云先已漾双凫[3]。　映山黄帽螭头舫[4]，夹岸青烟鹊尾炉[5]。老病逢春只思睡，独求僧榻寄须臾。

【注释】

〔1〕寒食：节气名，在清明前一两日。湖上：指西湖。太守：指陈襄，字述古，福州人，有学行，时知杭州。两县令：周邠，字开祖，时为钱塘令；徐璹，字全父，时为仁和令。

〔2〕鼓吹：指陪同太守游湖的歌妓乐工。五马：汉时太守的车马仪仗为马五，故后世谓太守为五马。

〔3〕双凫(fú)：一双野鸭。王乔为县令，有神术，常乘双凫往来。见《汉书·方术传》。此喻指两县令。

〔4〕“黄帽”句：船公皆着黄帽，因号曰黄头郎。螭头舫，船头画有螭的船。螭(chī)，传说中没有角的龙。

〔5〕“夹岸”句：谓岸上青烟是从佛院香炉中放出的。鹊尾炉，吴兴

人费崇先信佛法，每听经，常以鹊尾香炉置膝前。见唐释道世《法苑珠林》。

【点评】

底本无词题，据《苏轼诗集》卷九补。熙宁六年（1073）春，陪太守游西湖，作此词。词写陪太守春游而太守未到时的景象，全用赋体，次第写来，场景毕现。结以思睡，情景活脱纸上。

减字木兰花

双龙对起〔1〕。白甲苍髯烟雨里〔2〕。疏影微香。下有幽人昼梦长〔3〕。　　湖风清软。双鹊飞来争噪晚。翠飐红轻。时下凌霄百尺英〔4〕。

【注释】

〔1〕双龙：指二古松。

〔2〕白甲苍髯：白甲，谓松皮。苍髯，谓松叶。

〔3〕幽人：幽隐之人，指清顺。

〔4〕"翠飐"二句：谓因双鹊飞来，煽动红色凌霄花落下，粘在青翠的树枝上。凌霄花，藤蔓植物，攀援茎，夏日开鲜红色花。轻，傅注本作"顷"。

【点评】

傅注本有题注云："《本事集》云：钱塘西湖有诗僧清顺居其上，自名藏春坞，门前有二古松，各有凌霄花络其上，顺常昼卧其下。子瞻为郡，一日屏骑从过之，松风骚然。顺指落花觅句，子瞻为赋此词。"清顺字怡然，清苦多佳句，东坡亦与游，多唱和。藏春坞，未详。为郡，《本事集》为杨绘所作，子瞻于元祐四年知杭州时，杨绘已卒，焉能知身后之事？"子瞻为郡"显系"为倅"之误。倅，州之副职，时子瞻为通判。熙宁六年（1073）四月访清顺作此词。词层层脱卸，一句一意，活画出一幅松下老僧昼眠落花图，直启曹雪芹《史湘云醉眠芍药茵》之文心，可与之对观。

江神子

湖上与张先同赋，时闻弹筝[1]

凤凰山下雨初晴[2]。水风清。晚霞明。一朵芙蕖，开过尚盈盈[3]。何处飞来双白鹭，如有意，慕娉婷[4]。

忽闻江上弄哀筝。苦含情。遣谁听。烟敛云收，依约是湘灵[5]。欲待曲终寻问取，人不见，数峰青[6]。

【注释】

〔1〕江神子，词牌名，又名“江城子”。张先：字子野，乌程人。康定进士，仕至都官郎中，致仕，卒，年八十九。熙宁六年（1073）六、七月间，张先来杭州，同游西湖。筝：弦乐器，形似瑟。

〔2〕凤凰山：在浙江余杭县城南。

〔3〕芙蕖：荷花的别名。盈盈：仪态娇美。

〔4〕“如有意”二句：谓白鹭似乎有意羡慕白荷的姣美（娉婷）。

〔5〕依约：仿佛。湘灵：湘水之神。相传为尧之女、舜之妃娥皇与女英。此喻指弹筝的妓女。

〔6〕“欲待”三句：化用钱起《湘灵鼓瑟》“曲终人不见，江上数峰青”句意。问取，询问。取，语助，无实意。

【点评】

底本题作《江景》，据傅注本改。熙宁六年（1073）六、七月间，张先来杭州，同游西湖，作此词。上片写游湖所见，芙蕖与白鹭双及，景中有画。

下片由江上哀筝而联想到湘灵鼓瑟，空灵透脱。

瑞鹧鸪

观潮

碧山影里小红旗。侬是江南踏浪儿[1]。拍手欲嘲山简醉[2]，齐声争唱浪婆词[3]。　　西兴渡口帆初落[4]，渔浦山头日未欹[5]。侬欲送潮歌底曲，尊前还唱使君诗[6]。

【注释】

〔1〕“碧山”二句：杭州有八月观潮的风俗。碧山，喻潮头之高。弄潮者常执五彩小旗。踏浪儿，即弄潮儿，指朝夕与水周旋的水手或在潮中戏水的少年。

〔2〕山简：山简，字季伦。喜饮酒，长醉。见《世说新语·任诞》。

〔3〕浪婆：俗称海涛神。孟郊《送淡公十二首》之三：“铜斗饮江酒，手拍铜斗歌。侬是拍浪儿，饮则拜浪婆。”

〔4〕西兴：西兴渡口在浙江萧山县西十二里，本名西陵，为吴越通津。

〔5〕欹：一作“西”。

〔6〕“侬欲”二句：侬，我。底曲，何曲。使君，指陈襄。

【点评】

熙宁六年（1073）八月，陪杭守陈襄观潮，作此词。词写观潮盛况，善于在纪实中选择典型事物，词尾又归结到“使君”，宾主兼及，舒卷自如，锻炼之极，娴雅清隽，遂成千古绝唱。

临 江 仙

风水洞作[1]

四大从来都遍满[2]，此间风水何疑。故应为我发新词。幽花香涧谷，寒藻舞沦漪[3]。　借与玉川生两腋，天仙未必相思[4]。还凭流水送人归。层巅余落日，草露已沾衣。

【注释】

〔1〕风水洞：在杭州杨村岩院，洞极大，流水不竭，顶上又有一洞，立夏清风自生，立秋则止。

〔2〕四大：释氏以地、水、风、火为四大。

〔3〕沦漪：水的波纹。

〔4〕“借与”二句：唐诗人卢仝，号玉川子。其《走笔谢孟谏议寄新茶》诗云：“一碗喉吻润，两碗破孤闷……七碗吃不得也，唯觉两腋习习清风生。蓬莱山，在何处？玉川子，乘此清风欲归去。”诗中充满了夸张，但未必能成仙，故有后句。

【点评】

熙宁六年（1073）八月，游风水洞，作此词。借禅意而写所见，幽花、香涧、寒藻、沦漪、流水、层巅、落日皆在其中，又由玉川子茶诗而生发联想，谓“天仙未必相思”，奇峭。

江 神 子

陈直方妾嵇，钱塘人也。丐新词，为作此。钱塘人好唱《陌上花》缓缓曲，余尝作数绝以纪其事矣[1]。

玉人家在凤凰山[2]。水云间。掩门关。门外行人，立马看弓弯[3]。十里春风谁指似，斜日映，绣帘斑[4]。

多情好事与君还。闵新鳏[5]。拭余潸[6]。明月空江，香雾着云鬟。陌上花开春尽也，闻旧曲，破朱颜[7]。

【注释】

〔1〕陈直方：名珪，字直方，时为杭州司户，因决狱不明被劾罢官归里，至元丰二年乌台诗案兴，陈珪亦受牵连。余未详。

〔2〕玉人：喻美女，此指陈珪之妾。凤凰山：在今浙江杭州市余杭区南。

〔3〕弓弯：喻美人舞袖弯如弓。另一说喻美人足。

〔4〕“十里”三句：化用杜牧《赠别二首》其一：“娉娉袅袅十三余，豆蔻梢头二月初。春风十里扬州路，卷上珠帘总不如”诗意。指似，指点。此句借杜诗言杭州美女没有能比得上嵇氏的。

〔5〕闵新鳏（guān）：闵，通“悯”。鳏，无妻曰鳏。陈直方新丧正室，故云。

〔6〕潸（shān）：涕流貌。

〔7〕“闻旧曲”二句：旧曲，指《陌上花》缓缓曲。破朱颜，谓陈直方闻曲而破颜为笑。

【点评】

熙宁六年(1073)九月,陈直方罢官归里,受陈妾嵇氏之请,作此词。此词显然带有《陌上花》缓缓曲民歌的风味,清新流畅,在赠妓词中,是较独特的。上片写美人舞姿之美,“行人立马”,有衬托之妙。下片写其因罢官离去,侍妾不弃而愿随往,“闵新鳏,拭余潸”,仅六字即写尽了嵇氏对陈新丧正室的体贴,结二句写陈因闻旧曲而破颜为笑。全词层次分明,哀而不伤。

天仙子

走马探花花发未。人与化工俱不易〔1〕。千回来绕百回看,蜂作婢,莺为使。谷雨清明空屈指。　　白发卢郎情未已〔2〕。一夜剪刀收玉蕊。尊前还对断肠红〔3〕,人有泪。花无意。明日酒醒应满地。

【注释】

〔1〕化工:指大自然的造化者。

〔2〕白发卢郎:唐校书郎卢某妻崔氏《述怀》诗云:“不怨卢郎年纪大,不怨卢郎官职卑。自恨妾身生较晚,不及卢郎年少时。”《全唐诗》题下注:“校书娶崔氏时年已暮,崔微有愠色,赋诗述怀。”

〔3〕断肠红:昔有妇人思所欢,洒泪于墙下,洒泪处生草,其花甚媚,色如妇面,名曰断肠花。见旧题元伊士珍《琅嬛记》。

【点评】

底本、百本、元本均无此阕,据傅注本补。若视此词纯为咏花之作,则多有不可解之处:何以自正月元宵后探花开始,“千回来绕百回看”,直到谷雨、清明,却“走马探花花发未”,且谓“空屈指”?“卢郎情未已”,为何又"翦刀收玉蕊"？"人有泪"，何以又"花无意"？"谷雨清明空屈指"，何以又"明日酒醒应满地"？如此等等。若视此词为借咏花而咏张先买妾事，"白发卢郎"喻指张先，"断肠红"喻指张先所买的妾，则一通百通。熙宁六年（1073）十月，苏轼有《张子野年八十五，尚闻买妾，述古令作诗》诗，此词应作于同时。在今人看来，一位三十余岁的小伙子，与一位八十五岁的老人开此玩笑，未免有点过分。但在古人看来，却系风流韵事，不仅述古有令，苏轼有作，张先还有和。东坡诗有句云："诗人老去莺莺在，公子归来燕燕忙"，张先和云："愁似鳏鱼知夜永，懒同蝴蝶为春忙"，古人之风情可见一斑。

减字木兰花

得书[1]

晓来风细。不会鹊声来报喜[2]。却羡寒梅。先觉春风一夜来[3]。　　香笺一纸。写尽回文机上意[4]。欲卷重开。读遍千回与万回。

【注释】

〔1〕得书：按词意，为远别得夫人书。

〔2〕不会：不期，没想到。鹊声：古时以鹊声预示喜讯、吉祥。

〔3〕"却羡"二句：寒梅报春，故有后句。

〔4〕回文：窦滔为秦州刺史，被徙流沙，其妻苏蕙思之，作《回文旋图诗》赠滔，宛转循环读之，词甚凄惋，凡八百四十字。见《晋书·列女传》。

【点评】

熙宁六年（1073）十一月，苏轼奉命赴常州、润州、苏州、湖州赈饥，熙宁七年(1074),苏轼年三十九,正月一日过丹阳,正好正月二日立春,即词中所谓"先觉春风一夜"者。灵鹊报喜,寒梅报春,香笺一纸,欲卷重开,正是在这一意反复中,抒写出佳节又得家书时的欢快心情。所谓"每逢佳节倍思亲"者即此。柳永《凤衔杯》(有美瑶卿能染翰)亦写此种情怀,可与之对看。

行香子

丹阳寄述古[1]

携手江村。梅雪飘裙[2]。情何限、处处消魂。故人不见,旧曲重闻。向望湖楼,孤山寺,涌金门[3]。　寻常行处,题诗千首,绣罗衫与拂红尘[4]。别来相忆,知是何人。有湖中月,江边柳,陇头云。

【注释】

〔1〕述古:即陈襄,时为杭守,详见前14页《瑞鹧鸪》(城头月落尚啼乌)注〔1〕。词开首四句,即回忆去年与陈襄游春时情景。

〔2〕"携手"二句:江村,泛指水乡。裙,古指下裳,男女共享。

〔3〕"故人"五句:故人,指述古。旧曲,指去年出城寻春与述古唱和诗《正月二十一日病后述古邀往城外寻春》。望湖楼、孤山寺、涌金门,都在杭州。

〔4〕"绣罗衫"句:寇准知永兴军路(治所在今陕西西安市)时,与处士魏野同游僧寺。凡留题处,寇诗皆用碧纱笼罩,野诗则尘蒙其上。从行妓以红袖拂之,野曰:"若得常将红袖拭,也应胜着碧纱笼。"寇大笑。见宋吴处厚《青箱杂记》。此处以魏诗自喻,表示谦虚,虽题诗千首,却早被

尘蒙。

【点评】

底本题作“冬思”，据傅注本改。熙宁七年(1074)正月，苏轼返杭至在丹阳，作此词寄述古。词以回忆的方式，表示对述古分别已久的思念，故前后结三句，均点明昔日所游之处所与景色。但前后又有变化，由“旧曲重闻”领起“望湖楼，孤山寺，涌金门”，睹物思人；由“知是何人”领起“湖中月，江边柳，陇头云”，景物见证。如此写来，最容易唤起对方对昔游的怀念。所谓“以景呼情”者即此。

昭　君　怨

金山送柳子玉[1]

谁作桓伊三弄[2]。惊破绿窗幽梦。新月与愁烟。满江天。欲去又还不去。明日落花飞絮。飞絮送行舟。水东流。

【注释】

〔1〕金山：即金山寺，在润州(镇江)城东南江中，因头陀开山得金而得名。柳子玉：名瑾，丹徒人。与王安石同年，其子仲远，是苏轼的妹婿，于苏轼为长辈。

〔2〕桓伊三弄：桓伊恭谨恬淡，素不与徽之相识。王徽之乘船出京，伊从岸上过，徽之便令人谓伊曰：“闻君善吹笛，诚为我一奏。”伊时已显贵，素闻徽之名，便下车，为三调，弄毕，客主不交一言。事见南朝宋刘义庆《世说新语·任诞》。弄，拨弄琴弦。此以桓伊之高风亮节喻指柳瑾。

【点评】

底本题作“送别”，据傅注本、元本改。熙宁七年（1074）二月，苏轼赈灾至镇江。子玉于熙宁四年谪官寿春，至七年未尝致仕又监灵仙观。宋代宫观的监官，本为养老尊贤之用，未尝致仕而监宫观者，象征投闲置散，且监宫观者本可不到任，柳瑾却必须到任，可谓一贬再贬。先生作诗送之，又作此词。“新月”二句为词眼所在，然何以“愁满江天”？柳子玉如桓伊之达观而又与世无争却又一贬再贬，一愁；本无须去却不得不“欲去”，二愁；恋友情“又还不去”，三愁；去时又“落花飞絮”，四愁；不欲柳子玉去，却又必须“送行舟”，五愁；柳子玉自镇江而西去往舒州之灵仙观，则应“水西流”，但却谓“水东流”者，则隐喻用“问君能有几多愁？恰似一江春水向东流”。如此看来，所谓“新月与愁烟”之愁闷可知，含味委婉深广。

蝶恋花

京口得乡书〔1〕

雨后春容清更丽。只有离人，幽恨终难洗。北固山前三面水〔2〕，碧琼梳拥青螺髻〔3〕。　　一纸乡书来万里。问我何年，真个成归计。白首送春拼一醉，东风吹破千行泪。

【注释】

〔1〕京口：古镇名，属润州，即今镇江市。乡书：指家书。

〔2〕北固山：在江苏镇江市北。唐李吉甫《元和郡县志》：“下临长江，其势险固，因以为名。”

〔3〕“碧琼”句：碧琼梳，指长江。青螺髻，指北固山。言水绿如碧琼，山青如青髻。

【点评】

底本题作“送春”，据元本改。熙宁七年(1074)二月底，苏轼在京口，得家书，作此词。上片写思家之切，结在江水环山如“碧琼梳拥青螺髻”上，比喻奇特，想象丰富。下片写得家书的喜悦，却结在“东风吹破千行泪”上，所谓喜极而悲。“问我何年，真个成归计”，却有问无答，非无答，归期无定，无以答之。正如李商隐《夜雨寄北》诗：“君问归期未有期，巴山夜雨涨秋池。何当共剪西窗烛，却话巴山夜雨时。”

少年游

润州作，代人寄远〔1〕

去年相送，余杭门外〔2〕，飞雪似杨花。今年春尽，杨花似雪〔3〕，犹不见还家。　　对酒卷帘邀明月〔4〕，风露透窗纱。恰似姮娥怜双燕〔5〕，分明照、画梁斜。

【注释】

〔1〕代人寄远：实则为代王氏夫人寄苏轼。

〔2〕余杭门：镇江北城三门之一。见吴自牧《梦粱录》卷七。

〔3〕“飞雪”三句：南朝梁范云《别诗》：“洛阳城东西，长作经时别。昔去雪如花，今来花似雪。”

〔4〕邀明月：用李白《月下独酌》“举杯邀明月，对影成三人”句意。

〔5〕“恰似”句：姮娥，即嫦娥。汉代因避文帝刘恒讳，改作常娥，通作嫦娥。双燕，喻指苏轼夫妇。

【点评】

底本题无下四字，据傅注本、元本补。熙宁七年(1074)二月底作于镇江。此为代言体。两月之内两得家书，每得家书即写词抒怀，尚不足以达意，又作代言体述之，足见其思念夫人之深。上片化用范云诗，全用赋体叙述，却将闺人思念之切写到十分，且余音袅袅，有绕梁三日不绝之概。下片开首即用李白“对影成三人”诗意，接着又说“姮娥怜双燕”，简直就是一幅闺人孤影月夜徘徊图。

蝶恋花

春事阑珊芳草歇〔1〕。客里风光，又过清明节。小院黄昏人忆别。落红处处闻啼鴂〔2〕。　咫尺江山分楚越〔3〕。目断魂销，应是音尘绝〔4〕。梦破五更心欲折〔5〕。角声吹落梅花月〔6〕。

【注释】

〔1〕阑珊：将尽。

〔2〕啼鴂(jué)：即子规、杜鹃。杜鹃至春末夏初，昼夜啼鸣，故句首云“落红”。

〔3〕楚越：词中楚指丹阳，因其古属楚地；越指杭州，因其古属越地。

〔4〕音尘绝：意谓没有消息、没有音讯。

〔5〕心欲折：心折，本谓心惊，至宋人加一“欲”字，犹言“心欲死”。

〔6〕梅花：指梅花落，笛中曲。此句意谓月在梅花落的笛声中落去。

【点评】

底本无此阕，据明刊《苏轼全集》与《二妙集》补。熙宁七年(1074)三月上旬返杭途中再经润州时作，抒思念夫人之情。艺术的形式美，必须在否定自己中实现自己，否得越彻底，实现得越完美。金圣叹批《西厢》时，曾以“烘云托月”喻内容与形式的关系，其略云：君曾见“烘云托月”乎！画师旨在画月,却无意于月,专在画云。至画成旋壁而视,则品画者赏月不绝,却置云于不顾。苏轼此词,即可作如是观,此所以王士禛赞其“凡六十字,字字惊心动魄”。但当寻求其“旨在画月,却无意于月,专在画云”的技巧时,却惊奇地发现,用赋体直陈其事,是“画云”的主要手段之一,所谓“别情”,全部包寓于叙事之中。北宋有两位可瞩目的词人,一位是柳永,以赋为词,他胜利了;另一位就是苏轼,以诗为词,他也胜利了。以赋为词,从这首赋体词中,就能窥见苏轼学柳的踪迹,试与柳词《雨霖铃》(寒蝉凄切)对观,二者均抒别情,区别仅在于一为分袂赠别之情,一为别后忆别之情,却同样在直陈其事中显得深情绵邈。全词语不求奇而娴雅森秀之气在骨,绾结自然,起伏回应,融化无迹,天然浑成。

卜算子

自京口还钱塘道中寄述古太守

蜀客到江南〔1〕,长忆吴山好〔2〕。吴蜀风流自古同,归去应须早。　　还与去年人〔3〕,共藉西湖草〔4〕。莫惜尊前仔细看,应是容颜老。

【注释】

〔1〕蜀客:作者自谓。

〔2〕吴山:在杭州府城内西南隅,旧名胥山,上有子胥祠。

〔3〕去年人:指陈述古,去年曾同游西湖,故云。

〔4〕藉草:坐卧草上。

【点评】

原题作“感旧”,据傅注本、元本改。熙宁七年(1074)三月作此词,全用赋体,希望早日回到杭州,与陈襄(述古)欢聚。“吴蜀风流自古同”,体现了苏轼一贯的随遇而安的心态。

浣 溪 沙

自适

倾盖相逢胜白头[1]。故山空复梦松楸[2]。此心安处是菟裘[3]。　　卖剑买牛吾欲老[4],乞浆得酒更何求[5]。愿为同社宴春秋[6]。

【注释】

〔1〕“倾盖”句:倾盖,行道相遇,并车对首语,两盖相切而下倾。《史记·鲁仲连邹阳列传》:“谚云‘有白头如新,倾盖如故’何则?知与不知也。”注引服虔曰:“人不相知,自初交至白头,犹如新也。”

〔2〕“故山”句:松楸,墓地所植之树木,代指故乡。此句意为“空复梦故山之松楸”,谓遇到陈述古这样的上司,就不想退隐了,故着一“空”字。

〔3〕菟(tú)裘:春秋时鲁邑,今山东泗水县北有菟裘城。《左传·隐公十一年》:“使营菟裘,吾将老焉。”后因称退休所居之地。

〔4〕卖剑买牛:喻退隐。《汉书·龚遂传》:“民有带持刀剑者,使卖剑买牛,卖刀买犊。”此句意为我已老矣,将卖剑买牛,隐居农耕。

〔5〕乞浆得酒:言所得过于所求。古谣曰:“太岁在酉,乞浆得酒。”

〔6〕“愿为”句:古有春秋社日宰鸡豚以祭奠土神之俗。同社,犹言同村。韩愈《南溪始泛三首》其三:“愿为同社人,鸡豚燕春秋。”

【点评】

熙宁七年(1074)三月,写《卜算子》(蜀客到江南)之后,又写此词同寄述古。词打破了上景下情的界限,在反复变换中抒发了作者对赠主“倾盖如故”的感情。“安处是菟裘”,“同社宴春秋”,“空复梦松楸”,“乞浆得酒”,既是反复,又是变换。重复是笨拙,在重复中显出不重复是高超,所谓“犯而不犯”者,即此之谓。

浣 溪 沙

寓意

炙手无人傍屋头[1]。萧萧晚雨脱梧楸。谁怜季子敝貂裘[2]。　　顾我已无当世望[3],似君须向古人求[4]。岁寒松柏肯惊秋[5]。

【注释】

〔1〕“炙(zhì)手”句:炙手,喻权势炽盛。反用白居易《放言五首》其四“昨日屋头堪炙手,今朝门外好张罗”诗句,赞述古品质可嘉。

〔2〕季子敝貂裘:《战国策·秦策》:“(苏秦)说秦王书十上而说不行,黑貂之裘敝”,后得大用,贵而归。季子,苏秦字,此以季子自比,谓半年辛劳,只有述古深知。

〔3〕当世望:当世盛名。晋周顗(yǐ)以雅望获当世盛名,见《晋书·周顗传》。

〔4〕向古人求:当从古人中求之。晋武帝问王戎:“王衍当世谁比?”戎曰:“未见其比,当从古人中求之。”见《晋书·王衍传》。此是对赠主的高度赞美,也是写实,《东都事略·陈襄传》云:“所至务先学校,至亲为讲

解，好荐达人材，喜愠不形于色，为政多慕古人所为。”

〔5〕“岁寒”句：赞美赠主品格如岁寒松柏。

【点评】

傅注本、元本无题。与上阕作于同时，但与上首反复变换不同，此首则用反衬法，以主反衬宾，更显得赠主的伟岸可敬。但“无当世望”又非写实，而是谦虚；“向古人求”亦非溢美，反是写实（已见注中）。中间又用“萧萧”“谁怜”两句隔断，似不接续，实则接续，味其语气，则谓还有谁像您一样理解我的为民四处奔波呢？

醉落魄

离京口作

轻云微月。二更酒醒船初发。孤城回望苍烟合〔1〕。公子佳人〔2〕，不记归时节〔3〕。　巾偏扇坠藤床滑〔4〕。觉来幽梦无人说〔5〕。此生飘荡何时歇〔6〕。家在西南，长作东南别〔7〕。

【注释】

〔1〕孤城：边远的城市，此指京口。

〔2〕公子佳人：《楚辞·九歌·湘夫人》云：“沅有芷兮澧有兰。思公子兮未敢言……闻佳人兮召予，将腾驾兮偕逝。”宋罗愿《尔雅翼》卷二《杜若》条，又解释此数句为湘君与湘夫人各备礼物以“交相欢（聚）之义”，复与下片“觉来幽梦无人说”句合观，此句当写梦境，借此典喻指苏轼自己与夫人互相思念之切与相聚之欢。

〔3〕“不记”句：意为等到相会之日，高兴得连什么时候归来的都忘

了。欧阳脩《蝶恋花》(梨叶初红蝉韵歇):“宿酒醒来,不记归时节。”

〔4〕“巾偏”句:写其醉态。巾,古人以巾裹头,后演变成为一种帽子。

〔5〕幽梦:指上“公子佳人”两句。

〔6〕“此生”句:苏轼于上年十一月赴苏湖常润赈饥,至今未归,故云。

〔7〕“家在”二句:苏轼家在蜀而宦游江南,故云。

【点评】

底本题作“述怀”,据傅注本、元本改。熙宁七年(1074)四月,离京口作此词。半年羁旅,不惟思家而且思蜀,感慨万端。上片写连夜发船,足见思归之切,复写梦中与夫人相聚,尤见其情深。下片写醉卧复醒,其辗转反侧之状可知。而醒后又“幽梦无人说”,此情何堪!结二句有“欲说还休”之致,余味无穷。然“公子佳人”,用典过偏,难免有典障之弊。

浣溪沙

即事

画隼横江喜再游〔1〕。老鱼跳槛识清讴〔2〕。流年未肯付东流。　　黄菊篱边无怅望〔3〕,白云乡里有温柔〔4〕。挽回霜鬓莫教休。

【注释】

〔1〕画隼(sǔn):即画鸟隼之旗,州官仪仗。隼,鹰类中最小者。

〔2〕“老鱼”句:《韩诗外传》:“昔者瓠巴鼓瑟,而潜鱼出听。”槛,栏杆。清讴,清亮的歌声。

〔3〕“黄菊”句：晋陶潜九月九日无酒摘菊而坐，后由王弘送酒，酌而后归。见南朝宋檀道鸾《续晋阳秋》。此以陶潜自喻，以王弘喻陈襄。

〔4〕“白云乡”句：白云乡，仙乡。据汉伶玄《赵飞燕外传》，汉成帝称赵飞燕的妹妹合德为“温柔乡”，对姬说：“吾老是乡矣，不能效武帝求白云乡也。”武帝好神仙，白云乡，指仙乡。此言“白云乡里有温柔”乃反用其意。此喻陈襄。

【点评】

傅注本、元本无词题。熙宁七年（1074）六月，回到杭州后，复与陈襄（述古）游湖相倡和，作此词抒写游湖之乐。“老鱼”句，奇巧；“白云”句，新颖。

菩萨蛮

杭妓往苏迓新守杨元素寄苏守王规甫[1]

玉童西迓浮丘伯[2]。洞天冷落秋萧瑟[3]。不见许飞琼[4]。瑶台空月明[5]。　　清香凝夜宴。借与韦郎看[6]。莫便向姑苏。扁舟下五湖[7]。

【注释】

〔1〕杭妓：唐宋时，赴任卸任，皆有官妓为导从之例。迓（yà）：迎接。杨元素：杨绘，字元素，四川绵竹人。进士上第。免役法行，绘陈十害，遂罢为侍读学士、知亳州，历应天府、熙宁七年六月知杭州。王规甫：王诲，字规父，亦作规甫，熙宁六年知苏州，熙宁七年甲寅王规甫仍在苏州任。

〔2〕玉童：美貌少女，此处指歌妓。浮丘伯：古仙人。此喻新任杭州守杨元素。

〔3〕洞天:仙人所居之处。道家有三十六洞天之说。此喻指杨元素经苏州所居的驿馆。观下文,此次杨守杭盖因故未携夫人同往,故谓“冷落秋萧瑟”,下复有“不见许飞琼,瑶台空月明”等句。

〔4〕许飞琼:西王母的侍女,见旧题汉班固《汉武内传》。此喻指杨元素夫人。

〔5〕瑶台:以玉饰之台,泛指仙人所居,此喻指杨元素经苏州所居之驿馆。

〔6〕“清香”二句:“清香”句,指杭妓。韦郎,唐诗人韦应物。此处以韦应物比苏守王规甫。

〔7〕“便莫”二句:伪传范蠡相越,平吴之后,遂携西施,乘扁舟,泛五湖而去。后四句为与杨绘与王规甫开玩笑,意思是说人家(杭妓)是到苏州来迎接你杨元素的,只是借与王规甫看看而已。你杨元素可不能携着人家泛游五湖去而不返呀!

【点评】

底本缺词题后六字,据傅注本、元本补。熙宁七年(1074)七月,先生在杭州作此词。林语堂曾说苏轼是“不可救药的乐天派”(见《苏东坡传》),于此词即可见一斑。在戏语中既写出杨绘(元素)赴任途中之寂寞冷落,又写出王规甫设宴款待杨之热闹场面,复写出杭妓之色艺双绝,读来不禁令人解颐。

虞 美 人

有美堂赠述古〔1〕

湖山信是东南美。一望弥千里。使君能得几回来。便使尊前醉倒、且徘徊。　　沙河塘里灯初上〔2〕。水调谁家唱〔3〕?夜阑风静欲归时。惟有一江明月、碧琉璃[4]。

【注释】

〔1〕有美堂:嘉祐初梅挚守杭,帝制诗宠赐,首章曰:“地有湖山美,东南第一州。”梅既到杭,遂筑堂山上,名曰“有美”。此为送述古而作。

〔2〕沙河塘:地名,钱塘繁会之地。

〔3〕水调:曲调名。杜牧《扬州》诗之一:“谁家唱水调,明月满扬州”,自注:“炀帝凿汴渠成,自造《水调》。”

〔4〕碧琉璃:月光照映下的江水,清澈、碧绿,明亮如琉璃。

【点评】

底本将《本事集》所记误作题,据元本改。《本事集》云:“陈述古守杭,已及瓜代,未交前数日,宴僚佐于有美堂,因请贰车苏子瞻赋词。子瞻即席而就,寄《摊破虞美人》。”事在熙宁七年(1074)七月,陈襄(述古)将移任南都。词在纪实中壮美景如画,美妙之水调又飘荡其中,声色俱备,又结以“碧琉璃”,首尾相应。

诉衷情

送述古迓元素[1]

钱塘风景古来奇。太守例能诗[2]。先驱负弩何在[3],心已誓江西[4]。　　花尽后,叶飞时。雨凄凄。若为情绪,更问新官,向旧官啼[5]。

【注释】

〔1〕元素到任,述古离任,此词是在二人交接席上作。

〔2〕“太守”句:刘禹锡《白舍人曹长寄新诗有游宴之盛因以戏酬》诗云:“苏州刺史例能诗,西掖今来替左司。”

〔3〕先驱负弩:迎接上级最隆重的礼仪。弩,古代兵器。

〔4〕“心已”句:时陈襄移任南都(应天府),谓其已接受了新的任命,心已驰往。晋,接受爵命。江西,指浙江之西。

〔5〕“更问”二句:此句写歌妓面对新、旧官悲喜皆非的复杂心情。

【点评】

熙宁七年(1074)七月送旧迎新作此词。上片写新、旧官交接,突出了“太守例能诗”,赞其才。下片谓新、旧守均得杭州人的爱戴,颂其德。黄华二牍,左手能楷,右手能草;绛树两歌,一声在喉,一声在咽。短词中却能作大舒卷,且能以景衬情,真作手也。

江神子

孤山竹阁送述古〔1〕

翠蛾羞黛怯人看〔2〕。掩霜纨〔3〕。泪偷弹。且尽一尊,收泪唱阳关〔4〕。漫道帝城天样远〔5〕。天易见,见君难。　　画堂新构近孤山。曲阑干。为谁安。飞絮落花,春色属明年。欲棹小舟寻旧事,无处问,水连天。

【注释】

〔1〕孤山竹阁:南宋潜说友《咸淳临安志》:“白公竹阁,旧在广化寺柏堂之后。”白公即白居易。广化寺,旧在孤山南麓。

〔2〕翠蛾羞黛:形容歌妓的迷人情态。翠蛾,借指美女。羞黛,眼光含羞。

〔3〕霜纨:谓用皎洁如霜雪的细绢制成的扇子。

〔4〕阳关:曲名。详见前1页《渔家傲》(一曲阳关情几许)注〔2〕。

〔5〕帝城:应天府治所在今河南商丘,为宋之南京,故称。

【点评】

与上阕作于同时。上片写佐酒的歌妓对陈襄的深情留恋,既"掩霜纨",复"泪偷弹",又"收泪唱阳关",尽情展衍。下片写江山思人,"飞絮落花","小舟寻旧",又两次发问,深情绵邈。然则妓女、江山何以如此多情?乃借情达情。

菩萨蛮

西湖送述古

秋风湖上萧萧雨。使君欲去还留住〔1〕。今日谩留君。明朝愁杀人。　　佳人千点泪。洒向长河水〔2〕。不用敛双蛾〔3〕。路人啼更多。

【注释】

〔1〕使君:汉代太守或刺史的称呼。这里指陈述古。

〔2〕长河:指钱塘江。

〔3〕敛双蛾:皱眉。蛾,喻美女之眉。

【点评】

底本题作"西湖",据傅注本、元本补。与上阕作于同时,然写法却又不同。上片写雨留人,然又难久留,故云"谩",谩留,空留一场。下片写人留人,妓女与路人兼及,且重点突出路人,则赠主之德政可知。

清 平 乐

送述古赴南都[1]

清淮浊汴，更在江西岸。红旆到时黄叶乱[2]。霜入梁王故苑[3]。　　秋原何处携壶。停骖访古踟蹰[4]。双庙遗风尚在[5]，漆园傲吏应无[6]。

【注释】

〔1〕南都：即南京。宋以商丘为南京。

〔2〕红旆（pèi）：红旗，太守仪仗。

〔3〕梁王故苑：梁园，亦称兔园，汉梁孝王筑，故址在商丘东。

〔4〕"秋原"二句：携壶，谓载酒游览。骖（cān），驾车之马在两旁者。踟蹰（chí chú），徘徊不前。

〔5〕双庙：张巡、许远安史之乱中守睢阳，城破殉国。后睢阳百姓为之建庙，名双庙，见《新唐书·忠义传》。睢阳即今商丘。此以张巡、许远喻陈襄。

〔6〕漆园：庄周曾为蒙地的漆园吏，楚威王闻庄周贤，许以为相。庄周笑而拒之。见《史记·老庄申韩列传》。蒙，即蒙泽，春秋时宋地，在河南商丘东北。此反指陈襄不像庄周那样不愿为朝廷效力。

【点评】

底本作"秋词"，据傅注本改。与上阕作于同时。上片写其赴任引出梁王故苑，下片写其到任后访古，赞赠主有张巡、许远为国尽忠之遗风，而非如庄周之傲吏。

菩 萨 蛮

述古席上

娟娟缺月西南落[1]。相思拨断琵琶索[2]。枕泪梦魂中。觉来眉晕重[3]。　　华堂堆烛泪[4]。长笛吹新水[5]。醉客各西东。应思陈孟公[6]。

【注释】

〔1〕娟娟:形容美好的月色。孟郊《婵娟篇》:"花婵娟,泛春泉。竹婵娟,笼晓烟。妓婵娟,不长妍。月婵娟,真可怜。"

〔2〕"相思"句:化用后周陶穀《风光好》"琵琶拨尽相思调,知音少"句意。

〔3〕眉晕:古代妇女有檀晕妆,眉弯处如檀赭色,故名。此处意为酒醒后仍觉眉重。

〔4〕"华堂"句:杜牧《赠别》:"蜡烛有心还惜别,替人垂泪到天明。"

〔5〕新水:曲调名,乐府有中吕调《新水曲》。

〔6〕陈孟公:陈遵字孟公,嗜酒好客,常宾客满堂,每大饮,则关门并投客车辖井中,虽有急,终不得去。见《汉书·游侠传》。词中以陈孟公喻述古好客。

【点评】

与上阕作于同时。此亦为代言体,代妓写相思,既谓"拨断琵琶索",又谓"枕泪梦魂中",复谓"觉来眉晕重",三致意焉。又结以陈孟公,真有德政可思。

鹊桥仙

七夕送陈令举[1]

缑山仙子[2],高情云渺,不学痴牛骙女[3]。凤箫声断月明中,举手谢、时人欲去。　　客槎曾犯,银河微浪,尚带天风海雨[4]。相逢一醉是前缘,风雨散、飘然何处[5]。

【注释】

〔1〕陈令举:陈舜俞,字令举,湖州乌程人。熙宁三年,以屯田员外郎知山阴县,因反对王安石变法,责监南康军盐酒税,五年后卒。熙宁七年(1074)七月,陈舜俞自南康军专程来杭州会苏轼,七夕作此词。陈与苏相从两月,九月又与苏轼同至湖州,故知"送",当为"赠"字或"和"字之误,参后《菩萨蛮》(席上和陈令举)注。

〔2〕缑(gōu)山仙子:缑氏山在今河南偃师南。王子乔好吹笙作凤凰鸣,随道士浮丘公上嵩山修道,三十余年后于缑氏山头,乘白鹤举手谢时人成仙而去。见西汉刘向《列仙传》。此处以缑山仙子喻指陈令举。

〔3〕痴牛骙(ái)女:即牵牛星与织女星。骙,痴也。

〔4〕"客槎(chá)"三句:旧说天河与海通。有人居海滨,年年八月乘浮槎(木筏)至天河复回海滨。成都道士严遵(字君平)谓其客槎侵犯银河。见晋张华《博物志》。

〔5〕风雨散:化用王粲《赠蔡子笃》"风流云散,一别如雨"句意。

【点评】

底本题无下四字,据傅注本、元本补。熙宁七年(1074)七夕作。凡七夕词，多用痴牛骙女典写男欢女爱，苏轼则不随故辙，反颂陈舜俞飘飘欲仙，与其不乐仕进，隐逸之迹何其相似奈尔也，宜乎陆游评曰：“居然是星汉上语，歌之曲终，觉天风海雨逼人。学诗者当以是求之。”然学词者何独不然！

南乡子

送述古

回首乱山横。不见居人只见城。谁似临平山上塔[1]，亭亭[2]。迎客西来送客行。　　归路晚风清。一枕初寒梦不成。今夜残灯斜照处，荧荧[3]。秋雨晴时泪不晴[4]。

【注释】

〔1〕临平山：去仁和县旧治五十四里，山高五十三丈，周回十八里，上有塔，有龙洞、砺洞。有天井，在山顶。见南宋潜说友《咸淳临安志》。

〔2〕亭亭：耸立状。

〔3〕荧荧：光亮微弱的样子。

〔4〕“秋雨”句：刘禹锡《竹枝词》：“东边日出西边雨，道是无晴却有晴。”晴，谐“情”，此处之“晴”又谐“停”。

【点评】

熙宁七年(1074)八月十三日，追送陈襄于临平，作此词。上片写送行，惜别之情已见；下片写归来，思念之情又赊。“不见”句与“秋雨”句，在化用前人诗中出新。

减字木兰花

赠小鬟琵琶[1]

琵琶绝艺[2]。年纪都来十一二[3]。拨弄幺弦[4],未解将心指下传[5]。　　主人瞋小,欲向春风先醉倒。已属君家,且更从容等待他。

【注释】

〔1〕小鬟:指苏轼侍妾朝云。琵琶:弹奏乐器,有四弦十二柱。

〔2〕绝艺:卓绝的技艺。

〔3〕都来:算来,不过。

〔4〕幺弦:第四弦,此弦细微而易断,声韵凄清而悲怨。见唐黄滔《代郑郎中上兴道郑相》书。

〔5〕"未解"句:还不知道用指下弦音来传达自己的心意。

【点评】

熙宁七年(1074)九月,朝云来归,作此词。朝云,姓王氏,字子霞,事先生二十有三年,忠敬若一。绍圣三年(1096)七月,卒于惠州,年三十四。词抒其怜花惜玉之情。情固真,未免袒露。惟其袒露,始见其真。

三 部 乐

情景

美人如月，乍见掩暮云[1]，更增妍绝。算应无恨，安用阴晴圆缺。娇甚空只成愁[2]，待下床又懒[3]，未语先咽。数日不来，落尽一庭红叶。　今朝置酒强起[4]，问为谁减动，一分香雪[5]。何事散花却病，维摩无疾[6]。却低眉、惨然不答。唱金缕、一声怨切。堪折便折，且惜取、少年花发[7]。

【注释】

〔1〕“美人”二句：形容美人面如满月。梁简文帝《释迦文佛像铭》：“满月为面，青莲在眸。”“掩暮云”，谓“朝云”。

〔2〕“娇甚”句：用刘禹锡《三阁词四首》其一“不应有恨事，娇甚却成愁”句意。

〔3〕下床又懒：用崔莺莺《寄诗》（一作《绝微之》）“自从销瘦减容光，万转千回懒下床”句意。

〔4〕置酒强起：设酒宴而勉强起床。

〔5〕香雪：指皮肤雪白。

〔6〕“何事”二句：维摩，即维摩诘。维摩有疾，天女即散花却病。此苏轼以天女喻朝云，以维摩自比，故云“无疾”。

〔7〕“唱金缕”三句：金缕，乐曲名，即《金缕衣》。杜牧《杜秋娘诗》序云：“杜秋，金陵女也。年十五……”诗中并引杜秋娘《金缕曲》云：“劝君莫惜金缕衣，劝君须惜少年时。花开堪折直须折，莫待无花空折枝。”

【点评】

此亦熙宁七年(1074)为朝云而作,不脱香艳体。与上首不同,此首从朝云着笔,写尽相思之苦。上片以"美人如月"喻朝云,巧妙地引出了朝云的名字,又深含"烘云托月"之意,因此才显得"更增妍绝"。接着又以"阴晴圆缺"逗引出"空只成愁",复用崔莺莺"万转千回懒下床"典,暗示朝云的相思之苦,可谓一波三折。下片从相思成病说起,又着以"为谁"之巧问,复反用"天女散花"典,再正用《金缕曲》典,又一波三折,传达出少女情窦初开时惟妙惟肖的心态。

渔家傲

送台守江郎中〔1〕

送客归来灯火尽。西楼淡月凉生晕〔2〕。明日潮来无定准。潮来稳。舟横渡口重城近。　江水似知孤客恨。南风为解佳人愠〔3〕。莫学时流轻久困。频寄问。钱塘江上须忠信〔4〕。

【注释】

〔1〕台:台州。江郎中:指江宽。郎中,寄禄官名。江时为比部郎中,属中行郎中。

〔2〕月生晕:月周围的白色光环。月光经云层中冰晶的折射而产生的现象,被称为起风的征兆,俗称风圈。

〔3〕"南风"句:《南风》,古乐曲名,其辞曰:"南风之薰兮,可以解吾民之愠兮。"佳人,指江郎中。愠,怨恨,郁闷。

〔4〕忠信:言潮水去来有信,人当效之。《列子·说符》:"水且犹可

以忠信诚身亲之，而况人乎？”

【点评】

南宋陈耆卿《嘉定赤城志》卷九《秩官门二·本朝郡守》载：熙宁六年(1073)甲寅九月初，江宽因受处罚展磨勘一年(磨勘是宋代一种处罚制度。寄禄官每四年一转，展磨勘一年，即加一年等到满五年才能磨勘转官)。七年(1074)七月由真州移知台州，九月初经杭州，苏轼作此词饯别。词充满了对江受罚的同情，采用传统的上景下情的写法，上片写景为抒情蓄势，所谓“凉生晕”、“无定准”、“潮来稳”，皆语义双关。下片抒情在“孤客恨”上作足文章，宽慰与谲谏兼而有之，又将“江水”“南风”拟人化，怨而不怒，哀而不伤。

劝 金 船

和元素韵自撰腔命名

无情流水多情客。劝我如曾识。杯行到手休辞却[1]。这公道难得[2]。曲水池上，小字更书年月。还对茂林修竹，似永和节[3]。　　纤纤素手如霜雪。笑把秋花插。尊前莫怪歌声咽。又还是轻别。此去翱翔，遍赏玉堂金阙[4]。欲问再来何岁，应有华发。

【注释】

〔1〕“无情”三句：意谓流水本无情，但曲水却将酒杯流到每人面前，像是本来就相认识一样，莫要辞却。

〔2〕“这公道”句：古有曲水流饮之俗，宾主环水而坐，杯随水流，到谁谁饮，故云。

〔3〕“曲水”四句：王羲之《兰亭集序》：“永和九年，岁在癸丑，暮春之初，会于会稽山阴之兰亭，修禊事也……此地有崇山峻岭，茂林修竹，又有清流激湍，映带左右，引以为流觞曲水，列坐其次。”

〔4〕玉堂金阙：玉堂，汉时为侍中官署。宋以后专指翰林。金阙，天子之宫阙。因杨元素当时自杭州召入翰林，故云。

【点评】

熙宁七年(1074)五月告下，移知密州。杨元素到郡暇不暖席，复召入朝为翰林学士。九月，苏轼与元素同离杭州任，苏轼于席间作此词和元素。上片檃括《兰亭集序》成词，全用赋体。下片写惜别，复祝愿赠主回朝重用，此亦题内应有之义。柳永此类词颇多，要者如《如鱼水》(轻霭浮空)，可与之对观。

南乡子

和杨元素，时移守密州[1]

东武望余杭[2]。云海天涯两杳茫。何日功成名遂了，还乡。醉笑陪公三万场[3]。　不用诉离觞。痛饮从来别有肠[4]。今夜送归灯火冷，河塘。堕泪羊公却姓杨[5]。

【注释】

〔1〕密州：即今山东诸城。

〔2〕东武：密州古称。

〔3〕三万场：指日日畅饮。李白《襄阳歌》：“百年三万六千日，一日

须倾三百杯。”

〔4〕“痛饮”句:“王孝伯言:‘名士不必须奇才,但使常得无事,痛饮酒,熟读《离骚》,便可称名士。’”见南朝宋刘义庆《世说新语·任诞》。

〔5〕堕泪羊公:羊祜(hù)有政声,卒,襄阳百姓于祜平生游憩之所建碑立庙,岁时享祭焉。望其碑者莫不流涕,杜预因名为堕泪碑。见《北堂书钞》卷一百二引《荆州图记》、《晋书·羊祜传》。此喻指杨元素。

【点评】

底本题无“时移守密州”,据傅注本、元本补。熙宁七年(1074)九月离杭前和元素作此词。词用倒叙法,先写别后,次写临别,且充满欢快情调,此乃此一时期赠人词中少有者。何以如此,盖因能与其弟子由相见在即。苏轼与其弟悌友情深,《密州谢上表》云:“以为公朝不废私愿,携孥上国,预忧桂玉之不充;请郡东方,实欲弟昆之相近。”可证。

浣溪沙

自杭州移密守席上别杨元素,时重阳前一日

缥缈危楼紫翠间。良辰乐事古难全[1]。感时怀旧独凄然。　　璧月琼枝空夜夜[2],菊花人貌自年年。不知来岁与谁看。

【注释】

〔1〕良辰乐事:谢灵运《拟魏太子邺中集诗八首序》:“天下良辰、美景、赏心、乐事,四者难并。”

〔2〕璧月琼枝:写美景,兼喻美女与彦才。杨元素未携夫人莅杭,故着以“空”字。

【点评】

底本题作“菊节”，据元本改。熙宁七年(1074)九月八日，别元素作此词。每逢佳节倍思亲，明日重阳，而杨绘孤身莅杭，故词中充满了对赠主寂寥孤独的怜惜情绪，“古难全”、“独凄然”、“空夜夜”、“自年年”，岂不愁煞人也！

浣溪沙

重九旧韵〔1〕

白雪清词出坐间〔2〕。爱君才器两俱全〔3〕。异乡风景却依然。　　可恨相逢能几日，不知重会是何年。茱萸仔细更重看〔4〕。

【注释】

〔1〕重九旧韵：指前词之韵。

〔2〕白雪：指高雅之歌。此喻指杨元素原作。《阳春》、《白雪》皆高雅之乐，典出宋玉《对楚王问》。刘向《新序》卷二《杂事第二》李周翰注：“《阳春》、《白雪》，高曲名也。明朱权编《神奇秘谱》解题：《阳春》取万物知春，和风淡荡之意；《白雪》取凛然清洁，雪竹琳琅之音。”

〔3〕才器：才能与器识。

〔4〕茱萸：化用杜甫《九日蓝田崔氏庄》“明年此会知谁健，醉把茱萸仔细看”诗意。

【点评】

底本题无“旧韵”，据吴讷抄本补。熙宁七年(1074)重九作于杭州。“风景依然”人却天各一方，别情自见。“茱萸重看”化用杜诗意，抒其“相见时难别亦难”之情。

南乡子

赠行〔1〕

旌旆满江湖〔2〕。诏发楼船万舳舻〔3〕。投笔将军因笑我〔4〕,迂儒。帕首腰刀是丈夫〔5〕。　　粉泪怨离居〔6〕。喜子垂窗报捷书〔7〕。试问伏波三万语〔8〕,何如。一斛明珠换绿珠〔9〕。

【注释】

〔1〕此词仍赠杨元素。杨典兵事盖有命而未行,故上片及之。下首同。

〔2〕旌旆(pèi):军中仪仗所用的旗帜。

〔3〕楼船万舳舻(zhú lú):千万只高大的战船。舳,船尾。舻,船头。

〔4〕投笔将军:用班超投笔从戎典。此喻指杨元素。

〔5〕帕首腰刀:古代武将的装束。

〔6〕离居:夫妻分离。

〔7〕“喜子”句:蜘蛛集而百事喜,故俗以蜘蛛为喜子。东晋葛洪《西京杂记》。

〔8〕“伏波”句:东汉初,马援多次建立奇功,拜伏波将军。“三万语”,指马援平交址后向刘秀上的奏折中所云拓边“县户有三万二千”。见《后汉书·马援传》。此喻指杨元素如马援能建立大功。

〔9〕绿珠:石崇美妾。

【点评】

熙宁七年(1074)九月,杨将离杭,苏轼作此词赠之。词写杨绘典兵,全为想象,结句又想象大功告成之后复得绿珠,乃戏语。然用典太多,难免影响阅读。

定风波

送元素

千古风流阮步兵。平生游宦爱东平〔1〕。千里远来还不住,归去。空留风韵照人清。　　红粉尊前深懊恼〔2〕,休道。怎生留得许多情。记得明年花絮乱。看泛。西湖总是断肠声。

【注释】

〔1〕"千古"二句:阮籍曾为步兵校尉,不乐仕宦,尝言于帝曰:"籍平生曾游东平,乐其风土。"帝即拜其为东平相。十余日便复骑驴去。见《世说新语·任诞》。元素到郡数日而去,故以阮籍善游誉喻指元素。

〔2〕红粉:席间佐酒的歌妓。

【点评】

熙宁七年(1074)九月,与张先同赋《定风波》送杨绘(元素)还朝,作此词。两两相较,苏词开阔大气,张词清隽细腻。在词作的道路上,柳永与张先无疑都是苏轼的老师,这二位前辈词人,给苏轼以哺育营养是无疑的。

南乡子

沈强辅雴上出文、犀丽玉作胡琴，送元素还朝，同子野各赋一首〔1〕

裙带石榴红。却水殷勤解赠侬。应许逐鸡鸡莫怕〔2〕，相逢。一点灵犀必暗通〔3〕。　何处遇良工。琢刻天真半欲空。愿作龙香双凤拨〔4〕，轻拢。长在环儿白雪胸〔5〕。

【注释】

〔1〕苏轼赴密州任，杨绘还朝，故二人同离杭过吴兴。沈沔，字强辅，湖州人，为处士，结庐于雴溪、苕溪之旁，别墅有天隐楼，设宴为二公饯别。席上出文丽玉、犀丽玉两位家妓鼓胡琴作歌佐酒，张子野为陪客，张词题中所谓“送客过余溪”之“客”即指苏、杨二公。苏轼题中“送元素还朝”，乃客中送客。

〔2〕“却水”二句：一种上下贯通的犀牛角，称通天犀，衔之入水，水常为人开三尺。又名骇鸡犀，能令鸡见之惊避。见晋葛洪《抱朴子·内篇》卷四《登涉》。却水，使水退却。逐鸡，追鸡，取“嫁鸡随鸡”意。此喻指犀丽玉对客人殷勤。

〔3〕灵犀：典出李商隐《无题二首》其一：“身无彩凤双飞翼，心有灵犀一点通。”

〔4〕双凤：杨贵妃琵琶有金缕红文，皱拢成双凤。见乐史《杨太真外传》。此以“双凤”暗喻文丽玉、犀丽玉两位家妓。

〔5〕“轻拢”二句：拢，叩弦。凡作乐若琴瑟类，皆置而抚弦。惟琵琶

则抱以按曲,故云“长在环儿白雪胸”。环儿,杨贵妃名玉环。此代指两位歌女。

【点评】

词题底本“犀”上无“文”字,据傅注本补。熙宁七年(1074)九月下旬,苏轼与元素同过吴兴,席间赋此词赠两位歌妓。词将送行与咏妓结合起来,上片咏犀丽玉,全用“犀角”与“灵犀”典。下片首二句咏文丽玉,故用良工琢玉事,“愿作”句收“二玉”,结用杨贵妃典。词全用双关语,既咏物又咏人。启功先生曾谓宋人读词有“皮薄”“皮厚”之说,易读者为“皮薄”,难读者为“皮厚”。此词“今典”与“古典”均有难读之处,若能剥开这双重“厚皮”,其雅趣自知。

减字木兰花

过吴兴,李公择生子,三日会客,作此词戏之[1]。

惟熊佳梦[2]。释氏老君亲抱送[3]。壮气横秋。未满三朝已食牛[4]。　犀钱玉果[5]。利市平分沾四坐[6]。多谢无功。此事如何到得侬[7]。

【注释】

〔1〕李公择:李常字公择,官至户部尚书,其时守湖州。三日:古代风俗,生子三日后要做“洗儿会”,大宴宾客。

〔2〕“惟熊”句:古人以为梦见熊是生男的佳兆,此谓李公择生了个男孩。

〔3〕释氏老君:释氏即佛教始祖释迦牟尼。老君,道教的始祖老子。

〔4〕食牛:喻壮气。虎豹之驹,虽未成文,已有食牛之气。见战国尸

佼《尸子》。

〔5〕犀钱玉果：均为洗儿钱。富贵人家常以犀、玉作成的钱与果子，表示喜庆。见宋孟元老《东京梦华录》。

〔6〕利市：节日、喜庆日所得赏的喜钱。

〔7〕“多谢”二句：傅注引秘阁古《笑林》云：“晋元帝生子，宴百官，赐束帛。殷羡谢曰：‘臣等无功受赏。’帝曰：‘此事岂容卿有功乎？’”按，亦见《世说新语·排调》。

【点评】

熙宁七年（1074）九月，苏轼自杭移密，过吴兴，时李常守湖，生子，苏轼赴洗儿会，作此词。上片连用两典赞赠主喜得虎子，下片戏赠主。苏轼乃玩笑大王，于此可见一斑。然所引资料，君臣相戏，朋友相戏，足见古代君臣之间，朋友之间，并不总是古板正经的，也有相戏而放松的时候。

南乡子

席上劝李公择酒

不到谢公台。明月清风好在哉[1]。旧日髯孙何处去[2]，重来。短李风流更上才[3]。　　秋色渐摧颓。满院黄英映酒杯[4]。看取桃花春二月，争开。尽是刘郎去后栽[5]。

【注释】

〔1〕“不到”二句：意谓湖州的风景不亚于扬州。谢公台在扬州。

〔2〕髯孙：《三国志·吴主传》注引《献帝春秋》曰：“张辽问吴降人：‘向有紫髯将军，长上短下，便马善射，是谁？’降人答曰：‘是孙会稽。’”词

以“髯孙”喻孙觉，因孙觉字莘老，自湖州离任而去，由李常接任。

〔3〕“重来”二句：熙宁六年二月曾来，故此次谓“重来”。短李，《新唐书·李绅传》：“为人短小精悍，于诗最有名，时号‘短李’。”此喻指李常（公择）。

〔4〕黄英：菊花。

〔5〕“尽是”句：刘禹锡《戏赠看花诸君子》：“玄都观里桃千树，尽是刘郎去后栽。”此喻指孙觉（莘老）。

【点评】

熙宁七年（1074）九月，公赴密经湖州，李常设宴饯公，苏轼与席间作此词。对新守思旧守，一花并蒂，苏轼最擅此道。

菩萨蛮

席上和陈令举〔1〕

天怜豪俊腰金晚〔2〕。故教月向松江满〔3〕。清景为淹留。从君都占秋。　　身闲惟有酒。试问遨游首〔4〕。帝梦已遥思〔5〕。匆匆归去时。

【注释】

〔1〕陈令举：即陈舜俞，见前39页《鹊桥仙》（缑山仙子）注〔1〕。熙宁七年（1074）七月，陈令举在南康军盐酒税任，专来杭州与苏轼相会。至九月又与苏轼同至湖州，是月望日，亦参与六客之会，会后即归南康军。

〔2〕腰金晚：腰金，饰金的腰带。此为宽慰之词，因陈官位尚未至腰金，故着一“晚”字。

〔3〕松江：即吴淞江。江源出太湖，经吴兴，故云。据“满”字，知为

九月十五日夜。

〔4〕遨游首：指太守。成都风俗，所集之地，须得太守一往后方盛，土人因目太守为"遨头。"此指湖州守李常。

〔5〕"帝梦"句：据《尚书·说命上》："高宗梦傅说，使百工营求诸野，得诸傅岩。"后以傅说为相。此亦为宽慰语。

【点评】

底本无题，从傅注本、元本补。熙宁七年（1074）九月，苏轼赴密过湖州，是月望日夜，与杨元素、陈舜俞（令举）李公择等六客游松江，席间和陈令举，作此词。词中充满了对赠主因反对王安石变法而终生坎坷的同情怜惜之情，既谓月满松江，再谓清景淹留，三谓君都占秋，四谓帝梦遥思，凡四致意焉，足见苏轼重情如此。然则"帝梦已遥思"，只是一种宽慰之词，两年后，赠主即寿终正寝。

菩萨蛮

润州和元素

玉笙不受朱唇暖〔1〕。离声凄咽胸填满〔2〕。遗恨几千秋。恩留人不留〔3〕。　他年京国酒〔4〕。泫泪攀枯柳〔5〕。莫唱短因缘〔6〕。长安远似天〔7〕。

【注释】

〔1〕"玉笙"句：意谓佳人的朱唇还未能将玉笙暖热，喻时间短促。为下句"离声"蓄势。

〔2〕离声：指别离时所唱的歌。

〔3〕"恩留"句：意谓帝恩欲留朝内，人望却欲留地方。人望不能与

主恩相争。唐包佶《酬于侍郎湖南见寄十四韵》:“主恩留左掖,人望积南宫。”

〔4〕京国:即京都、京城。杨元素还朝,故云“他年京国酒”,期望之辞。

〔5〕“泫泪”句:“桓公北征,经金城,见前为琅邪时种柳,皆已十围,慨然曰:‘木犹如此,人何以堪!’攀枝执条,泫然流泪。”见《世说新语·言语》。

〔6〕短因缘:鲍生以妾换外弟良马,妾临去,歌曰:“风飐荷珠难暂圆,多生信有短因缘。西楼今夜三更月,还照离人泣断弦。”见《太平广记》卷三百四十九引《纂异记》。

〔7〕“长安”句:晋明帝数岁,坐元帝膝上。元帝问明帝:“长安何如日远?”答曰:“日远。不闻人从日边来,居然可知。”翌日更重问之,答曰:“日近,举目见日,不见长安。”见南朝宋刘义庆《世说新语·夙惠》。

【点评】

底本题作“感旧”,据傅注本、元本改。熙宁七年(1074)九月,苏轼赴密州,杨元素还朝,二人同离杭,十月同至润州乃别。润守许遵饯苏轼与元素,元素先作词,此词为苏轼和作。上片抒别情,在人望难违主恩的矛盾中,突出地方人士对赠主感情之深。下片抒相思之情,用“泫泪攀枯柳”与“日近长安远”二典,叹其再见之难。

醉落魄

席上呈元素

分携如昨〔1〕。人生到处萍飘泊〔2〕。偶然相聚还离索〔3〕。多病多愁,须信从来错〔4〕。　尊前一笑休辞却。天涯同是伤沦落〔5〕。故山犹负平生约〔6〕。西望峨嵋,长羡归飞鹤〔7〕。

【注释】

〔1〕分携如昨:携手分别如在昨日。熙宁四年(1071),苏轼通判杭州,与杨绘分别于汴京,今又分别于润州,故云“如昨”。

〔2〕萍飘:萍无根,逐流而已,岂复有定居。

〔3〕离索:离群索居,孤独地散处一方。

〔4〕“多病”二句:白居易《叹发落》有句曰:“多病多愁心自知,行年未老发先衰。”此反用其意,故云“从来错”,并用以宽慰赠主。

〔5〕“天涯”句:语出白居易《琵琶行》:“同是天涯沦落人,相逢何必曾相识。”天涯,犹云“天边”,谓遥远。

〔6〕“故山”句:意谓辜负了平生回故乡归隐的诺言。

〔7〕归飞鹤:谓隐居成仙。丁令威本辽东人,学道于灵虚山。后化鹤归辽。见旧题陶潜《搜神后记》。

【点评】

底本题作“感旧”,据傅注本、元本改。熙宁七年(1074)十月。在润州与杨元素分别,作此词。临分手反而互相劝慰,故反前首“多情多感仍多病”之意,但下片又谓“伤沦落”,反中之反。回环反复,情深之至。结在“望蛾嵋”,“羡归鹤”,因与杨绘同乡,非慕神仙。

诉衷情

琵琶女〔1〕

小莲初上琵琶弦〔2〕。弹破碧云天〔3〕。分明绣阁幽恨,都向曲中传。　　肤莹玉,鬓梳蝉〔4〕。绮窗前。素娥今夜〔5〕,故故随人〔6〕,似斗婵娟〔7〕。

【注释】

〔1〕琵琶女:指佐筵的歌妓。

〔2〕"小莲"句:齐后主高纬的冯淑妃名小莲,亦作"小怜",善琵琶,事见《北史·后妃传下》。此句以冯淑妃喻指琵琶女。

〔3〕碧云天:喻远方或天边。傅注引郑还古《赠柳将军家伎》诗:"眼看白纻曲,欲上碧云天。"

〔4〕鬓梳蝉:魏文帝宫人莫琼树,创制为蝉鬓,望之缥缈如蝉翼,故号为"蝉鬓"。见晋崔豹《古今注》。

〔5〕素娥:即嫦娥。此处指月。

〔6〕故故:故意。

〔7〕斗婵娟:此句谓嫦娥与妓比赛美丽漂亮。斗,比赛。

【点评】

熙宁七年(1074)十月,在润州与杨元素分别,席间歌妓献艺,先生作此词呈元素。写琵琶女,色艺并及,此亦惯常之法,惟谓琵琶女与素娥两斗婵娟,精妙。

采桑子

润州多景楼与孙巨源相遇〔1〕

多情多感仍多病〔2〕,多景楼中,尊酒相逢。乐事回头一笑空。停杯且听琵琶语〔3〕,细捻轻拢〔4〕,醉脸春融〔5〕。斜照江天一抹红。

【注释】

〔1〕多景楼:在镇江北固山甘露寺内。孙巨源:孙洙字巨源,熙宁七

年新罢海州任，回朝任翰林学士，过润州，与苏轼会于多景楼。

〔2〕“多情”句：此句化用陆诗与柳词。陆龟蒙《自遣诗三十首》之三：“多情多感事难忘，只有风流共古长。”柳永残句：“多情到了多病。”见《全闽诗话》引张耒《明道杂志》。

〔3〕琵琶语：语出白居易《琵琶行》“今夜闻君琵琶语，如听仙乐耳暂明”。

〔4〕细捻轻拢：语出白居易《琵琶行》“轻拢慢捻抹复挑”。捻，揉弦。拢，叩弦。

〔5〕醉脸春融：醉后脸红如春色所融。

【点评】

熙宁七年（1074）十月，孙巨源罢海州任被召回朝过镇江，苏轼赴密州任过镇江，与罢官归里的王存（正仲）与孙巨源相会于润州多景楼，应巨源之请，作此词。词之精警，尽在首末二句。首句神妙，末句如画。中间写朋友相会之乐，情调欢快。

减字木兰花

赠润守许仲涂[1]

郑庄好客[2]。容我尊前先堕帻[3]。落笔生风[4]。籍籍声名不负公[5]。　　高山白早。莹骨冰肤那解老[6]。从此南徐[7]。良夜清风月满湖。

【注释】

〔1〕许仲涂：许遵，字仲涂。泗州人。第进士。熙宁间，出知寿州，再判大理寺，请知润州。又请提举崇福宫。其时许仲涂知润州。

〔2〕郑庄:郑当时,字庄,孝景时,为太子舍人。好客,“常置驿马长安诸郡,请谢宾客,夜以继日,至明旦,常恐不遍”。见《汉书·郑当时传》。

〔3〕堕帻(zé):谓因醉而帽子掉落。

〔4〕落笔生风:用杜甫《寄李十二白二十韵》“笔落惊风雨,诗成泣鬼神”句。

〔5〕籍籍声名:声名显著盛大。

〔6〕莹骨冰肤:肌肤白嫩。

〔7〕南徐:即润州。晋南渡后,侨置徐州于京口,南朝宋改曰南徐。

【点评】

熙宁七年(1074)十月至润州,润守徐遵饯苏轼,轼于席间作此词。宋陈善《扪虱新话》下集卷九:“东坡集中有《减字木兰花》词云:(词略)人多不晓其意。或云:坡昔过京口,官妓郑容、高莹二人尝侍宴,坡喜之。二妓间请于坡,欲为脱籍,坡许之而终不为言。及临别,二妓复之船所恳之,坡曰:‘尔当持我之词以往,太守一见,便知其意。’盖是‘郑容落籍,高莹从良’八字也。此老真尔狡猾耶!”此乃藏头词。藏头诗固多,藏头词却很少见,更罕见上片将藏头的意义与饯别的场面,写得如此水乳交融,难解难分。但下片却露出马脚,仅藏头而与赠别词不合,故如陈善《扪虱新话》所云“人多不晓其意”,“此老真尔狡狯也”,只能当作一段“佳话”而已,不可学。无东坡之才,也学不来。

南歌子

别润守许仲涂

欲执河梁手〔1〕,还升月旦堂〔2〕。酒阑人散月侵廊。北客明朝归去、雁南翔。　　窈窕高明玉,风流郑季庄〔3〕。一时分散水云乡。惟有落花芳草,断人肠。

【注释】

〔1〕河梁:旧题汉李陵《与苏武》三首之三:“携手上河梁,游子暮何之。”后因以“河梁”借指送别之地。

〔2〕月旦:指评论人物。许劭与从兄许靖俱有高名,好共评论乡党人物,故汝南俗谓“月旦评”。见《后汉书·许劭传》。此喻许仲涂像许劭一样有高名。

〔3〕“窈窕”二句:傅注:“高明玉,莹也。”“郑季庄,容也。”“高莹、郑容,皆南徐之名妓。”

【点评】

与上阕作于同时,此阕为离别之作。上片写临别,用李陵别苏武诗意,见其情深。下片写别后,用“风流云散”之典,能不肠断?

阮郎归

苏州席上作

一年三度过苏台〔1〕。清尊长是开。佳人相问苦相猜〔2〕。“这回来不来”。　　情未尽,老先催。人生真可咍〔3〕。他年桃李阿谁栽。刘郎双鬓衰〔4〕。

【注释】

〔1〕“一年”句:先生于熙宁六年十一月赴常州、润州赈饥一过苏,七年(1074)五月自常州、润州还杭二过苏,此为三过也。苏台,即姑苏台。此指苏州。

〔2〕佳人:指佐酒的歌妓。

〔3〕咍(hāi):讥笑。

〔4〕"他年"二句:用唐刘禹锡典。刘禹锡左迁朗州司马,凡十年始还,作《赠看花诸君子》诗曰:"紫陌红尘拂面来,无人不道看花回。玄都观里桃千树,尽是刘郎去后栽。"见唐孟棨《本事诗》。

【点评】

熙宁七年(1074)十月过苏州,苏守王规父饯苏轼,《纪年录》谓席间,"有问'这回来不来?'其色凄然。太守王规甫嘉之,令作此词。"上片纪实,以席间佳人之问语剪裁成词。下片出以感叹,用刘郎典作为对问者的回答,寓意含蓄。

醉落魄

苏州阊门留别〔1〕

苍颜华发。故山归计何时决〔2〕。旧交新贵音书绝〔3〕。惟有佳人,犹作殷勤别。　　离亭欲去歌声咽〔4〕。潇潇细雨凉吹颊。泪珠不用罗巾裛〔5〕。弹在罗衣,图得见时说〔6〕。

【注释】

〔1〕阊门:古时苏州四面八门,阊门为西门之一。见唐陆广微《吴地记》。

〔2〕故山归计:指归隐。

〔3〕旧交新贵:指新旧友人。至苏州,朋友散尽,故云。

〔4〕离亭:送别之亭。

〔5〕裛(yì):擦拭。

〔6〕“弹在”二句:武则天《如意娘》:“看朱成碧思纷纷,憔悴支离为忆君。不信比来长下泪,开箱验取石榴裙。”

【点评】

底本题作“忆别”,据傅注本、元本改。与上阕作于同时,盖上阕为欢迎宴会,此为离别宴会。亦纪实,诸友至湖州即各奔一方,至苏州则惟苏轼一人而已,未免有点寂寞,故感慨万端。“故山”句,仅为临时感慨,此时还不到归隐之时,莫被作者瞒过。沈际飞《草堂诗余别集》卷二说“止有佳人惜别可悲,继有佳人惜别可慰”,正好反衬诸友云散时的寂寞情怀。

浣 溪 沙

赠陈海州。陈尝为眉令,有声〔1〕。

长记鸣琴子贱堂〔2〕,朱颜绿发映垂杨〔3〕。如今秋鬓数茎霜〔4〕。　聚散交游如梦寐,升沉闲事莫思量。仲卿终不忘桐乡〔5〕。

【注释】

〔1〕陈海州:除题序中说“陈尝为眉令,有声”外,其余如名、字与仕履均不详。古人常以所官之地称对方,故曰“陈海州”。海州,治所在今连云港市,宋属淮南东路。眉令,即眉县县令。有声,有声望。

〔2〕“长记”句:意谓以道化民,不劳而治。《吕氏春秋·察贤》:“宓子贱治单父,弹鸣琴,身不下堂而单父治。”

〔3〕朱颜绿发:红颜黑发。

〔4〕“秋鬓”句:鬓边已添了数根白发。

〔5〕“仲卿”句:意谓忘不了所官之地。朱邑字仲卿,将卒,嘱其子

曰："我故为桐乡吏，其民爱我，必葬我桐乡。后世子孙奉尝我，不如桐乡民。"见《汉书·朱邑传》。此喻陈与海州人感情至深，颂其德政。

【点评】

底本题作"忆旧"，据傅注本、元本改。熙宁七年（1074）十月过海州作此词。通首充满忆昔感今，聚散升沉之慨，对仕途坎坷的赠主深表同情与安慰，格调深沉却并不苍凉。结句用仲卿典，颂其德政。

更漏子

送孙巨源〔1〕

水涵空，山照市。西汉二疏乡里。新白发，旧黄金。故人恩义深〔2〕。　　海东头，山尽处。自古客槎来去。槎有信，赴秋期〔3〕。使君行不归。

【注释】

〔1〕孙巨源：见前57页《采桑子》（多情多感仍多病）题序注〔1〕。孙巨源罢海州内召入京，至润州与苏轼相会，复陪苏轼至海州乃别，苏轼作此词送之。

〔2〕"西汉"四句：疏广为太傅，侄疏受亦为少傅，叔侄并为师傅，朝廷以为荣。广称病乞致仕（退休），许之，加赐黄金二十斤，皇太子赠以五十斤。见《汉书·疏广传》。意谓二疏回故乡时，皇帝及太子送的黄金还在，鬓却添了白发，故人恩义实在深。以此典喻皇帝对孙巨源的器重。

〔3〕"自古"三句：海上年年有人八月乘槎赴天河，故云"槎有信，赴秋期"。已详见前39页《鹊桥仙》（缑山仙子）注〔2〕。此反衬后句"使君

行不归”。

【点评】

熙宁七年(1074)海州别孙巨源作。上片因至海州而怀念汉宣帝与时为太子的元帝对二疏的恩义,下片用“客槎”典反衬一别难见之情。上下片似不粘连,实则怀古为抒今蓄势,以汉宣、元二帝对二疏的恩义,喻宋神宗对孙洙(巨源)的恩义。苏轼始终是一个忠君主义者,于此亦可见一斑。结句见其一往情深,“行不归”三字有一两千斤之重。

减字木兰花

空床响琢〔1〕。花上春禽冰上雹〔2〕。醉梦尊前。惊起湖风入坐寒。　　《转关》、《镬索》〔3〕。春水流弦霜入拨〔4〕。月堕更阑。更请宫高奏独弹〔5〕。

【注释】

〔1〕空床响琢:谓琵琶声如琢玉。床,琴架。

〔2〕“花上”句:喻琵琶声的美妙,如花枝上的鸟鸣叫般动听,如雹落冰上之清脆悦耳。

〔3〕转关、镬索:皆琵琶曲名,即《转关六幺》和《镬索》。

〔4〕春水流弦:喻声清脆。霜入拨:喻声凝重。

〔5〕宫高:在宫、商、角、徵(zhǐ)、羽五声中,宫声调最高,故云。

【点评】

底本无此阕,据元本、朱本补。《苏轼文集》卷五十五《与蔡景繁十四首》其九云:“朐山临海石室……尝携家一游,时家有胡琴婢,就室中作《镬索》、《凉州》,凛然有冰车铁马之声。”此词即熙宁七年(1074)十月底过海州游石室作。全词博喻层出,得《琵琶行》之神髓。

沁园春

赴密州早行马上寄子由[1]

孤馆灯青，野店鸡号[2]，旅枕梦残。渐月华收练，晨霜耿耿[3]，云山摛锦[4]，朝露漙漙[5]。世路无穷，劳生有限，似此区区长鲜欢。微吟罢，凭征鞍无语，往事千端。

当时共客长安。似二陆、初来俱少年[6]。有笔头千字，胸中万卷[7]，致君尧舜[8]，此事何难。用舍由时，行藏在我[9]，袖手何妨闲处看。身长健，但优游卒岁，且斗尊前[10]。

【注释】

〔1〕密州：今山东诸城，宋属京东东路。苏辙，字子由，年十九，与兄轼同登进士科，又同策制科。时在齐州掌书记任。齐州，宋属京东西路，治所在今山东济南市。

〔2〕“孤馆”二句：孤馆，指驿馆，古代驿站，专供驿传及过往官员息栖。野店鸡号，化用温庭筠《商山早行》“鸡声茅店月，人迹板桥霜”句意。

〔3〕“渐月华”二句：谓月亮渐渐收去了白练似的光芒，晨霜上只有一点微明。耿耿，微明。

〔4〕摛（chī）锦：展开的织锦。

〔5〕漙（tuán）漙：露水圆而多的样子。《诗经·郑风·野有蔓草》：“零露漙兮。”

〔6〕“当时”二句：嘉祐二年（1057），轼、辙兄弟二人入京应试中式，名震京师。陆机、陆云兄弟“少有异才，文章冠世”，晋灭吴，二人俱入洛

阳，张华见之曰：“伐吴之役，利获二陆。”见《晋书·陆机传》。

〔7〕万卷：语出杜甫《奉赠韦左丞丈二十二韵》：“读书破万卷，下笔如有神。”

〔8〕致君尧舜：语出杜甫《奉赠韦左丞丈二十二韵》：“致君尧舜上，再使风俗淳。”

〔9〕“用舍”二句：升迁荣辱任其自然。《论语·述而》：“用之则行，舍之则藏，惟我与尔有是夫。”

〔10〕“优游”二句：优游，闲暇自得貌。且斗尊前，聊且以酒为乐。斗，谓比赛酒量。

【点评】

底本无题，据元本补。熙宁七年（1074）十月底过海州赴密州，途中作此词怀子由。夏敬观《吷庵词评》曾说柳永词“用六朝小品文赋作法，层层铺叙”，苏轼何曾不如此？看他夹叙夹议，层层铺展，将壮志难酬的心怀形诸笔端，不正是六朝小赋的笔意么！若与柳永《戚氏》（晚秋天）对观，即略可领会一二。若从思想的角度来观察，多年来的宦游生活，使东坡经历了一场政治思想与人生思想的搏斗，形似平静的官场生活，掩盖不住他内心深处行藏用舍与世途祸福的矛盾。善于将政治思想与人生思想区别开来，这使苏轼容易从政治碰壁中解脱出来，使内心恢复平静的原因所在。然而用世过切却又往往轻而易举地将他推入更为深刻之内心矛盾。由通判到知府，使他用世的勇气大增。然而朝廷上新旧党之争究竟谁胜谁负，却如庞大无朋的顽石般压在他的心头。政治的威压感常使他作庄生梦蝶之想以求解脱，而对人生的执着又将他引向对现实的思索。这是新旧两党之争、儒家与释老之争、进步与落后之争在一个正直、聪明而又迂憨的士大夫知识分子身上的形象折射，也是决定苏轼密、徐、湖等地所作词篇的思想感情脉搏。因此，方知他自请东守与弟团聚而又如愿以偿时，之所以写出《沁园春》“赴密州早行马上寄子由”这般感慨万端的作品来，只不过是他这一时期所产生的内心矛盾的前奏而已。而作为这种内心矛盾的具体表现，则是豪放词居于主导地位，旷达沉郁词亦开始出现，婉约词也与前大异其趣，变得更加深沉典雅。这是苏轼沿着以诗为词之途将词由

"共我"引向"自我",由"代言"引向"言志"的胜利实践,是将词由"别是一家"引向"自是一家"的最后完成。

南乡子

梅花词和杨元素

寒雀满疏篱,争抱寒柯看玉蕤[1]。忽见客来花下坐,惊飞。踏散芳英落酒卮[2]。　痛饮又能诗。坐客无毡醉不知[3]。花尽酒阑春到也[4],离离[5]。一点微酸已着枝[6]。

【注释】

〔1〕玉蕤(ruí):白色梅花。蕤,花枝繁盛。

〔2〕酒卮:酒杯。

〔3〕无毡:没有毡垫,喻节俭。《晋书·吴隐之传》:"寻拜度支尚书太常,以竹篷为屏风,坐无毡席。"

〔4〕"花尽"句:来年正月十一日立春,据此,知此词当作于是年尾。

〔5〕离离:果实繁盛貌。

〔6〕微酸:梅子味酸,故云。

【点评】

熙宁七年(1074)十一月,苏轼至密州任,是年尾,杨元素以梅花词见寄,苏轼和作此词。梅词不见梅,却处处写梅,上片画出一幅寒雀抱柯惊却图,下片想象赠主醉于梅下,上下片结句均出奇,下启杨万里诗的尖新明快。

蝶恋花

密州上元[1]

灯火钱塘三五夜[2]。明月如霜，照见人如画。帐底吹笙香吐麝[3]。此般风味应无价。　　寂寞山城人老也[4]。击鼓吹箫，乍入农桑社[5]。火冷灯稀霜露下[6]。昏昏雪意云垂野。

【注释】

〔1〕上元：正月十五日为上元，俗称元宵节。

〔2〕三五夜：即正月十五夜。

〔3〕香吐麝：指其香如麝香般浓郁。

〔4〕山城：指密州，即今山东诸城。诸城有马耳山、九仙山、回头山（今名大北山）等。

〔5〕农桑社：农家的社火。旧时节日村社迎神赛会所扮演的杂剧，后演变成一种娱乐活动。

〔6〕“火冷”句：夜深之后，灯火渐稀，霜露已下。

【点评】

熙宁八年（1075）苏轼年四十，正月十五日作此词。词在纪实与对比中写出杭州与密州上元热闹与冷清的迥异。“击鼓吹箫”，还冷清么？非环境冷清，心情冷情。言为心声，人地两生，难免如此。

江 神 子

乙卯正月二十日记梦

十年生死两茫茫[1]。不思量。自难忘。千里孤坟[2]，无处话凄凉。纵使相逢应不识，尘满面，鬓如霜。

夜来幽梦忽还乡。小轩窗。正梳妆。相顾无言，惟有泪千行。料得年年断肠处，明月夜，短松冈[3]。

【注释】

〔1〕“十年”句：苏轼原配妻子王氏通义君卒于治平二年（1065）五月，至熙宁八年（1075）正好十年。

〔2〕千里孤坟：王氏卒于京师，葬于眉州苏氏祖坟，眉山与密州相距遥远，故云。

〔3〕松冈：松楸之冈。松楸，墓地之木。

【点评】

底本题作“公之夫人王氏先卒，味此词，盖悼亡也”，据元本改。熙宁八年（1075）正月二十日作此词悼王氏夫人。情之至者，铅华都废，尽显本色。苏轼此词，一改爱用典之习，一气呵成，既无典障，也无辞碍，却感人者速，化人者切，身经此境者读之不禁肝肠寸断，未经此境者读之亦当感慨万端。上片写醒境，下片写梦境。写醒境，最感人的却是最不起眼的“不思量，自难忘”两句。苏轼在劝慰一位新鳏之朋友时曾说：夫妻之间，如胶似漆，割也割舍不断，何况不割？这六字不正是“割也割舍不断”的写照么！下片写梦境，最感人的还是那最不起眼的“相顾无言”四字，却将阴阳隔绝的两颗滴血的灵魂融化在一起。他如“应不识，尘满面，鬓如霜”；

"小轩窗。正梳妆","惟有泪千行",都是在摇曳正文。在词史上,是柳永首先将悼亡题材引入词作的,苏轼继之,周邦彦又继之。也都是先写醒境,后写梦境。但柳永《离别难》(花谢水流倏忽)却尽在妻子的美貌上用笔,周邦彦《过秦楼》(水浴清蟾)却用典太多且用僻典,一个情佚,一个典障,相较而言,其感人之深浅显然是有等差的,对观可知。若以词风而论,这无疑是一首婉约词,但较之初期与倅杭期之婉约词,则褪尽了红袖添香、歌妓侑酒的俗气,自是一番新的境界,显然突现出苏轼所谓"自是一家"的面貌与境界。

永遇乐

寄孙巨源〔1〕

长忆别时,景疏楼上〔2〕,明月如水。美酒清歌,留连不住,月随人千里〔3〕。别来三度,孤光又满〔4〕,冷落共谁同醉。卷珠帘,凄然顾影,共伊到明无寐。　　今朝有客,来从淮上,能道使君深意。凭仗清淮,分明到海,中有相思泪。而今何在,西垣清禁〔5〕,夜永露华侵被。此时看、回廊晓月,也应暗记。

【注释】

〔1〕孙巨源与苏轼在海州别后赴京,苏轼至密州后写此词寄孙巨源。

〔2〕景疏楼:在海州,因景仰西汉二疏建,详参前《更漏子》(水涵空)"西汉"四句注。海州,治所在今连云港市,宋属京东东路。

〔3〕"月随"句:化用鲍照《玩月城西门解中》"三五二八时,千里与

君同”句意。

〔4〕“别来”二句：即已分别了三个月。孤光，指未满之月光。

〔5〕西垣：即中书省。孙回朝为知制诰，故云。

【点评】

熙宁八年(1075)正月十五日后写此词赠巨源。从知密州到乌台诗案之前，苏词逐渐进入了成熟期。与倅杭时的自发不同，这一时期，他已经在自觉地完成从词“别是一家”到“自是一家”的转变，这首词连同前《沁园春》(赴密州早行马上寄子由)与《江神子》(十年生死两茫茫)无疑都是成熟的表现，也是“自是一家”的表现，但还不是豪放，而是清俊。词以情景交融之法，一气呵成。上片前六句写临别，后五句写忆别，均以景衬情。下片前六句从客着笔，写君思我；后五句从主着笔，写我思君。全词抚今追昔，不尽低回，情意盎然，浑然天成。试与倅杭时赠人词对观，那种景物与感情的碎锦，已经化零为整，几近羚羊挂角，无凑泊之迹。此外，前人亦谓词中有戏剧，有小说，可谓慧眼独具。慢词的兴起与以赋为词，给词的戏剧化小说化提供了这种便利，而这二者都是由柳永启山林的，故词中有戏剧、小说亦自柳永始，他的许多慢词体现了这种特点，甚至可作微型小说来读。苏轼此词，亦有微型小说的痕迹，试与柳永《倾杯》(离宴殷勤)阕对看，不难发现师徒传承与变化的痕迹。然而在崇苏贬柳的人看来，大约会被视为“无知妄说”，可这却是无可辩驳的事实。

雨中花慢

今岁花时深院，尽日东风，荡飏茶烟〔1〕。但有绿苔芳草，柳絮榆钱〔2〕。闻道城西，长廊古寺〔3〕，甲第名园〔4〕。有国艳带酒，天香染袂〔5〕，为我留连。　清明过了，残红无处，对此泪洒尊前。秋向晚，一枝何事，向我依然。高会聊追短景〔6〕，清商不假余妍〔7〕。不如留取，十分春态，付与明年。

【注释】

〔1〕茶烟：茶气。

〔2〕榆钱：即榆荚。似钱而小，色白成串，俗呼榆钱。

〔3〕古寺：指南禅、资福两寺。

〔4〕甲第：指富贵人家的府邸。

〔5〕"国艳"二句：国艳、天香，皆为牡丹美名。

〔6〕"高会"句：高会，盛会。短景，秋日之景。

〔7〕清商：指秋风。

【点评】

词调，底本无"慢"字，据《词谱》增。熙宁八年（1075）九月作。《纪年录》谓熙宁八年九月，"旱蝗，斋素。方春，牡丹盛开，不获赏。九月忽开一朵，雨中特置酒，作《雨中花》"。刘熙载《艺概·词概》以风骨别此词与欧词《朝中措》（手种堂前杨柳），可谓精要。刘勰《文心雕龙·风骨》云："是以怊怅述情，必始乎风；沉吟铺辞，莫先于骨。故辞之待骨，如体之树骸；情之含风，犹形之包气。结言端直，则文骨成焉；意气骏爽，则文风清焉。"此词所以尚骨，即在于无铺叙不能达忧民之情。连岁旱蝗，只能默坐愁城，残红泪洒，"一枝向我依然"则"不如留取，十分春态，付与明年"。"风"之附"骨"，"风"之合"骨"，十分明显。

江神子

密州出猎[1]

老夫聊发少年狂。左牵黄，右擎苍[2]。锦帽貂裘，千骑卷平冈。为报倾城随太守[3]，亲射虎，看孙郎[4]。

酒酣胸胆尚开张[5]。鬓微霜,又何妨。持节云中,何日遣冯唐[6]。会挽雕弓如满月[7],西北望,射天狼[8]。

【注释】

〔1〕《纪年录》谓熙宁八年乙卯(1075)冬,“祭常山回,与同官习射放鹰,《和梅户曹会猎铁沟》,又作《江神子》”。

〔2〕“老夫”三句:宋人爱言老,此年苏轼始四十岁。牵黄擎苍,手中牵黄狗,肩上擎苍鹰。

〔3〕“倾城”句:谓倾城而出随太守观猎。

〔4〕“亲射虎”二句:孙权亲乘马射虎于庱亭。此处以孙权自比。

〔5〕“酒酣”句:意谓饮酒尽量,胸怀胆气都十分豪壮。开张,挽袖伸臂之状。

〔6〕“持节”二句:持节,拿着节符。云中,汉代郡名,今内蒙古托支托县及山西西北一部分地区。冯唐,汉文帝时人,魏尚守边,匈奴远避,不近云中之塞。一言不相应,文吏以法绳之。后文帝令唐持节赦魏尚,复以为云中守,而拜唐为车骑都尉,主中尉及郡国车士。本事未知,此句魏尚、冯唐谓谁,难于遽断。

〔7〕满月:弓本为半月形,拉满则成为圆月形。

〔8〕天狼:星名。古人以为主侵略。

【点评】

底本题作“猎词”,据傅注本改。熙宁八年(1075)十月作。在苏词中,颇为苏轼引以为自豪且自评其词(见《与鲜于子骏书》)者,仅此一首。于此词同时,又作密州出猎诗。诗词对观,两者均写报效国家之壮烈情怀,而以阔狭别其境,以哀乐辨其声、以隐显分其言、以轻重论其质、以庄媚界其体之传统藩篱,却被冲决一尽,踪影了无。若再绳之以意境,则诗以境胜,词则意境双绝,浑然天成。原其所以,盖因诗中骄马腾空、苍鹰掠地、白云翠巘、红叶满衣之艺术画面尚未能与抒情主人公形象融洽无间,尾联之寄托亦微显外加之痕。而词则始终以抒情主人公形象为主体,左黄右苍、锦帽貂裘、千骑平冈、雕弓满月之与“聊发少年狂”妙合无垠,“西北望,射天狼”亦显得水到渠成。由此观之,则诗的严整句式与对仗反倒成为束缚作家抒发感情的枷锁,使画面出现跳跃而组接有痕;而词的长短句式与骈散灵动则给予作家以更大自由,使画面显出连续性而组接天成。唯其如此,方显得词比起诗来更加豪迈俊逸而又气象不凡。有先贤以为此词根本无豪放可言,则使后学如我者实在“口不敢非先生而心不敢是先生”。苏轼以诗为词并未害其为词坛圣手,倒成就其所以有别其他词坛圣手之重要原因。后山谓其“以诗为词”,易安谓其“句读不葺之诗”,判则是而评则非,意在于贬却实成其褒。今人为之辩亦大可不必,形似褒而实则贬。豪放词不唯与东坡积极用世、急于事功之政治思想相合拍,亦与他的性格相和谐,故此类词,在苏轼最为举重若轻,顺手拈来,即成绝唱。

减字木兰花

送东武令赵晦之失官归海州〔1〕

贤哉令尹〔2〕。三仕已之无喜愠〔3〕。我独何人,犹把虚名玷搢绅〔4〕。　　不如归去,二顷良田无觅处〔5〕。归去来兮。待有良田是几时。

【注释】

〔1〕东武:即密州高密县。赵晦之:赵旭,字晦之,海州或涟水人。失官:失掉官职,即罢官。赵因事被何罢官,未详。

〔2〕令尹:春秋时楚国执政官之称,后世亦称知县。

〔3〕“三仕”句:令尹子文,三仕为令尹,无喜色;三已之,无愠色。见《论语·公冶长》。

〔4〕搢绅:亦作“缙绅”。意谓插笏于腰带间。古代仕者垂绅搢笏,

故称官族曰搢绅。

〔5〕二顷良田:反用苏秦典。苏秦佩六国相印后曾喟然叹曰:“且使我有雒阳负郭良田二顷,吾岂能佩六国相印乎?”见《史记·苏秦列传》。

【点评】

底本题无“失官归海州”,据傅注本、元本补。熙宁八年(1075)岁尾作此词,劝慰赠主以通脱的态度对待进退升沉,上片说“三仕已之无喜愠”,出新;下片却谓“不如归去”,入俗。柳永词亦往往如此,笔者称其为“柳尾”,许多柳词原不失为上乘之作,却为这种“柳尾”所害,无乃亦有“苏尾”乎!

蝶恋花

密州冬夜文安国席上作〔1〕

帘外东风交雨霰〔2〕。帘里佳人,笑语如莺燕。深惜今年正月暖。灯光酒色摇金盏。　　掺鼓渔阳挝未遍〔3〕。舞褪琼钗,汗湿香罗软。今夜何人吟古怨。清诗未就冰生砚。

【注释】

〔1〕文安国:名勋,字安国,庐江人。曾官太府寺丞,工画。冬夜,应为春夜之误,因词中明言“今年正月”。文安国因事至密州,苏轼作此词赠之。

〔2〕雨霰(xiàn):雨雪交加。霰,雨遇冷空气凝成的雪珠。

〔3〕“掺(shǎn)鼓”句:掺,持鼓。渔阳,鼓曲名。挝(zhuā),敲打。此用祢衡典。孔融荐祢衡与曹操,祢衡狂放不羁,为曹操所恶,欲辱之,乃

召为鼓吏，令击鼓。衡方为《渔阳参挝》，声节悲壮。见《后汉书·祢衡传》。此喻指文勋。

【点评】

熙宁九年(1076)苏轼年四十一，正月初在文勋席上，“有人送苦寒诗求和”，苏轼作此词和之。上片反其意，写席间欢快的情景，谓之“骂题”，至结句“冰生砚”，始“和题”。此乃老苏(苏洵)教大小苏(轼、辙)之法，用之于长篇诗文或可，若用之于词，难免画面破碎。复用祢衡典，固然画出赠主狂放不羁的性格，隐含对其仕途坎坷的悲悯之情，终与全词扞格。

满 江 红

正月十三日雪中送文安国还朝[1]

天岂无情，天也解、多情留客。春向暖、朝来底事[2]，尚飘轻雪。君遇时来纡组绶[3]，我应归去耽泉石[4]。恐异时、杯酒忽相思，云山隔。　　浮世事[5]，俱难必。人纵健，头应白。何辞更一醉，此欢难觅。欲向佳人诉离恨，泪珠先已凝双睫。但莫遣、新燕却来时，音书绝[6]。

【注释】

〔1〕谓文安国还朝：其时可能在朝差遣。

〔2〕底事：何事。

〔3〕“君遇时来”句：纡，屈曲萦绕。组绶，佩带。为高官所佩。此时文尚为选人，未进入京朝官序列。故云“君遇时来”，为时来运转之意，实

为祝愿之词。

〔4〕耽泉石：沉湎于归隐。

〔5〕浮世：即浮生。

〔6〕"但莫遣"二句：意谓等到燕子来时，可不要没有信呀。古代有双燕传书之说。

【点评】

底本题无"雪中"二字，据傅注本、元本补。熙宁九年（1076）正月十三日送文安国还朝作此词。与上首义同，以"遇时"相劝慰。但与上词的"破碎何足名家"迥异，全词一气呵成。开篇即左旋右旋，始谓"天岂无情"，既谓"天也解、多情留客"，复谓"尚飘轻雪"，遂将天替人留之意写得奇巧动人。以下全用赋笔陈情，将客主临别时的心态写得惟妙惟肖，又在叙述中抒发人生感慨，别情满纸却又格调疏朗流宕。

一丛花

初春病起〔1〕

今年春浅腊侵年〔2〕。冰雪破春妍〔3〕。东风有信无人见，露微意、柳际花边〔4〕。寒夜纵长，孤衾易暖，钟鼓渐清圆〔5〕。　　朝来初日半含山〔6〕。楼阁淡疏烟。游人便作寻芳计，小桃杏、应已争先。衰病少情，疏慵自放〔7〕，惟爱日高眠。

【注释】

〔1〕熙宁八年年尾苏轼在病中，至九年正月始病愈，故云。

〔2〕春浅腊侵年：立春日在上年腊月，所以此年春浅。考上年十二

月二十三日立春。

〔3〕“冰雪”句:冰雪又消,春色艳丽。

〔4〕“东风”三句:春风有意送春来,却无人发现。只是柳已发芽,花已含苞,才露出了春意。

〔5〕“钟鼓”句:夜里的钟鼓之声十分清朗圆润。古时以钟鼓报时,故云。

〔6〕“朝来”句:初出的太阳一半还隐没在山峰中。

〔7〕疏慵自放:懒散而不惯受拘束。

【点评】

底本无题,据傅注本、元本补。熙宁九年(1076)正月病中作此词,全用赋体,述其因病而疏慵自放之意,体察细密,叙述妥帖,胸怀淡逸,情致潇洒,意在笔先,遂成雅制。

殢人娇

戏邦直〔1〕

别驾来时〔2〕,灯火荧煌无数。向青琐、隙中偷觑〔3〕。元来便是〔4〕,共彩鸾仙侣〔5〕。方见了,管须低声说与。

百子流苏〔6〕,千枝宝炬〔7〕。人间有、洞房烟雾。春来何事,故抛人别处。坐望断,楼中远山归路。

【注释】

〔1〕邦直:李邦直,名清臣,河南安阳人。官至尚书左丞,后为曾布所陷。李邦直此次因公事至密,携其妻同行,故词中有“向青琐隙中偷觑”等戏语。

〔2〕别驾：官名。汉置，为州官副职。宋改置诸州通判，以佐郡首，后世因称通判为别驾。李邦直时为海州通判。

〔3〕“向青琐”句：从门缝中偷看。青琐，汉宫门，因刻为连琐成文而涂青，故称，即今有槅而透光的门窗。西王母尝见汉武帝于承华殿，东方朔从青琐窃窥。见旧题汉班固《汉武故事》。西王母本为神仙，后多以喻美女或情人。邦直携妻同来，故以西王母戏之。覷（qù），偷看。

〔4〕元来：今通作“原来”。

〔5〕彩鸾仙侣：书生文箫往游游锺陵，遇仙女吴彩鸾，遂成夫妻。见裴铏《传奇·文箫》。此喻指李邦直夫妇。

〔6〕百子流苏：古代婚礼用的帐名百子帐。流苏，用羽毛或丝线制成的饰物。

〔7〕宝炬：即烛光。

【点评】

熙宁九年（1076）正月，邦直以秘书郎通判海州，因事至密州，苏轼作此词戏之。词全用赋体，青年人若弄通用典，则好像在听苏轼讲一对恋人的故事，将赠主夫妇欢聚的甜蜜与别后的思念不已，写得诗中有画，画中有诗，可作微型小说来读，虽为戏言，却无恶谑。这一手显然是从柳永那儿学来的，却褪尽了柳永那种香艳腻人甚至色情满纸，显得既活泼生辣，又趣味盎然。个中人读之，当面带羞涩却又心甜如蜜。

望江南

超然台作[1]

春未老，风细柳斜斜。试上超然台上看，半壕春水一城花[2]，烟雨暗千家。　　寒食后[3]，酒醒却咨嗟。休对故人思故国，且将新火试新茶[4]。诗酒趁年华。

【注释】

〔1〕超然台:在密州城上,原无名,苏轼修葺一新,子由取名“超然”。

〔2〕壕:护城河。古时凡城均有护城河,俗称城壕,故云。

〔3〕寒食:节气名,在清明前一两日。

〔4〕新火:周代四时钻燧改火,禁旧火而出新火。唐宋时,清明日赐百官新火。

【点评】

底本题作“暮春”,据傅注本与元本改。熙宁九年(1076)春作此词,上片写超然台春景,风细柳斜,春水城花,雨暗千家,宛然如画。下片抒情,故人故国,难免伤怀;新火新茶,心绪顿变。读此词,但觉跳珠滚玉,琅琅磕磕,格调清新,景色明秀,跌宕多姿。全词几乎全用大白话写成,既无辞碍,也无典障,然却不由人过目成诵,足见褪尽铅华始见媚。

望江南

暮春

春已老,春服几时成〔1〕。曲水浪低蕉叶稳〔2〕,舞雩风软纻罗轻〔3〕。酣咏乐升平。　　微雨过,何处不催耕〔4〕。百舌无言桃李尽〔5〕,柘林深处鹁鸪鸣〔6〕。春色属芜菁〔7〕。

【注释】

〔1〕春服:春日穿的衣服。《论语·先进》:“莫春者,春服既成,冠者五六人,童子六七人,浴乎沂,风乎舞雩,咏而归。”

〔2〕“曲水”句：古时风尚，于阴历三月上巳日，就水滨宴饮，以为可祓除不祥。后人因水曲成渠，流觞取饮，称之为曲水。蕉叶，至浅的酒杯，其形如蕉叶，故名。

〔3〕舞雩（yú）：古代久旱求雨，设祭坛，女巫而舞，称作“舞雩”。

〔4〕催耕：古代有官吏催耕制度。

〔5〕“百舌”句：百舌，鸟名，又名反舌，鸣声圆滑，至仲夏则不鸣，故云“桃李尽”。《礼记·月令》：“小暑至……反舌无声。”

〔6〕柘（zhè）：落叶乔木。鹁鸪：即祝鸠，长尺许，晴时鸣声和缓，将雨则急，故又称水鹁鸪。

〔7〕芜菁：即蔓菁，芜菁花开则春尽。

【点评】

与上首作于同时。词写暮春景物与风俗及春耕景象，亦清新可喜。惟时移世易，今之读者对“曲水”“舞雩”已有生疏感，故不如上首读之琅琅上口。

满江红

东武会流杯亭[1]

东武南城，新堤固、涟漪初溢[2]。隐隐遍、长林高阜，卧红堆碧[3]。枝上残花吹尽也，与君更向江头觅。问向前，犹有几多春，三之一。　　官里事，何时毕。风雨外，无多日。相将泛曲水[4]，满城争出。君不见兰亭修禊事，当时坐上皆豪逸[5]。到如今、修竹满山阴，空陈迹。

【注释】

〔1〕流杯亭：《苏轼诗集》卷十四《别东武流杯》查慎行注：“诸城县有柳

林河，出石门山，流经县西北，入于扶淇，密人为上巳祓除之所。”亭当在此。

〔2〕涟漪：水之波纹。

〔3〕“隐隐”三句：意为满山遍野都隐隐看见落花满地，到处碧绿。

〔4〕“相将”句：谓相伴而行。

〔5〕“君不见”二句：典出王羲之《兰亭集序》：“永和九年，岁在癸丑，暮春之初，会于会稽山阴之兰亭，修禊事也。群贤毕至，少长咸集。”

【点评】

熙宁九年（1076）春作此词。清陈廷焯《云韶集》说此词“风雅疏狂，声流弦外，措词饶有姿态，如灵和殿柳，三起三眠”，灵和殿，南朝齐武帝所建殿名，殿内所植柳树最为有名。李存勖《歌头》：“灵和殿，禁柳千行斜，金丝络。”（清）张澍辑《三辅故事》：“汉苑中有柳，状如人形，号曰人柳，一日三眠三起。”人柳，即柽（chēng）柳，一年可开三次，故称“三春柳”，亦称观音柳，西河柳。细味此词，“风雅”满纸，“疏狂”却未必。复以“灵和殿柳，三起三眠”形容“措词饶有姿态”，亦为的评。写暮春之景而无伤春情绪，喁喁絮语，次第写来，新堤、涟漪、长林、高阜、卧红、堆碧、残花，诸般景物，杂然而陈，使人应接不暇，无怪乎“满城争出”。然结尾却故作“修竹满山阴，空陈迹”之叹，因与全词未能水乳交融，遂成扞格。

临 江 仙

熙宁九年四月一日，同成伯、公谨辈赏藏春馆残花。密州邵家园也[1]。

九十日春都过了，贪忙何处追游。三分春色一分愁[2]。雨翻榆荚阵，风转柳花球[3]。　阆苑先生须自责[4]，蟠桃动是千秋[5]。不知人世苦厌求[6]。东皇不拘束，肯为使君留[7]。

【注释】

〔1〕成伯:即赵成伯,时为密州通判。公谨:姓邓,滁人,余未详。

〔2〕三分春色:叶清臣《贺圣朝》词:“三分春色二分愁,更一分风雨。”

〔3〕柳花球:柳絮飞滚如球。

〔4〕“阆(láng)苑”句:西王母居处有阆风之苑,见佚名《集仙传》,而西王母又称东方朔为“我邻家小儿”,见旧题汉班固《汉武内传》,故知“阆苑先生”指东方朔。汉武帝赐从官肉,大官未来,东方朔独拔剑割肉而去,武帝发现后说:“先生起自责也。”见《汉书·东方朔传》。

〔5〕“蟠桃”句:西王母所种的蟠桃“三千年一生实”,东方朔“曾三来偷桃”见《汉武内传》。

〔6〕“不知”句:承上二句,指人世间如东方朔贪得无厌者不少。

〔7〕“东皇”二句:东皇,指东王公,统领男仙的神。使君,泛指州郡长官。这二句的意思是说东王公不像西王母与汉武帝那样小气,会将赏春盘中所有果蔬都留给你们(赵成伯、邓公谨),你们也可像东方朔一样,拿回去与夫人共享。

【点评】

底本无题,据傅注本补。熙宁九年(1076)四月作于密州。词写暮春景色,残红寥落的惜春情绪并不明显,且似故意将叶清臣“三分春色二分愁,更一分风雨”改为“三分春色一分愁”,并突出了题序中一个“赏”字,因免俗,故新颖。下片以东方朔典戏赵成伯与邓公谨,因新裁,故有趣。

水调歌头

丙辰中秋，欢饮达旦，大醉。作此篇，兼怀子由。

明月几时有，把酒问青天〔1〕。不知天上宫阙，今夕是何年〔2〕。我欲乘风归去，又恐琼楼玉宇〔3〕，高处不胜寒〔4〕。起舞弄清影，何似在人间〔5〕。　转朱阁，低绮户，照无眠。不应有恨，何事长向别时圆。人有悲欢离合，月有阴晴圆缺。此事古难全。但愿人长久，千里共婵娟〔6〕。

【注释】

〔1〕“明月”二句：化用李白《把酒问月》：“青天有月来几时，我今停杯一问之。”

〔2〕今夕：《诗经·唐风·绸缪》：“今夕何夕，见此良人。”

〔3〕琼楼玉宇：天宫的楼阁。

〔4〕“高处”句：用唐明皇游月宫典。八月十五日夜，叶静能邀明皇游月宫。将行，请明皇衣裘而往。及至月宫，寒凛特异，上不能禁。见唐郑处诲《明皇杂录》。

〔5〕起舞弄清影：指月中素娥“起舞弄清影”。

〔6〕婵娟：谓月。

【点评】

熙宁九年(1076)中秋作于密州。词开首四句即如秋鹘奋翮，直逼云霄，大有倚天探幽之势。接以“乘风”五句，乃探幽所得，以为上清高寒，清影孤单，遂又嫦娥去月，丁鹤归辽，始觉人间远胜仙境。下片怀子由却仍不离月，人不眠月却偏追影随形，遂又以月难长圆，人有聚散自慰，达人安命，与弟共勉。结以“千里共婵娟”，余味绕梁。全篇气韵流转，意境高远，风格清雄，意到笔随，天马神行，非空善敷彩者可比。但论者常以此词入豪放词，却系误解。此词有小序说：“丙辰中秋，欢饮达旦，大醉，作此篇，兼怀子由。”正与沁园春“赴密州早行马上寄子由”之主旨相表里。“寄子由”写到任之前行藏用舍之内心矛盾，“怀子由”则写到任之后出世入世之复杂心绪。前词中所谓“用舍由时，行藏在我”只不过偶发感慨，实际上他只能做到“用之则行”，却做不到“舍之则藏”。主于儒而不为儒所囿的苏轼，对孔门遗训只接受了一半。对人生的执着与迷恋，常使他半孔半庄又非孔非庄。每当他政治上碰壁或预感到将要碰壁时，则常效庄子梦蝶，作超然之想。但他又常常“转头山上转头看”，“转头”看到人生，又将那心造的“仙境”否定。《水调歌头》就是如此，充塞在词中的是清雄沉郁之气，却并无豪放迈往之情。他将出世当作用世而不得之政治解脱，而这种政治解脱却恰成为通向迷恋人生的桥梁。

画堂春

寄子由

柳花飞处麦摇波。晚湖净，鉴新磨〔1〕。小舟飞棹去如梭。齐唱采菱歌。　　平野水云溶漾〔2〕，小楼风日晴和。济南何在暮云多〔3〕，归去奈愁何。

【注释】

〔1〕“柳花”二句：形容柳湖景致。晚湖，指陈州柳湖，在陈州城北。鉴新磨，喻湖水清明如新磨的镜子。

〔2〕溶漾:浮动。

〔3〕"济南"句:子由其时已离济南任,故云"何在"。

【点评】

底本无此阕,据元本、朱本补。熙宁九年(1076)九月作于密州寄子由。词怀念陈州柳湖之游,写景逼真,情调欢快,尾因子由先去而未免愁闷惆怅。

江神子

前瞻马耳九仙山[1]。碧连天。晚云闲。城上高台,真个是超然[2]。莫使匆匆云雨散[3],今夜里,月婵娟。

小溪鸥鹭静联拳[4]。去翩翩。点轻烟[5]。人事凄凉,回首便他年。莫忘使君歌笑处[6],垂柳下,矮槐前。

【注释】

〔1〕马耳、九仙:两山皆在密州。

〔2〕超然:超脱世外。

〔3〕云雨散:指朋友如云收雨散。

〔4〕联拳:头、颈、身躯蜷曲在一起。

〔5〕"去翩翩"二句:忽然又翩翩飞去,像一点点轻烟一样。

〔6〕使君:作者自谓。

【点评】

熙宁九年(1076)十二月作此词。将离密州,夜游超然台,故词中充满眷恋之情,却以夜观美景写出,情意自见。

河满子

寄益守冯当世[1]

见说岷峨凄怆[2],旋闻江汉澄清[3]。但觉秋来归梦好,西南自有长城[4]。东府三人最少[5],西山八国初平[6]。　　莫负花溪纵赏[7],何妨药市微行[8]。试问当垆人在否[9],空教是处闻名。唱着子渊新曲[10],应须分外含情。

【注释】

〔1〕冯当世:冯京(1021—1094),字当世,少隽迈不群,举进士,连中三元,熙宁九年(1076)四月,任成都府知府、利州路安抚使;官至太子少师致仕。

〔2〕“见说”句:见说,听说。岷峨,指四川的岷山、峨嵋山。当时西南有木征、鬼章之乱,故言“凄怆”。

〔3〕“旋闻”句:旋闻,接着又听说。江汉,长江与汉水,代指四川。熙宁九年(1076)平定木征、鬼章之乱,故云“澄清”。

〔4〕长城:此喻益州太守冯京为守边可依靠的重臣。

〔5〕“东府”句:唐宋时宰相治事之府称东府,与枢密府称西府相对。三人,宋制,常置宰相一人,副宰相二人,故云“三人”。其时韩绛(1012—1028)为首相,曾公亮(999—1078)为次相,冯京为参知政事(元丰改制前为副宰相),同在东府。三人之中,冯京年龄最小,故云。

〔6〕“西山”句:西山八国,指西南少数民族建立的政权。《新唐书·韦皋传》:“韦皋代张延赏为剑南节度使……蛮部震服……于是西山羌女、

诃陵、南水、白狗、逋租、弱水、清远、咄霸八国酋长，皆因皋请入朝。”此借代茂州夷等西南少数民族。熙宁九年秋，冯京平定茂州（今四川茂县、汶川县一带）少数民族的叛乱。

〔7〕花溪：即浣花溪。在成都，为游赏胜地。

〔8〕“何妨”句：药市，成都有药市。微行，古代皇帝或官吏常改服出行而不使人知，称作“微行”。

〔9〕当垆人：卖酒人，指卓文君。

〔10〕“唱着”句：子渊，王褒（bāo），字子渊，蜀人。益州刺史王襄请子渊作诗以宣化众庶，因奏褒有轶材，朝廷召褒回朝重用。见《汉书·王褒传》。此以王褒喻指冯京。

【点评】

底本题作“湖州作”，傅注本题作“湖州作寄益守冯当世”。题从傅注本但删“湖州作”三字，因作于密州。熙宁九年（1076）年尾作于密州寄益守冯当世。词纯用赋体，上片写冯京知益州的事功，文辞自然沉着有力；下片写益州风土人情，想象冯京游赏之情，以虚词钩连，愈见情趣，读来流丽气畅。

江 神 子

东武雪中送客〔1〕

相逢不觉又初寒。对尊前。惜流年。风紧离亭，冰结泪珠圆。雪意留君君不住，从此去，少清欢。

转头山下转头看〔2〕。路漫漫。玉花翻〔3〕。银海光宽，何处是超然〔4〕？知道故人相念否，携翠袖〔5〕，倚朱阑。

【注释】

〔1〕客:指章传道,章为密州州学教授,熙宁九年(1076)丙辰十二月任满离密州,苏轼作此词送别。

〔2〕转头山:在诸城县南四十里。见《一统志》。

〔3〕玉花翻:指雪花飞舞。

〔4〕超然:双关语,既指超然台,又指超脱的人生态度。

〔5〕翠袖:代指美女。

【点评】

底本题作"冬景",据元本改。熙宁九年丙辰(1076)十二月送章传道作此词。"玉花翻。银海光宽",仅七字即写尽雪景,又在写景中抒惜别之情。

阳关曲

答李公择〔1〕

济南春好雪初晴。才到龙山马足轻〔2〕。使君莫忘霅溪女〔3〕,还作阳关肠断声〔4〕。

【注释】

〔1〕熙宁九年十一月,苏轼移知河中府(后又改知徐州),十二月罢密州任即行,十年丁巳(1077)苏轼年四十二,正月至济南,住其弟子由家月余,词即作于此时。李公择当时知齐州。

〔2〕龙山:龙山镇在济南东七十里。

〔3〕霅(zhà)溪:在湖州,此代指湖州。因李曾为湖州守,故云。

〔4〕阳关:即阳关曲,已详见前1页《渔家傲》(一曲阳关情几许)注〔2〕。

【点评】

底本题脱“答”字，据《苏轼诗集》补。熙宁十年丁巳(1077)正月初至济南，时李常知齐州。苏轼写此词答李常。此本诗，故于诗律严。入词则为阳关曲。“马足轻”，写出故友重见的欢快心情。后两句，颂李常在湖州有遗爱，却以“雪溪女”言之，寓庄于谐，情趣双收。

浣溪沙

傅粉郎君又粉奴[1]。莫教施粉与施朱[2]。自然冰玉照香酥[3]。　　有客能为《神女赋》[4]，凭君送与雪儿书[5]。梦魂东去觅桑榆[6]。

【注释】

〔1〕“傅粉”句：傅，同“敷”。意为皮肤白皙。“傅粉郎君”指鲜于侁(shēn)，“粉奴”指鲜于侁的歌妓。鲜于侁为苏轼设宴接风，席间出歌妓佐酒。

〔2〕“莫教”句：用宋玉《登徒子好色赋》中句“着粉则太白，施朱则太赤”。

〔3〕冰玉、香酥：喻皮肤洁白清润如冰玉香酥。

〔4〕神女赋：宋玉作《神女赋》，此以宋玉比鲜于侁，因其善为赋。

〔5〕雪儿：李密的爱姬名雪儿，李每见宾僚文章有中意者，即付雪儿协音律歌之。此指鲜于侁的歌妓。

〔6〕桑榆：故乡之木，此指故乡。

【点评】

熙宁十年(1077)二月，苏轼自齐州至郓州，词即作于此时。上片写赠主家妓美艳，下片颂赠主能赋，又顺颂赠主的爱妓能歌。

殢人娇

小王都尉席上赠侍人[1]

满院桃花，尽是刘郎未见。于中更、一枝纤软[2]。仙家日月，笑人间春晚。浓睡起，惊飞乱红千片[3]。　　密意难传，羞容易变。平白地、为伊肠断[4]。问君终日，怎安排心眼[5]。须信道，司空自来见惯[6]。

【注释】

〔1〕王都尉：即王侁（shēn），字晋卿，能诗善画，娶英宗第二女蜀国长公主，与苏轼过从甚密。侍人：姬妾之属，此指王侁侍人倩奴。魏晋以后，娶公主者皆拜驸马都尉，世人因称公主婿为驸马。

〔2〕"满院"三句：刘晨入天台山采药，望山头有桃树，取食之，遇仙女，结为夫妻。一枝纤软，指王都尉侍人。

〔3〕乱红：指落花。

〔4〕"平白地"句：化用李白《越女词》"相看月未堕，白地断肝肠"诗句。

〔5〕"问君"二句：意为如此美妾成群，你怎样能使自己心绪平静呢？心眼，佛家语，谓心可见物，正如双目。

〔6〕"司空"句：唐李司空罢镇在家，邀刘禹锡饮府中，命妙妓歌以佐酒，刘赋诗《赠李司空妓》曰："鬖髾梳头宫样妆，春风一曲杜韦娘。司空见惯浑闲事，断尽江南刺史肠。"见《本事诗·情感第一》。司空，官名，六卿之一。

【点评】

熙宁十年（1077）三月苏轼至汴京，寒食节，王诜（晋卿）宴苏轼于城外四照楼，席间，应倩奴之请，作此词。此为艳科词，全用比体，又极尽铺排之能事，复用两刘郎（刘晨与刘禹锡）典，将倩奴之美艳形容殆尽。

洞仙歌

咏柳〔1〕

江南腊尽，早梅花开后。分付新春与垂柳。细腰肢、自有入格风流〔2〕。仍更是、骨体清英雅秀。　　永丰坊那畔，尽日无人，惟见金丝弄晴昼〔3〕。断肠是，飞絮时，绿叶成阴〔4〕，无个事、一成消瘦。又莫是、东风逐君来，便吹散眉间，一点春皱〔5〕。

【注释】

〔1〕咏柳：实则与上阕同，咏柳兼咏侍人。

〔2〕细腰肢：双关语，既咏柳枝，又咏侍人。

〔3〕“永丰”三句：宣宗闻乐工唱白居易《杨柳枝》词，敕永丰坊中移两株植于禁中。白居易《杨柳词》：“一树春风万万枝，嫩于金色软于丝。永丰坊里东南角，尽日无人属阿谁。”

〔4〕绿叶成阴：语出杜牧《叹花》“如今风摆花狼藉，绿叶成阴子满枝”。

〔5〕“便吹散”二句：化用辛夤逊《柳》诗“才闻暖律先开眼，直待和风始展眉”。

【点评】

与上阕作于同时，亦以比体赠倩奴，可谓一击两鸣，将柳与倩奴的柔媚依人写得题无剩意，复拈出永丰柳，谓一旦进入御苑，则孤苦伶仃，惟见飞絮满天,"一成消瘦","一点春皱",既写出柳老绵尽,又写出倩奴闺怨之情。

阳关曲

中秋作,本名《小秦王》,入腔即《阳关曲》。

暮云收尽溢清寒。银汉无声转玉盘[1]。此生此夜不长好,明月明年何处看。

【注释】

〔1〕银汉:天河。玉盘:圆月。

【点评】

熙宁十年(1077)中秋,与子由观月徐州,作此词。首二句形容中秋之月,贵在下"清寒""无声"四字,不可移易。后二句于思致通达中复见其悌友情深。

水调歌头

余去岁在东武,作《水调歌头》以寄子由。今年,子由相从彭门百余日,过中秋而去,作此曲以别余。以其语过悲,乃为和之。其意以不早退为戒,以退而相从之乐为慰云耳[1]。

安石在东海,从事鬓惊秋[2]。中年亲友难别,丝竹缓离愁[3]。一旦功成名遂，准拟东还海道，扶病入西州[4]。雅志困轩冕[5]，遗恨寄沧洲[6]。　　岁云暮，须早计，要褐裘[7]。故乡归去千里，佳处辄迟留。我醉歌时君和，醉倒须君扶我。惟酒可忘忧。一任刘玄德，相对卧高楼[8]。

【注释】

〔1〕《水调歌头》：指前《水调歌头》（明月几时有）词。彭门：即徐州。

〔2〕"安石"二句：谢安，字安石，常居东海之滨，无仕进意。从事，任职，此指出仕。苏轼以谢安自比。

〔3〕"中年"二句：用谢安与王羲之典。谢安尝谓羲之曰："中年以来，伤于哀乐，与亲友别，辄作数日恶。"羲之曰："年在桑榆，自然至此。顷正赖丝竹陶写，恒恐儿辈觉、损其欢乐之趣。"丝竹，谓音乐。见《晋书·王羲之传》。

〔4〕"一旦"三句：谢安尝造泛海服装，拟功成名遂，自江道东还。"雅志未就，遂遇疾笃"，扶病入西州门。见《晋书·谢安传》。西州，今江苏江宁，晋时为扬州刺史治所。

〔5〕雅志：指归隐之志。轩冕：指做官。

〔6〕沧洲：水滨，隐者所居之处。

〔7〕褐裘：粗布衣服。此指归隐后做个平民百姓。

〔8〕"一任"二句：刘备，字玄德，尝与许汜论天下英雄。汜谓见陈登，"自上大床卧，使客卧下床"。见《三国志·魏书·陈登传》。此句意谓任他刘备去怀平天下之志，我却要效法陈登卧于高楼，无忧无虑。

【点评】

熙宁十年（1077）苏轼在徐州任，八月，轼作此词别辙。若与同调"明月几时有"相较，则多了几分现实，少了几分想象，有的是对出处进退的思虑，缺的是对出世入世的求索，那种秋鹘奋翮、丁鹤归辽的超然之气，也被“须早计”的日后安排所代替了。但这却不是庸人的水米油盐老病生死的思谋，而是对子由“其语过悲”的反拨。他并未忘却功名，只是以谢安式的“功成名就身退”为楷模，“寄沧洲”也是荣归故里的“佳处辄迟留。我醉歌时君和，醉倒须君扶我”的悠闲自得。全词仍然气韵流转、意到笔随，只是风格变得清俊了。

浣溪沙

赠闾丘朝议，时过徐州〔1〕

一别姑苏已四年〔2〕。秋风南浦送归船〔3〕。画帘重见水中仙〔4〕。　　霜鬓不须催我老，杏花依旧驻君颜。夜阑相对梦魂间。

【注释】

〔1〕闾丘：名孝终，字公显，尝守黄州。退休后归故里。朝议：即朝议大夫，元丰改制后的寄禄官名。此词写于熙宁十年，故疑此题非苏轼自题。

〔2〕“一别”句：熙宁七年，东坡自杭赴密过苏州曾拜访闾丘公显，至熙宁十年正好四年。

〔3〕南浦：送别之地。

〔4〕水中仙：苏轼《戏书吴江三贤画像三首》其二咏张翰云：“浮世功劳食与眠，季鹰真得水中仙。”此以“水中仙”喻指闾丘孝终。

【点评】

熙宁十年(1077)八月，闾丘孝终因事过徐州，苏轼作此词赠别。“水中仙”，多喻女子，然苏轼却反常以喻闾丘，谓其安于隐退，朱颜永驻，语言也明白晓畅。

浣溪沙

缥缈红妆照浅溪。薄云疏雨不成泥。送君何处古台西[1]。　　废沼夜来秋水满，茂林深处晚莺啼。行人肠断草凄迷。

【注释】

〔1〕古台：即戏马台，在彭城县南一里，项羽所造，并戏马于此，故名。

【点评】

底本无此阕，据元本补。《纪年录》谓戊午作，送颜、梁。朱注："颜、梁，谓颜复、梁吉。"编年误，且此词与颜复无关，梁吉亦误，应为梁先。见拙著《东坡词编年笺证》（增订本）考证。熙宁十年（1077），苏轼知徐州。梁先，字吉老，尝从苏轼于彭城。此年九月，作此词送梁先，表达惜别之意。红妆映溪，废沼秋水，薄云疏雨，茂林莺啼，情在景中便见精警，此是苏轼的绝诣。

临江仙

送王缄[1]

忘却成都来十载[2]，因君未免思量。凭将清泪洒江阳[3]。故山知好在，孤客自悲凉。　　坐上别愁君未见，归来欲断无肠[4]。殷勤且更尽离觞。此身如传舍[5]，何处是吾乡。

【注释】

〔1〕王缄：苏轼乡人，余未详。

〔2〕“忘却”句：苏轼于熙宁元年（1068）除父丧离蜀还朝，后计十年则至熙宁十年（1077）。

〔3〕江阳：水北为阳。

〔4〕无肠：语出白居易《山游示小妓》：“莫唱杨柳枝，无肠与君断。”

〔5〕“此身”句：意谓到处宦游，萍踪无定。传（zhuàn）舍：古代供行人住宿休息之处，即当今的旅馆。

【点评】

熙宁十年（1077）作于徐州。所谓人是故乡亲，月是故乡明，因送王缄而抒发思念故乡，情真意切，意境毕现。

临 江 仙

送李公恕[1]

自古相从休务日[2]，何妨低唱微吟。天垂云重作春阴。坐中人半醉，帘外雪将深。　　闻道分司狂御史，紫云无路追寻[3]。凄风寒雨是骎骎[4]。问囚长损气[5]，见鹤忽惊心[6]。

【注释】

〔1〕李公恕：李察，字公恕，熙宁十年正月十三，李因检计保明开邓

艾口新河不当而受到处分，元丰元年正月离任赴阙，苏轼作此词相赠。

〔2〕休务：即今之休假。

〔3〕“闻道”二句：杜牧为御史分司洛阳（唐宋之制，中央官员在陪都洛阳任职者称分司）。李司徒（愿）罢镇闲居，宴洛中名士，因杜为御史未邀。杜遣座客达意，李不得已，驰书邀请。杜见其家妓紫云美艳绝顶，要求见赠，李笑而不答，诸妓皆笑。杜却“意气闲逸，傍若无人”。见唐孟棨《本事诗·高逸》。

〔4〕“凄风”句：意为岁月在凄风寒雨中逝去，如马行之急。骎（qīn）骎，马行急貌。

〔5〕“问囚”句：宋制，知州常亲自察狱问囚。

〔6〕“见鹤”句：丁令威，本辽东人，学道于灵虚山，后化鹤归辽。此指归隐。

【点评】

底本题作“冬日即事”，据傅注本、元本改。元丰元年（1078）苏轼年四十三，正月，李公恕离任赴阙，苏轼作此词相赠。上片写送别，天垂云重，帘外雪深，形成一种阴沉凄凉的气氛，苏轼最擅长以景衬情，用此法造境可以少胜多，亦与赠主连连受罚之后的心境合拍。下片用杜牧恋紫云碰壁后仍然“意气闲逸”，劝赠主莫要因受处分而情绪低落，且以“问囚长损气，见鹤忽惊心”宽慰，谓其为官不如归隐。

南歌子

有感

笑怕蔷薇罥[1]，行忧宝瑟僵[2]。美人依约在西厢[3]。只恐暗中迷路、认余香。　午夜风翻幔，三更月到床。簟纹如水玉肌凉。何物与侬归去、有残妆[4]。

【注释】

〔1〕“笑怕”句:隋炀帝时,有宦者于蔷薇丛调戏宫婢,衣带为蔷薇罥结,笑声吃吃不止。罥(juàn),挂。

〔2〕“行忧”句:莽何罗行刺汉武帝,“行触宝瑟,僵”,为金日磾(mì dī)所擒。见《汉书·金日磾传》。上二句意谓私期幽会,既怕衣为蔷薇刺所挂笑而出声,又怕碰到宝瑟而惊忧跌倒僵卧。瑟,乐器。

〔3〕西厢:指幽会之处。崔莺莺与张生诗:“待月西厢下,迎风户半开。”

〔4〕“何物”句:元稹《莺莺传》记莺莺与张生幽会之后疑是梦中,细看则“妆在臂,香在衣”。残妆,指衣上余香。

【点评】

元丰元年(1078)正月作于徐州。毋庸讳言,词写私期偷情,先用旧典侧面渲染男子夜行幽会的紧张情态,后写男女幽会时的具体相处情景,全词婉约细腻,含而不露,足见苏词不独以豪放擅场。

雨中花慢

邃院重帘何处,惹得多情,愁对风光。睡起酒阑花谢,蝶乱蜂忙。今夜何人,吹笙北岭,待月西厢。空怅望处,一株红杏,斜倚低墙〔1〕。　　羞颜易变,傍人先觉,到处被着猜防。谁信道,些儿恩爱,无限凄凉。好事若无间阻,幽欢却是寻常。一般滋味,就中香美,除是偷尝。

【注释】

〔1〕“空怅望”三句:元稹《莺莺传》:“是夕,岁二月旬有四矣。崔之

东有杏花一株，攀援可踰。既望之夕，张因梯其树而踰焉。达于西厢，则户半开矣。”

【点评】

底本无此阕，据毛本与《全宋词》补。与上去写于同时，亦写私期幽会，不具论。

雨中花慢

嫩脸羞蛾[1]，因甚化作行云，却返巫阳[2]。但有寒灯孤枕，皓月空床。长记当初，乍谐云雨，便学鸾凰[3]。又岂料、正好三春桃李，一夜风霜。　　丹青□画，无言无笑，看了漫结愁肠。襟袖上，犹存残黛，渐减余香。一自醉中忘了，奈何酒后思量。算应负你，枕前珠泪，万点千行。

【注释】

〔1〕羞蛾：秀眉。

〔2〕“因甚”二句：反用巫山云雨之典，意为既来而匆匆又去。

〔3〕鸾凰：喻夫妇。

【点评】

底本无此阕，据毛本与《全宋词》补。此词亦写偷情，不赘。所不同者，略可断为与其侍妾朝云私期而作。

蝶 恋 花

暮春别李公择[1]

簌簌无风花自亸[2]。寂寞园林,柳老樱桃过。落日多情还照坐。山青一点横云破。　　路尽河回千转柁。系缆渔村,月暗孤灯火。凭仗飞魂招楚些[3]。我思君处君思我。

【注释】

〔1〕李公择:名常。元丰元年(1078),李公择由齐州徙淮南西路提点刑狱,三月经徐州访苏轼,相从十余日而别。

〔2〕簌(sù)簌:纷纷下落貌。亸(duǒ):下垂。

〔3〕楚些(suō):《楚辞·招魂》句尾用"些"字为语助,故词人沿称"楚些"。

【点评】

上片写送别场面,下片想象赠主行程。全词写景如画,语浅情长。抒惜别之情而不显沉闷凄凉,"落日"句,新颖;飞魂相招,奇峭;"我思君"句,宾主并及,诚挚。

浣溪沙

徐州藏春阁园中〔1〕

惭愧今年二麦丰〔2〕。千畦细浪舞晴空。化工余力染夭红〔3〕。　归去山公应倒载〔4〕，阑街拍手笑儿童〔5〕。甚时名作锦薰笼〔6〕。

【注释】

〔1〕藏春阁：未详。

〔2〕惭愧：感幸之词，犹言幸亏、难得、侥幸。二麦：谓大麦、小麦。

〔3〕化工：指自然创造或生长万物的功能。夭红：鲜艳之花朵。

〔4〕山公：即山简，字季伦，喜饮酒，醉后常倒载（倒卧车中）而归。

〔5〕"阑街"句：意谓其醉态被儿童当街遮拦而笑。用山简醉后为儿童作歌一笑典，见《晋书·山涛传》附《山简传》。

〔6〕锦薰笼：即瑞香。

【点评】

元丰元年（1078）三月作于徐州。身在藏春阁园却写丰收景象，仅在上下片尾句写及瑞香，且一问结束全篇，灵动。

浣 溪 沙

徐门石潭谢雨道上作五首[1]

照日深红暖见鱼。连溪绿暗晚藏乌。黄童白叟聚睢盱[2]。　　麋鹿逢人虽未惯,猿猱闻鼓不须呼[3]。归家说与采桑姑。

【注释】

〔1〕石潭:在徐州城东二十里。俗云置虎头潭中,可以致雷雨。

〔2〕睢盱(suī xū):喜悦貌。

〔3〕"麋鹿"二句:谓荒僻之地,人迹罕至,鸟兽见人亦不避。

【点评】

元丰元年(1078)三月,石潭祷雨,果应,复赴石潭谢雨,归途道中作此词与下四首。在词史上,是苏轼首先即将农村题材引入词作。词写谢雨归途所见,形容荒僻之境逼真。使君形象隐约其中。

浣 溪 沙

旋抹红妆看使君[1]。三三五五棘篱门。相挨踏破茜罗裙[2]。　　老幼扶携收麦社[3],乌鸢翔舞赛神村[4]。道逢醉叟卧黄昏。

【注释】

〔1〕“旋抹”句:一边搽脂抹粉一边往出走,急着去看使君。

〔2〕茜(qiàn)罗:红罗。

〔3〕麦社:指农家祈雨谢神的社祭社火。因乞雨成,丰收在望,故云“麦社”。

〔4〕“乌鸢(yuān)”句:祭神之后,乌鸢争下而啄食以飧其胙,故云。

【点评】

上片写争看使君的热闹场面,下片写农人得雨而庆贺。末句特写饥饿,催人泪下。

浣溪沙

麻叶层层苘叶光〔1〕。谁家煮茧一村香?隔篱娇语络丝娘〔2〕。　　垂白杖藜抬醉眼〔3〕,捋青捣麨软饥肠〔4〕。问言豆叶几时黄。

【注释】

〔1〕苘(qǐng)叶:即苘麻,一名白麻。

〔2〕络丝娘:即莎鸡,其声如纺丝之声,故名络纬,俗名络丝娘。

〔3〕垂白:发将白,指老人。

〔4〕捋青捣麨(chǎo):二三月青黄不接时,穷人捋半青半黄的麦穗,捣碎而炒成炒面,称作“麨”。

【点评】

词写夏日乡村景象,上片写景,“谁家煮茧一村香”一问,吐露词人喜悦、惊奇的心情。下片写及老农神态及其生活情况,已见词人关切民生,末句又发一问:“豆叶几时黄?”又见词人体恤之情。情义在问农事当中,自然感人。

浣 溪 沙

簌簌衣巾落枣花。村南村北响缫车[1]。牛衣古柳卖黄瓜[2]。　　酒困路长惟欲睡，日高人渴漫思茶。敲门试问野人家。

【注释】

〔1〕缫(sāo)车：抽丝的工具。

〔2〕牛衣：麻织供牛用的覆盖物。《汉书·王章传》"卧牛衣中"颜师古注："牛衣，编乱麻为之即今之所谓龙具者。"

【点评】

活画出一幅村落图。

浣 溪 沙

软草平莎过雨新[1]。轻沙走马路无尘。何时收拾耦耕身[2]。　　日暖桑麻光似泼，风来蒿艾气如薰[3]。使君元是此中人。

【注释】

〔1〕莎(suō)：莎草。

〔2〕耦(ǒu)耕：此指农耕，意为归隐。

〔3〕薰：香草名，一名蕙草。

【点评】

全词清新可喜。然“耦耕身”“此中人”未免入俗，盖亦“苏尾”。

浣 溪 沙

彭门送梁左藏[1]

惟见眉间一点黄[2]。诏书催发羽书忙[3]。从教娇泪洗红妆[4]。　　上殿云霄生羽翼[5]，论兵齿颊带风霜。归来衫袖有天香[6]。

【注释】

〔1〕梁左藏：名交，字仲通。左藏，官名。宋代中央有左仓库、右仓库。梁交原为徐州供备库供备，擢为汴京左藏库副使，又以左藏库副使知莫州，古人常以官相称，故称“梁左藏”。

〔2〕眉间一点黄：古以为眉间带黄色则为喜气。见南唐宋齐丘《玉管照神局》。

〔3〕羽书：羽檄，兵檄必插羽以示甚急。

〔4〕从教：从而使。娇泪：指佐酒歌妓送别之泪。

〔5〕“上殿”句：意为此去上殿面君，如鸾凤借羽翼以冲云霄。《旧唐书·马周传》：“太宗尝以神笔赐周飞白书曰：‘鸾凤凌云，必资羽翼。股肱之寄，诚在忠良。’”

〔6〕天香：帝王宫殿的御香。

【点评】

底本题作“有赠”，据傅注本改。元丰元年（1078）六、七月，梁左藏自徐州赴莫州，苏轼作此词相赠。上片庆贺赠主得朝廷重用，赴莫州当卫边之任，下片议典兵之事，歌颂赠主武功超群。

南乡子

自述

凉簟碧纱厨[1]。一枕清风昼睡余。卧听晚衙无一事[2]，徐徐。读尽床头几卷书。　　搔首赋归欤[3]。自觉功名懒更疏[4]。若问使君才与术，何如。占得人间一味愚。

【注释】

〔1〕凉簟（diàn）：竹凉席。厨：同“幮”，形状如厨的帐子。

〔2〕晚衙：下午办公。宋制分早衙与晚衙，故云。

〔3〕赋归欤：陶渊明著有《归去来兮辞》。此指有归隐之意。

〔4〕懒更疏：懒惰空虚，志大才疏。此为谦语。

【点评】

元丰元年戊午（1078）七月作于徐州。两衙无事，悠闲自得之情自见。

千秋岁

徐州重阳作[1]

浅霜侵绿。发少仍新沐。冠直缝，巾横幅[2]。美人怜我老，玉手簪黄菊。秋露重，真珠落袖沾余馥[3]。

坐上人如玉，花映花奴肉[4]。蜂蝶乱，飞相逐。明年人纵健，此会应难复。须细看，晚来月上和银烛。

【注释】

〔1〕元丰元年(1078)八月十八日，王巩(定国)来徐州，苏轼于重九作此词相赠。

〔2〕"冠直缝"二句：古制，冠则直缝，巾则横着。见《礼记·檀弓上》。

〔3〕真珠：喻露水。

〔4〕花奴：唐汝南王李琎小名。李琎姿质明莹，肌肤光细。见唐南卓《羯鼓录》。此处喻指王巩。

【点评】

底本题上有"湖州暂来"四字，据傅注本删。元丰元年(1078)重阳于徐州作此词赠王巩。重阳词却反与重阳无涉，只写二人相对簪菊赏鉴，复有蜂蝶飞逐其间，月如银烛映照，如此悠闲自得，景色宜人。若与写重阳必有牛山、茱萸、落帽之描写相较，另是一幅风流面貌。

永遇乐

徐州梦觉北登燕子楼作[1]

明月如霜，好风如水，清景无限。曲港跳鱼，圆荷泻露，寂寞无人见。纨如三鼓[2]，铿然一叶，黯黯梦云惊断[3]。夜茫茫，重寻无处，觉来小园行遍。　天涯倦客，山中归路，望断故园心眼。燕子楼空，佳人何在，空锁楼中燕。古今如梦，何曾梦觉，但有旧欢新怨。异时对，黄楼夜景[4]，为余浩叹。

【注释】

〔1〕燕子楼：唐张建封镇武宁，曾纳徐州奇色盼盼于燕子楼。张死，盼盼恋旧恩而不改嫁，居燕子楼十余年。

〔2〕紞（dǎn）：击鼓声。古人以钟鼓报时，三鼓，即三更。

〔3〕梦云：楚襄王梦朝云暮雨。

〔4〕黄楼：在徐州，为苏轼知徐时所建。

【点评】

元丰元年（1078）十月作此词。此老胸中本就横亘亿万椽檩梁栋，随意搭建即成五凤楼风光，与绳枢茅牖大异其趣，将徐州夜景活脱而出，使人目迷五色，眼花缭乱，即使天涯倦客亦心清神爽，复结在旧欢新怨，云思霞想，感慨万千，余韵绕梁。苏轼所以用盼盼事，本意乃在借篷使风，趁水下船，用事而不为事所用，偏是古今多少智者却被此老的狡狯瞒过，在燕子楼是否可宿、盼盼是否入梦上大费口舌，犹痴子观剧，入而不出，难免呆相。

阳关曲

赠张继愿[1]

受降城下紫髯郎[2]。戏马台南旧战场。恨君不取契丹首[3]，金甲牙旗归故乡[4]。

【注释】

〔1〕张继愿：未详。

〔2〕“受降城”句：张仁愿神龙三年（707）于河北筑三受降城，见《旧唐书·张仁愿传》。紫髯郎，见前52页《南乡子》（不到谢公台）注〔2〕。此以紫髯郎喻指张继愿。

〔3〕“戏马台”二句：戏马台，在徐州，项羽尝战此地，故曰“旧战场”。契丹，即北宋时的辽国，后魏时名契丹。

〔4〕牙旗：旗杆上饰以象牙的旗，主将之旗。

【点评】

底本题作“军中”，据《苏轼诗集》改。元丰元年（1078）作于徐州。张继愿行实不详，无以按断。按词义，当为武臣守边，致仕归乡，过徐州，公作此词相赠，对其壮志未酬表示怜惜，思致细密，格调近古。

江神子

别徐州[1]

天涯流落思无穷。既相逢。却匆匆。携手佳人[2]，和泪折残红。为问东风余几许，春纵在，与谁同。　　隋堤三月水溶溶[3]。背归鸿。去吴中[4]。回首彭城，清泗与淮通。寄我相思千点泪，流不到，楚江东[5]。

【注释】

〔1〕元丰二年（1079）苏轼年四十四。三月，告下，以祠部员外郎（寄禄官）、直史馆（书职）知湖州军州事，留别田叔通、寇元弼、石坦夫诸同僚作此词。下阕同，不另注。

〔2〕佳人：指如上诸位同僚。

〔3〕隋堤：隋炀帝开通济渠，沿河筑堤种柳，称作隋堤。

〔4〕“背归鸿”二句：鸿于春天北归，而苏轼自徐州移知湖州，则南去，故曰“背归鸿”。

〔5〕楚江：泛指吴楚之江河。

【点评】

底本题作“恨别”，据元本改。抒惜别之意，见其与同僚一往情深。“春纵在，与谁同”，遗憾语；“流不到，楚江东”，怅惘语。清人黄苏不谙本事，在其《寥园词评》中误以“佳人”为“旧好”云云，无乃痴人说梦。

减字木兰花

彭门留别

玉觞无味。中有佳人千点泪〔1〕。学道忘忧〔2〕。一念还成不自由〔3〕。　　如今未见。归去东园花似霰〔4〕。一语相开。匹似当初本不来〔5〕。

【注释】

〔1〕佳人：与上阕同，指诸同僚。

〔2〕学道忘忧：语出《汉书·杨恽传》，恽报孙会宗书曰：“君子游道，乐以忘忧；小人全躯，说以忘罪。”

〔3〕一念：佛家以邪心、正性，皆生乎一念。一念，佛家语，形容极短的时间。

〔4〕“如今”二句：化用梁元帝《别诗》：“昆明夜月光如练，上林朝花色如霰。朝花夜月动春心，谁忍相思今不见。”

〔5〕“一语”二句：开，开解，解脱。匹似，好似，比如。

【点评】

底本题作“送别”，据傅注本、元本改。与上阕同属抒惜别之情，“匹似当初本不来”，自劝并劝人，奇笔。然用梁元帝《别诗》典以喻别后相思之切，未免生僻，遂成典障。

玉 楼 春

经旬未识东君信〔1〕。一夕熏风来解愠〔2〕。红绡衣薄麦秋寒〔3〕，绿绮韵低梅雨润〔4〕。　　瓜头绿染山光嫩。弄色金桃新傅粉〔5〕。日高慵卷水晶帘〔6〕，犹带春醪红玉困〔7〕。

【注释】

〔1〕东君：司春之神，此处指春光、春景。

〔2〕熏风：香风。愠，郁闷。

〔3〕麦秋：指农历四。《礼记·月令》：孟夏之月，“靡草死，麦秋至”。

〔4〕绿绮（qǐ）：司马相如琴名。见傅休奕《琴赋·序》。梅雨：江浙四、五月间梅欲黄而雨，称作梅雨。

〔5〕金桃：柿接桃。形长味甘，色黄如金，故称。

〔6〕水晶帘：喻晶莹华美的帘子。

〔7〕“犹带”句：谓酒后脸微红而又有困倦之意。

【点评】

底本无此阕，据毛本补。《玉楼春》：关于此词调名，各本均作《木兰花令》。《钦定词谱》云：“《花间集》载《木兰花》、《玉楼春》两调，其七字八句者，为《玉楼春》体，《木兰花》则韦词、毛词、魏词共三体，从无与《玉楼春》同者。自《尊前集》误刻以后，宋词相沿，率多混填。”今据改，下凡《玉楼春》调者同此，不另注。元丰二年（1079）三月，苏轼自徐州移知湖州，三月十日至南都，因病留半月，病后初起，作此词写其所见，中四句写景，首尾叙事，章法颇似诗。

玉楼春

高平四面开雄垒[1]。三月风光初觉媚。园中桃李使君家[2]，城上亭台游客醉。　　歌翻杨柳金尊沸[3]，饮散凭阑无限意。云深不见玉关遥[4]，草细山重残照里。

【注释】

〔1〕高平：汉置高平县，属临淮郡，即宋时的泗州。

〔2〕使君：谓知府，时孙奕（景山）知泗州。

〔3〕翻：重新改写。杨柳：曲名，即《杨柳枝》。

〔4〕玉关：玉门关。

【点评】

底本无此阕，据《二妙集》与毛本补。元丰二年（1079）三月下旬别南都，三月底至泗州，知州孙奕（景山）饯苏轼，轼席间作此词。词前六句写饯别场面，为写实；后二句述去程，则出之以想象。“三月”绝非“风光初觉媚”之时，但却也绝不是败笔，因此年干旱，三月初雨，是特殊情况下的特殊描写。词写饯别场面，时、地、宾、主、歌舞、别情皆在其中，简洁之极。尾述去程，饶有余味。

西江月

三过平山堂下[1]，半生弹指声中。十年不见老仙翁[2]。壁上龙蛇飞动[3]。　　欲吊文章太守,仍歌杨柳春风[4]。休言万事转头空[5]。未转头时皆梦。

【注释】

〔1〕平山堂:欧阳脩守扬州,于僧舍建平山堂,颇得观览之胜。

〔2〕“十年”句:老仙翁,指欧阳脩。东坡于熙宁四年(1071)见欧阳脩于颍州,至此时,凡九年。言十年者,举其成数。

〔3〕龙蛇飞动:欧阳脩墨妙多著于平山堂。龙蛇飞动,言其笔势之腾扬如此。

〔4〕“欲吊”二句:欧阳脩《朝中措》:“手种堂前垂柳,别来几度春风?”

〔5〕万事转头空:语出白居易《自咏》:“百年随手过,万事转头空。”

【点评】

底本有题作“平山堂”,但词旨在怀念醉翁,故据傅注本、元本删。元丰二年(1079)苏轼由徐州移知湖州,四月上旬经扬州,知州陈升之饯于平山堂,轼于席间作此词。词因饮宴之地而怀念醉翁,上片纪实,写因平山堂而思念建堂之人。下片凭吊醉翁,因堂前杨柳系醉翁所栽,睹物思人,故云“仍歌杨柳春风”,结二句感叹,犹云“树犹如此,人何以堪”,将思念之意写到十分。而后人撇开全词怀念之旨,却说是用“内典”“唤醒痴愚不少”,差矣。但周济所谓“作者未必然,读者未必不然”,即今人之所谓“剩余题材”。

南歌子

湖州作

山雨潇潇过,溪桥浏浏清[1]。小园幽榭枕苹汀[2]。门外月华如水、彩舟横。　　苕岸霜花尽[3],江湖雪阵平。两山遥指海门青[4]。回首水云何处、觅孤城。

【注释】

〔1〕浏浏:水清貌。

〔2〕苹汀:水边青草。

〔3〕苕(tiáo):苕水,亦名苕溪,流经湖州。霜花:苕花色白,故云。

〔4〕海门:钱塘江海门,两山对起如门。

【点评】

元丰二年(1079)四月苏轼至湖州任,五月十三日,刘撝(huī),字行甫,自长兴取道湖州赴余姚,苏轼于吴兴钱氏园饯别刘撝作此词。写景如画,风格清俊。以诗句入词,犹见精妙。首二句有民歌风格。

双荷叶

湖州贾耘老小妓名双荷叶[1]

双溪月[2],清光偏照双荷叶[3]。双荷叶,红心未偶,绿衣偷结[4]。　　背风迎雨流珠滑,轻舟短棹先秋折[5]。先秋折,烟鬟未上[6],玉杯微缺[7]。

【注释】

〔1〕贾耘老:贾收,字耘老,乌程人,终身为处士,能诗,与苏轼往来甚密,著有《怀苏集》。小妓,即家妓,与侍妾同。双荷叶,贾耘老家妓名。

〔2〕双溪:即苕溪与霅溪,二溪均经湖州。

〔3〕双荷叶:双关语,既指成双之荷叶,亦指名双荷叶之家妓。

〔4〕“红心”二句:戏语,意为她虽未与贾耘老成双成对,却已经暗中有房事了。《诗经·邶风·绿衣》:“绿兮衣兮,绿衣黄裳。”后世遂以“绿衣”喻指妾。

〔5〕先秋折:亦双关语,以荷叶先秋而折,喻其已有房事。

〔6〕“烟鬟”句:烟鬟,犹言云鬟,此指成年女子的美发。而双荷叶年龄尚小,未梳成年女子之发,故云“未上”。

〔7〕“玉杯”句:玉杯,喻满月。亦双关语,暗喻其与主人已有房事。玉杯微缺,暗喻其破身。

【点评】

底本题,即“秦楼月”,据元本改。元丰二年(1079),苏轼守湖,五月过贾收水阁,作《乘舟过贾收水阁,收不在,见其子》三首诗并作此词戏贾收。笔者每每说苏轼是个“玩笑大王”,有些玩笑开得很雅,有些玩笑却开得很俗甚至极俗。此为戏作,虽语语双关,终近俗谑,一笑而已。郑文焯《大鹤山人词话》反谓其“尤尽清妙之致”,无乃“见神烧香,遇庙叩头”乎!

荷 花 媚

荷花[1]

霞苞露荷碧[2]。天然地、别是风流标格[3]。重重青盖下[4],千娇照水,好红红白白。　　每怅望、明月清风夜,甚低眉不语,夭邪无力[5]。终须放、船儿去[6],清香深处住,看伊颜色。

【注释】

〔1〕与上阕同咏双荷叶事。调名亦苏轼自创。

〔2〕“霞苞”句：含苞待放，谓荷苞在荷叶映衬下经霞光艳照更加显得碧绿。亦双关语。

〔3〕标格：犹言风范，风度。

〔4〕青盖：本谓车盖，此指荷叶。宋韩琦《夏景即事》：“荷弱翻青盖，榴新倒绿瓶。”

〔5〕夭邪：婀娜多姿。

〔6〕“终须放”句：犹言“入港”。

【点评】

与上阕作于同时，亦同咏小妓。然又与上首不同，此首重在写荷含苞欲放之美，虽亦系双关语，却不致俗谑，至“终须放、船儿去”，才隐喻主奴之间有房事而已，尚不至滥俗。

渔家傲

七夕

皎皎牵牛河汉女。盈盈临水无由语[1]。望断碧云空日暮[2]。无寻处。梦回芳草生春浦[3]。　乌散余花纷似雨[4]，汀洲蘋老香风度。明月多情来照户[5]。但揽取[6]。清光长送人归去。

【注释】

〔1〕“皎皎”二句：语出《古诗十九首·迢迢牵牛星》：“迢迢牵牛星，皎皎河汉女……盈盈一水间，脉脉不得语。”

〔2〕“望断”句：碧云，远方天边。牛女不能相见，故云“空”。

〔3〕“梦回”句：用谢灵运梦见谢惠连得佳句而写《登池上楼》：“池

塘生春草，园柳变鸣禽。"见《南史·谢惠连传》。

〔4〕"鸟散"句：语出谢朓《游东田》"鱼戏新荷动，鸟散余花落"。

〔5〕"明月"句：语出陆机《拟明月何皎皎》："安寝北堂上，明月入我牖。"

〔6〕揽取：语出陆机《拟明月何皎皎》："照之有余辉，揽之不盈手。"

【点评】

元丰二年(1079)七夕作于湖州。此为节令词。与别家七夕词写牛女相会的欢快情调不同，此则重在写隔河相望而不能团聚之痛，更多悲剧成分，也更具《古诗十九首·迢迢牵牛星》的情调。

临 江 仙

龙丘子自洛之蜀，载二侍女，戎装骏马。至溪山佳处，辄留，见者以为异人。后十年，筑室黄冈之北，号静安居士。作此记之〔1〕。

细马远驮双侍女，青巾玉带红靴〔2〕。溪山好处便为家。谁知巴峡路，却见洛城花〔3〕。　面旋落英飞玉蕊〔4〕，人间春日初斜。十年不见紫云车〔5〕。龙丘新洞府，铅鼎养丹砂〔6〕。

【注释】

〔1〕龙丘子：陈慥，字季常，隐居黄州歧亭，其地有龙丘山，故称龙丘子。黄冈：宋属黄州。

〔2〕"细马"二句：化用李白《对酒》诗："吴姬十五细马驮。青黛画眉红锦靴。"细马，善走的马，因其腰细个大腿长，故称"细马"，俗称"走马"。

〔3〕洛城花：喻陈慥二侍女，因自洛城(洛阳)来，故云。

〔4〕落英飞玉蕊：喻二侍女年长，已过花期。故下句云"人间春日初斜"。

〔5〕紫云车：神仙所乘之车。此喻陈为神仙一流人物。

〔6〕"铅鼎"句：此句指陈慥隐居，一心归道，讲求炼丹之术。

【点评】

元丰二年(1079)乌台诗案兴，七月廿八日，中使皇甫遵到湖州追摄苏轼，八月十八日赴台狱。十二月廿九日，责授黄州团练副使本州安置。元丰三年(1080)苏轼年四十五。正月一日，苏轼携长子迈出京，二十五日至岐亭，在陈慥(季常)家留五日，作此词赠陈慥(季常)及其二侍女。憨男骇女，戎装骏马，佳处辄留，已具出世之姿，复用仙女、真人事点化，真飘飘欲仙。初脱生死场，即赋物外词，非高人岂能如此洒脱！

南歌子

感旧〔1〕

寸恨谁云短，绵绵岂易裁〔2〕。半年眉绿未曾开〔3〕。明月好风闲处、是人猜。　春雨消残冻，温风到冷灰。尊前一曲为谁哉。留取曲终一拍、待君来。

【注释】

〔1〕苏轼于元丰二年(1079)七月入狱，三年(1080)庚申二月，其弟苏辙王氏夫人同安君来黄，有感而作此词，故曰"感旧"。

〔2〕"寸恨"二句：化用韩愈《感春五首》其二"孤吟屡阕莫与和，寸恨至短谁能裁"句意。裁，裁剪，割舍。

〔3〕"半年"句：苏轼于元丰二年七月入狱，次年二月中旬得子由送

王氏舟行来黄信，此词为得信时作，分别盖七月余，言“半年眉绿未曾开”，盖约言。眉绿，即眉黛。

【点评】

元丰三年(1080)二月至黄州贬所，闻子由将送夫人同安君来黄，有感旧事，作此词。乌台诗案是苏轼一生的转折点。自元丰三年庚申(1080)苏轼被贬黄州至元丰八年乙丑(1085)流寓辗转于江淮间，是东坡词的高峰期，其创作密度几与倅杭时等，而创作质量则不可同日而语。即如此词，虽不是黄州时期的第一首词，却是黄州时期第一首最感人的词。看他脱去笔墨蹊畦径，独抒性灵，表现出对妻子的无限思恋与劫后余生的悲凉，那种惊魂未定时的吞吞吐吐，欲言又不敢明言，言之又不敢言尽的复杂心境，活脱脱跃然纸上。但他又是一个彻头彻尾的忠君主义者，所以又怨而不怒，哀而不伤，甚至还有点感激“皇恩浩荡”，今人读来未免哀其不幸，怒其不争。可他在词首即谓“寸恨”，难道就不怕李定之流再来罗织其罪名么？不过他曾自比“候虫时鸟，自鸣自已”，不如此也就不是苏轼了。这又不由得使人想起了苏轼自己在就逮之前给妻子讲的一个故事：“昔年过洛，见李公简言：‘真宗既东封，访天下隐者，得杞人杨朴，能诗。及召对，自言不能。上问：‘临行有人作诗送卿否？’朴曰：‘唯臣妾有一首云：更休落魄耽杯酒，且莫猖狂爱咏诗。今日捉将官里去，这回断送老头皮。’上大笑，放还山。’余在湖州，坐作诗追赴诏狱，妻、子送余出门，皆哭。无以语之，顾谓妻曰：‘独不能如杨处士妻作一诗送我乎？’妻、子不觉失笑，余乃出。”(《东坡志林》卷二)不知见到“半年眉绿未曾开”的妻子时，“待君来”的“曲终一拍”，是不是还是这个故事，那恐怕就不再是“不觉失笑”，而是“肝肠寸断”了。

卜算子

黄州定惠院寓居作[1]

缺月挂疏桐。漏断人初静[2]。时见幽人独往来[3],缥缈孤鸿影。　　惊起却回头,有恨无人省。拣尽寒枝不肯栖[4],寂寞沙洲冷[5]。

【注释】

〔1〕苏轼谪黄州,始寓居黄冈县东南定惠院(旧在宋城东门旁,今遗址在黄冈市黄州区青砖湖社区内)。

〔2〕漏断:指夜深时。漏,即漏壶,古人以漏壶滴水计时。

〔3〕幽人:幽居之士。

〔4〕"拣尽"句:喻其惊魂未定的心态。

〔5〕"寂寞"句:一作"枫落吴江冷"。案:"寂寞"句义胜,因雁栖于沙洲,故云。

【点评】

元丰三年(1080)五月作此词,抒发初到黄州时的寂寞情怀,幽人姿,孤鸿影,构成一幅缥缈不定孤寂无倚的玄幻画面,有野云孤飞、缥缈无迹之致,"惊起"句领起下片,亦活画出惊魂初定的神态,幽人、孤鸿亦化为一体,寒枝之凛,沙洲之冷,已浸骨入髓,不寒自栗。全词语言清俊,笔无纤尘。宋人编出好多艳闻,均系捕风捉影,姑妄言之,姑妄听之而已。宋鲖阳居士《复雅歌词》与宋俞文豹《吹剑录》复用处处寄托说作解,亦属痴人说梦。

菩 萨 蛮

七夕黄州朝天门上二首[1]

画檐初挂弯弯月。孤光未满先忧缺[2]。遥认玉帘钩[3]。天孙梳洗楼[4]。　　佳人言语好。不愿求新巧[5]。此恨固应知。愿人无别离。

【注释】

〔1〕朝天门:宋徐梦莘《三朝北盟会编》卷四十五载陈东上书,曰:“天下州郡城门之向帝都者,素号朝天门。”(又见卷四十九)黄州位于北宋东京开封正南,则朝天门当为黄州城北门。

〔2〕孤光:月光。

〔3〕玉帘钩:谓缺月。

〔4〕天孙:织女。

〔5〕求新巧:七夕,妇女常结彩楼,穿七孔针,陈瓜果于庭中以乞巧。

【点评】

底本题作“新月”,据傅注本改。元丰三年(1080)七夕作此词,借七夕抒相聚之欢,离别之惧。天上织女,欢在梳洗;人间佳人,恨在别离。天上人间,判若天壤。此时苏轼与夫人劫难后初会,此所以“孤光未满先忧缺”,读之能不令人感慨万千!

菩 萨 蛮

风回仙驭云开扇[1]。更阑月堕星河转。枕上梦魂惊。

晓檐疏雨零[2]。　　相逢虽草草。长共天难老。终不羡人间。人间日似年。

【注释】

〔1〕“风回”句:意为风吹云散。道家以为仙人可以驭风而行。

〔2〕雨零:小雨。傅注:“世俗以牛女相见之夕必有微雨,以明会遇之征。”

【点评】

元丰三年(1080)作于黄州。月堕星转。枕上梦惊,与上阕相反,颂牛女瞬息一会的珍重可贵,与秦观“两情若是久长时,又岂在朝朝暮暮”同一命意,但人间却恰恰相反,故下句说“人间日似年”,惟经历劫难者方能体味。

点绛唇

闲倚胡床[1],庾公楼外峰千朵[2]。与谁同坐。明月清风我[3]。　　别乘一来[4],有唱应须和。还知么。自从添个。风月平分破。

【注释】

〔1〕胡床:类今之马扎。因来自胡地,故称胡床。

〔2〕庾公楼:即庾亮楼,亦称庾楼,相传为晋时庾亮镇江州时所建,在鄂州,即今之湖北鄂州市鄂城区。

〔3〕“与谁”二句:化用李白《月下独酌》四首其一:“举杯邀明月,对影成三人”。

〔4〕别乘:即别驾。宋置诸州通判,称别驾。

【点评】

元丰三年(1080)六、七月间,鄂州守朱寿昌(康国)派专使"别乘"来黄馈赠酒食,盖"别乘"赠苏轼词,苏轼和作此词。上片"明月清风我"化用李白诗写孤寂之境,正与苏轼初至黄州的心境相符契。下片于寻常叙述中出"风月平分破"句,乃神来之笔,与梦中得"池塘生春草"类,遂成妙句,千古传颂。

定风波

重阳括杜牧之诗〔1〕

与客携壶上翠微〔2〕。江涵秋影雁初飞〔3〕。尘世难逢开口笑。年少。菊花须插满头归〔4〕。　　酩酊但酬佳节了。云峤〔5〕。登临不用怨斜晖。古往今来谁不老。多少。牛山何必更沾衣〔6〕。

【注释】

〔1〕括:檃括。此词檃括杜牧《九日齐山登高》诗而成。杜牧诗云:"江涵秋影雁初飞,与客携壶上翠微。尘世难逢开口笑,菊花须插满头归。但将酩酊酬佳节,不用登临恨落晖。古往今来只如此,牛山何必独沾衣。"齐安:唐代设郡名,天宝元年(742)改黄州置,治黄冈县。

〔2〕翠微:青翠掩映的山腰深处。

〔3〕雁初飞:谓雁刚刚南飞。

〔4〕"菊花"句:菊开于九月,古人有登高簪菊之俗。

〔5〕云峤(qiáo):云绕山顶。峤,山尖而高。

〔6〕"牛山"句:齐景公游于牛山,北临其国城而流涕。见《列

子·力命》。

【点评】

底本题作“重阳”,据毛本补。元丰三年(1080)重阳作于黄州。盖词人因景借题而作,借他人之酒杯,浇一己之块垒。此为檃括体,不仅可骋才,亦是炼笔一法。

定风波

十月九日,孟亨之置酒秋香亭,有拒霜独向君猷而开。坐客喜笑,以为非使君莫可当此花,故作是词[1]。

两两轻红半晕腮[2]。依依独为使君回。若道使君无此意。何为。双花不向别人开。　　但看低昂烟雨里。不已。劝君休诉十分杯[3]。更问尊前狂副使[4]。来岁,花开时节与谁来。

【注释】

〔1〕孟亨之:名震,东平人,举进士。时为黄州通判。君猷:即徐君猷,名大受,字君猷,东海人,时为黄州太守。苏轼来黄州,蒙二君礼遇颇厚。苏轼又有诗《太守徐君猷通守孟亨之皆不饮酒以诗戏之云》。拒霜:芙蓉的别名。一本作“双拒霜”。

〔2〕轻红半晕腮:喻拒霜花的颜色如腮红。

〔3〕休诉十分杯:意为不要十分辞酒。诉,辞酒意。

〔4〕狂副使:指孟亨之。

【点评】

元丰三年(1080)十月九日,通守孟亨之离黄州任赴丹阳居住。盖徐君猷先设宴为孟饯别,孟又设宴回请,苏轼作此词。将双拒霜拟人化,说双拒霜对徐君猷有意，故谑之，但谑而不俗。上片用拟人化动作，又出以“何为”之问，神情毕显。下片用拟人化的言语“劝君”，尤见情深。结在“狂副使”上，宾（徐君猷）主（孟亨之）俱到，而抒情主人公（作者）的闲情雅趣已在其中。

好事近

烟外倚危楼〔1〕，初见远灯明灭。却跨玉虹归去〔2〕，看洞天星月〔3〕。　　当时张范风流在〔4〕，况一尊浮雪〔5〕。莫问世间何事，与剑头微吷〔6〕。

【注释】

〔1〕烟：谓烟雾，喻朦胧之景。危楼：高楼。

〔2〕玉虹：喻指长江。时李常来黄看望苏轼，往来皆乘江船。故云。

〔3〕洞天：道家认为有洞天三十六所，皆神仙所居。此喻李常居处。

〔4〕张范风流：范式与张邵游太学，并归故里，式与邵约二年后至其家拜尊亲。届时，张具酒食，范果至。见《后汉书·范式传》。元丰元年三月，李常曾访东坡于徐州，至元丰三年十月，正好相别两年，故用此典，喻朋友之间恪守信用。

〔5〕浮雪：即浮白，指酒。

〔6〕剑头微吷：吷（xuè），小而短的声音。剑环头小孔，吹之如风过，有微声。此句意谓世间纷杂的俗事，如剑头微吷般微不足道，只有友情是值得珍重的。

【点评】

底本无此阕，据《二妙集》补。元丰三年（1080）作于黄州。李常（公择）在乌台诗案中亦受牵连，被罚铜二十斤，徙淮南西路提点刑狱任驻舒州，十月巡视来黄州，与公相聚数日而去，苏轼作此词送别李常。上片写送别场面，"烟外危楼"、"远灯明灭"、"玉虹归去"，常景经精选后却出现一片神奇景象，景中有画。下片写聚会时境况，"张范风流"、"一尊浮雪"、"剑头微吷"，快意中饱含苦涩，正与二人其时的政治处境同。

水龙吟

赠赵晦之吹笛侍儿〔1〕

楚山修竹如云〔2〕，异材秀出千林表〔3〕。龙须半剪，凤膺微涨，玉肌匀绕〔4〕。木落淮南，雨晴云梦，月明风袅〔5〕。自中郎不见〔6〕，桓伊去后〔7〕，知辜负、秋多少。

闻道岭南太守〔8〕，后堂深、绿珠娇小〔9〕。绮窗学弄，《梁州》初遍，《霓裳》未了。嚼徵含宫，泛商流羽，一声云杪。为使君洗尽，蛮风瘴雨，作《霜天晓》〔10〕。

【注释】

〔1〕赵晦之：名昶，详见前74页《减字木兰花》（贤哉令尹）注〔1〕。

〔2〕楚山：指与黄州相邻的蕲州，其地所出的竹制笛最佳。

〔3〕异材秀出：奇秀之材，指竹。

〔4〕"龙须"三句：取良竹通其节以制笛，但首节不通，留半节，节间留纤枝，剪而束之，称"龙须"。节以下若膺（胸）处则微涨，称"凤膺"、"玉肌"，皆美称。

〔5〕"木落"三句：傅幹注："善吹笛者，必俟气肃天清，风微月亮，聊作一二弄，遂臻其妙。"淮南，泛指江南。云梦，即云梦泽，故址在湖北天门县西。

〔6〕中郎：蔡邕尝为中郎将，善吹笛，尝以柯亭所产的竹为笛，其声

独绝。见《后汉书·蔡邕传》。

〔7〕桓伊:桓伊善吹笛,曾应王徽之之请奏三调。有“桓伊三弄”之典,已详见前23页《昭君怨》(谁作桓伊三弄)注〔2〕。

〔8〕岭南太守:赵晦之时在岭南藤州太守任。

〔9〕绿珠:石崇家妓名,善吹笛。此喻指赵侍儿。

〔10〕“绮窗”九句:谓其侍儿精通音乐能吹各种曲调。弄,指拨弄吹奏乐器。《梁州》、《霓裳》,皆曲名。宫、商、角、徵(zhǐ)、羽,为五音。云杪,云端。蛮风瘴雨,因赵晦之在岭南,古时称岭南为蛮荒之域,故云。霜天晓,即《霜天晓角》,曲名。

【点评】

底本有词序曰:“咏笛村公旧序云:时太守闾丘公显已致仕,居姑苏,后房懿卿者,甚有才色,因附此词。一云赠赵晦之。”元丰三年(1080),赵昶(晦之)在知藤州任,苏轼致书嘱咐赵昶忧南方兵事。昶馈丹砂。昶侍儿善吹笛,十一月十五日,苏轼赠蕲笛作为报答,赋此词赠昶侍儿。在苏轼赠歌者(包括官员侍儿)词中,这是著名的一首,也是较好的一首。与此类词多从色、艺着笔不同,此则舍色而重在技艺与人品,刻画出一个技艺超绝而又能与主人患难与共的侍儿形象。上片专在咏笛,为下片蓄势。“龙须”三句,将笛的状形容尽致,“木落”三句,写景兼咏笛,“中郎”三句,咏笛怀友兼而有之。下片入正题,咏侍儿之技艺与人品。全词用事而不为事所用,在用事中显出摇曳多姿,耐人品味。

菩萨蛮

回文春闺怨〔1〕

翠鬟斜幔云垂耳。耳垂云幔斜鬟翠。春晚睡昏昏。昏昏睡晚春。　细花梨雪坠。坠雪梨花细。颦浅念谁人。人谁念浅颦。

【注释】

〔1〕回文:修辞手法之一,使诗词中的字句回环反复均可读而成诵。回文诗始自前秦苻坚时秦州刺史扶风窦滔妻苏蕙《织锦璇玑图》;回文词则始自苏轼《菩萨蛮》。回文有句回者,有篇回者,亦有字回者,如苏蕙《璇玑图》即字回。此词为句回。

【点评】

元丰三年(1080)十一月作于黄州。骋才而已。绝好的回文亦勘品味,但骋才者为多。与檃括体同为骋才之作,亦为游戏笔墨,可备一体。下同,不另评。

菩萨蛮

回文夏闺怨

柳庭风静人眠昼。昼眠人静风庭柳。香汗薄衫凉。凉衫薄汗香。　　手红冰腕藕。藕腕冰红手〔1〕。郎笑藕丝长〔2〕。长丝藕笑郎。

【注释】

〔1〕冰腕:喻美人的手腕色如冰玉般洁莹。

〔2〕藕丝:谐偶思,即情偶之间的相思。

菩 萨 蛮

回文秋闺怨

井桐双照新妆冷[1]。冷妆新照双桐井。羞对井花愁[2]。愁花井对羞。　　影孤怜夜永。永夜怜孤影。楼上不宜秋。秋宜不上楼。

【注释】

〔1〕“井桐”句:井上双桐枝叶交加,反衬出新妆初成时的孤寂冷落。魏明帝曹叡《猛虎行》:“双桐生空井,枝叶自交加。”

〔2〕井花:《本草》:“井花水,平旦第一汲者,令人好颜色。”

菩 萨 蛮

回文冬闺怨

雪花飞暖融香颊。颊香融暖飞花雪。欺雪任单衣。衣单任雪欺。　　别时梅子结。结子梅时别。归不恨开迟。迟开恨不归[1]。

【注释】

〔1〕“归不恨”二句:傅注本作“归恨不开迟,迟开不恨归”。

菩 萨 蛮

回文[1]

落花闲院春衫薄。薄衫春院闲花落。迟日恨依依。依依恨日迟。　　梦回莺舌弄。弄舌莺回梦。邮便问人羞[2]。羞人问便邮。

【注释】

〔1〕此首及下二首年月无考。因系回文,类编于四时闺怨之后。

〔2〕邮便:邮寄的信函。

菩 萨 蛮

夏景回文

火云凝汗挥珠颗。颗珠挥汗凝云火。琼暖碧纱轻。轻纱碧暖琼。　　晕腮嫌枕印。印枕嫌腮晕。闲照晚妆残。残妆晚照闲。

菩 萨 蛮

回文[1]

峤南江浅红梅小。小梅红浅江南峤。窥我向疏篱。篱疏向我窥。　　老人行即到。到即行人老。离别惜残枝。枝残惜别离。

【注释】

〔1〕傅注本题作“红梅赠别”。

水调歌头

欧阳文忠公尝问余:“琴诗何者最善?”答以“退之听颖师琴诗最善。”公曰:“此诗最奇丽,然非听琴,乃听琵琶也。”余深然之。建安章质夫家善琵琶者,乞为歌词。余久不作,特取退之词,稍加檃括,使就声律,以遗之云[1]。

昵昵儿女语,灯火夜微明。恩怨尔汝来去[2],弹指泪和声。忽变轩昂勇士[3],一鼓填然作气[4],千里不留行[5]。回首暮云远,飞絮搅青冥。　　众禽里,真彩凤,独不鸣[6]。跻攀寸步千险[7],一落百寻轻[8]。烦子指间风雨,置我肠中冰炭[9],起坐不能平。推手从归去，无泪与君倾[10]。

【注释】

〔1〕欧阳脩卒，赠太子太师，谥曰文忠。退之，韩愈字。深然之，深以欧阳公之言为是。章楶(jié)，字质夫，建安人。檃括，就原有文章、著作加以剪裁改写。遗(wèi)，赠送。

〔2〕恩怨：底本误作“恩冤”，从元本、朱本与韩愈原诗改。

〔3〕轩昂：高举发扬，声音洪亮。

〔4〕“一鼓”句：《左传·庄公十年》载曹刿论战曰：“一鼓作气，再而衰，三而竭。”

〔5〕“千里”句：意为所向无敌。

〔6〕“众禽”三句：此以凤声喻琵琶声。凤不常鸣，一鸣则惊人。独不鸣，即独有凤不常鸣之意。此以凤鸣喻琴声。

〔7〕“跻攀”句：此以攀援喻琵琶声的艰涩。

〔8〕“一落”句：以水落喻琵琶声的轻快。寻，古代长度单位，相当于八尺。

〔9〕冰炭：指截然相反的不同感情，如“喜之于怒，哀之于乐”。

〔10〕“无泪”句：情到切处则无泪可倾。刘长卿《赴巴南书情寄故人》：“裁书欲谁诉，无泪可潸然。”

【点评】

元丰四年(1081)苏轼年四十六。正月，应章质夫家善琵琶者之请作此词。清刘体仁《七颂堂词绎》说“檃括体不可作”，良是，而宋刘克庄《跋东坡颖师听琴水调及山谷帖》反而说“如汉王晨入信、耳军，夺其旗鼓，盖其作略气魄，固已陵暴之矣”，则见贤达即匍匐而不敢仰视，岂可取？

南乡子

黄州临皋亭作[1]

晚景落琼杯。照眼云山翠作堆。认得岷峨春雪浪[2]，初来。万顷蒲萄涨渌醅[3]。　　暮雨暗阳台[4]。乱洒高楼湿粉腮。一阵东风来卷地，吹回。落照江天一半开。

【注释】

〔1〕黄州南门朝宗门外长江水边有临皋馆，馆内有临皋亭。

〔2〕"认得"句：岷峨，岷山与峨眉山。苏轼家住在岷峨，故云。

〔3〕蒲萄涨渌醅（pēi）：李白《襄阳歌》："遥看汉水鸭头绿，恰似蒲萄初酸醅。"醅，酒。

〔4〕阳台：此指山峦。

【点评】

底本题作"春情"，据傅注本改。元丰四年（1081）春作此词。上下片全写临皋亭美景，首句收晚景于琼杯，妙思泉涌。"照眼"句方为远瞧所得，接谓"认得"云云，抒思念故里情绪，复又回到眼前，万顷青碧。下片写乍雨乍晴，忽而密洒歌楼，忽而江天落照。全词提顿开合，跌宕有致，令人目不暇接，美不胜收。在写景中，透露出作者随遇而安与深切的思乡之情，这是在黄州后才有的情怀。

水 龙 吟

次韵章质夫杨花词[1]

似花还似非花，也无人惜、从教坠。抛家傍路，思量却是，无情有思。萦损柔肠，困酣娇眼，欲开还闭。梦随风万里，寻郎去处，又还被、莺呼起[2]。　　不恨此花飞尽，恨西园、落红难缀。晓来雨过，遗踪何在，一池萍碎[3]。春色三分，二分尘土，一分流水[4]。细看来，不是杨花点点，是离人泪。

【注释】

〔1〕章质夫：名楶（jié），历任孟州司户参军、陈留知县、湖北提点刑狱，官至同知枢密院事。杨花：即柳花、柳絮。

〔2〕“寻郎”二句：金昌绪《春怨》：“打起黄莺儿，莫教枝上啼。啼时惊妾梦，不得到辽西。”

〔3〕萍碎：苏轼自注：“杨花落水为浮萍，验之信然。”但宋姚宽《西溪丛话》却说：“东坡谓絮化为浮萍，误矣。”可并参。

〔4〕“春色”三句：谓暮春时节，二分落花已化为尘土，只有一分春色杨花也已随流水而去。

【点评】

元丰四年（1081）春作于黄州。起句为杨花之形写神，非褒非贬，似褒似贬，褒贬莫辨，“无人”句将杨花之泪写尽，始知“似花非花”四字，本在褒贬之外，为花人兼及定下基调。“抛家”九句，亦人亦花，花人已难分畛域，情味悠然，引人遐思，尤为漂泊流落者感同身受。下片复归本题，专咏杨花,“不恨”三句借咏杨花将惜春之情写尽,“晓来”三句,正与第二句遥相呼应,是“无人惜从教坠”的具体化,“春色”三句,既是葬花,又是葬春,“细看”三句复又花人合一。全词无剑拔弩张之态,多舒徐叹惋之致,悲天悯人,怨而不怒,漂泊之感,迁客之慨,全在其中。铅华褪尽,芙蓉出水,本色天赋,本不在东涂西抹。无苏轼之才难为此词,无苏轼之身世亦难为此词。刘熙载所谓“邻人之笛,怀旧者感之;斜谷之铃,溺爱者悲之”,感同身受,此是欣赏主体与欣赏客体是否有灵犀相通的道理。平心而论,章楶原作与苏轼赓和均为杨花词绝唱;但若论身世流离之慨,则章词逊苏词不啻咫尺,此是章、苏词之别。至于后来词家轩轾其间,或褒此贬彼,或褒彼贬此,不必具论。

减字木兰花

赠徐君猷三侍人妩卿〔1〕

娇多媚𡅅〔2〕,体柳轻盈千万态。殢主尤宾。敛黛含颦喜又嗔〔3〕。　　徐君乐饮,笑谑从伊情意恁〔4〕。脸嫩肤红,花倚朱栏裹住风〔5〕。

【注释】

〔1〕徐君猷:见前125页《定风波》(两两轻红半晕腮)注〔1〕。妩卿:徐君猷侍人之一,据宋何薳《春渚纪闻》所记姓孙。

〔2〕𡅅(shài):甚。

〔3〕“殢主”二句:意为妩卿在佐酒时,无论对宾对主都非常热情,如乐饮则喜,如辞酒则假装生气,硬磨软缠,非叫你喝不可。殢,本读作(tì),唐宋时直读作(ní),“殢人”,亦直接写作“泥人”,意为恋昵、纠缠、死磨软

缠。元稹《三遣悲怀》:“顾我无衣搜荩箧,泥他沽酒拔金钗”,苏轼(一说谢绛)《菩萨蛮》(娟娟侵鬓妆痕浅)末句“微波先泥人”,皆其例,读词者不可不知。参见明胡震亨《唐音癸签》卷二十四《诂笺九》与张相《诗词曲语词汇释》。敛黛,皱眉。嚬,同“颦”,皱眉。嗔,生气。

〔4〕“笑谑”句:笑谑,用诙谐的话开玩笑。恁,如此,那样。

〔5〕“花倚”句:意为花倚栏杆又被春风所笼罩。裹,笼罩。此处以花喻人,指妩卿。用李白《清平调》三首之三“名花倾国两相欢,长得君王带笑看。解释春风无限恨,沉香亭北倚阑干”诗意。

【点评】

元丰四年(1091)三月十四日作此词,赠徐君猷侍人孙妩卿。此为艳科词,将妩卿佐酒时泥人的情态以及徐君猷对其百依百从的娇宠活画纸上。

减字木兰花

胜之〔1〕

双鬟绿坠。娇眼横波眉黛翠。妙舞蹁跹〔2〕。掌上身轻意态妍〔3〕。　　曲穷力困。笑倚人旁香喘喷。老大逢欢。昏眼犹能仔细看。

【注释】

〔1〕胜之:徐君猷侍人,据《春渚纪闻》所记姓姜。

〔2〕蹁跹:今通作“翩跹”,舞姿轻盈貌。

〔3〕掌上身轻:传说汉成帝皇后赵飞燕体轻如燕,能作掌上舞。见《白氏六帖》卷六一。

【点评】

与上阕作于同时。此亦艳科词，与前首不同，此首重在写胜之能歌善舞，兼及其娇媚的情态。

减字木兰花

庆姬[1]

天真雅丽。容态温柔心性慧。响亮歌喉。遏住行云翠不收[2]。　　妙词佳曲。啭出新声能断续。重客多情。满劝金卮玉手擎。

【注释】

〔1〕庆姬：徐君猷侍人，据《春渚纪闻》所记姓阎。

〔2〕遏住行云：《列子·汤问》："声振林木，响遏行云。"

【点评】

与上阕作于同时。此首重在写其天真雅丽及善歌。

减字木兰花

懿懿[1]

柔和性气。雅称佳名呼懿懿。解舞能讴。绝妙年中有品流[2]。　　眉长眼细。淡淡梳妆新绾髻。懊恼风情。春着花枝百态生。

【注释】

〔1〕懿懿:徐君猷侍人,据《春渚纪闻》所记姓齐。

〔2〕有品流:犹言品流高。

【点评】

与上阕作于同时。此首重在写其温柔品性及美艳无比。

减字木兰花

赠胜之[1]

天然宅院。赛了千千并万万[2]。说与贤知。表德元来是胜之[3]。　　今来十四。海里猴儿奴子是[4]。要赌休痴。六只骰儿六点儿[5]。

【注释】

〔1〕胜之:见前137页《减字木兰花》(双鬟绿坠)题序注〔1〕。

〔2〕千千并万万:"闲草甚多,丛者束兮,靡者杳兮,仰风猎日,如立如笑兮,千千万万之容兮,不可得而状也。"见杜牧《晚晴赋》。

〔3〕表德:北齐颜之推《颜氏家训·风操》:"古者名以正体,字以表德。"后因以指人之字或别号。

〔4〕海里猴儿:前首赠胜之的《减字木兰花》谓她"妙舞蹁跹,掌上身轻意态妍",体柔而小,灵活轻盈,此用猴子,戏拟之;而谓"海里",乃从《减字木兰花》首二句"双鬟绿坠,娇眼横波眉黛翠"之"绿"、"横波"、"翠"字联想而及。傅注:"海猴儿,言好孩儿也。"

〔5〕“六只”句:骰(tóu),赌具。六点儿,傅注:“言莫赛也。”意谓其舞姿意态无人能赛过。

【点评】

与上阕作于同时。重在写其舞姿意态无人可比。

西 江 月

送建溪双井茶、谷帘泉与胜之。胜之,徐君猷家后房,甚丽,自叙本贵种也〔1〕。

龙焙今年绝品〔2〕,谷帘自古珍泉。雪芽双井散神仙〔3〕。苗裔来从北苑〔4〕。　　汤发云腴酽白〔5〕,盏浮花乳轻圆〔6〕。人间谁敢更争妍。斗取红窗粉面〔7〕。

【注释】

〔1〕福建建溪、江西双井皆出名茶。谷帘泉在星子县。陆羽《茶经》评水高下有二十品,庐山谷帘水居第一。此以茶、水喻胜之为“贵种”。

〔2〕龙焙:在福建,宋时为茶库。

〔3〕雪芽:茶的最上品,因其劲直纤挺,故号芽茶。

〔4〕北苑:在福建建宁(今建瓯)。

〔5〕云腴:茶以产于山巅多雾处为佳,此指沏茶后杯上产生的一层雾气。酽:浓。

〔6〕花乳:新沏茶盏上所浮之小气泡。

〔7〕斗:同“逗”,逗引。

【点评】

底本题作“茶词”,据傅注本改。与上阕作于同时。词双关妙用,物与人俱贵种不俗。

虞美人

琵琶〔1〕

定场贺老今何在〔2〕。几度新声改〔3〕。新声坐使旧声阑〔4〕。俗耳只知繁手、不须弹〔5〕。　断弦试问谁能晓。七岁文姬小〔6〕。试教弹作辊雷声〔7〕。应有开元遗老、泪纵横〔8〕。

【注释】

〔1〕琵琶:弹拨乐器,唐宋时统称弦乐器为琵琶。此指琴。苏轼家藏琴为开元时雷家所造,名雷琴。见《文集》卷七十一《杂书琴事十首》其一。

〔2〕定场:音乐或歌舞开场时先弹一曲,起到定场作用。贺老:指贺怀智,开元时乐工。

〔3〕新声:谓新作的曲。

〔4〕坐:因。阑:衰。

〔5〕"俗耳"句:指俗耳只知欣赏繁手哀乐,不知雷琴"辊雷"之声的动人,故下云"不须弹"。

〔6〕"断弦"二句:汉蔡邕女文姬精于音律,邕尝夜鼓琴,弦断,文姬曰"第二弦"。邕故断一弦问之,曰"第四弦",并无差谬。事见《后汉书·列女传》。

〔7〕辊(gǔn)雷:贺怀智琵琶,以鸡筋为弦,用铁拨弹奏。见宋乐史《杨太真外传》。辊雷,车滚动声。

〔8〕开元遗老:指贺怀智。

【点评】

元丰四年(1081)六月二十三日,陈季常自岐亭来黄州访苏轼,苏轼有家藏宝琴,客中有善弹琴者,求宝琴弹之,苏轼因作此词。将宝琴、琴师之高妙技艺结合得密丝无缝,是此词的显著特色。词以“定场贺老”喻“客有善琴者”,遂又忽然宕开,写“新声改”,“旧声阑”,以至于“俗耳只知繁手”,将琴师的技艺与琴声的美妙推到了极致。然而又谓“不须弹”,仅仅三字,就回到了“宝琴”,意思是说,只知道以“繁手”弹技为高超的人还是外行(俗耳),唯能弹雷氏琴的人才算进入化境的琴师。下片却又宕开,写“断弦”,给人一种“曲终收拨当心画,四弦一声如裂帛”的艺术效果。“试教”句复回到本题,“辊雷声”,既是雷氏琴所特有的音效,也是唯“客有善琴者”在能弹出的音效。结句又归到“开元遗老”,首尾相应。大约是在同一时期,在黄州写《与彦正判官尺牍》附一偈云:“若言琴上有琴声,放在匣中何不鸣?若言声在指头上,何不于君指上听?”说明了欣赏主体(琴师)与客体(琴)的辩证关系,可作此词之注脚来读。

南乡子

重九涵辉楼呈徐君猷〔1〕

霜降水痕收〔2〕。浅碧鳞鳞露远洲。酒力渐消风力软,飕飕。破帽多情却恋头〔3〕。　　佳节若为酬,但把清尊断送秋〔4〕。万事到头都是梦〔5〕,休休。明日黄花蝶也愁〔6〕。

【注释】

〔1〕涵辉楼:在黄州城内西南,临江而建。宋韩琦《涵辉楼》诗:“临

江三四楼，次第压城首。山光遍轩楹，波影撼窗牖。”后改名无尽藏楼。

〔2〕水痕收：指水位降低。水痕，水纹。

〔3〕“破帽”句：反用陶渊明《晋故征西大将军长史孟府君传》孟嘉龙山落帽典。

〔4〕把：持、举。

〔5〕“万事”句：语出潘阆《樽前勉兄长》：“万事到头都是梦，休嗟百计不如人。”

〔6〕蝶也愁：化用郑谷《十日菊》：“节去蜂愁蝶不知，晓庭还绕折空枝。”

【点评】

元丰四年（1081）九月九日作。词以上景下情的惯用写法，两翻旧典“破帽”“蝶愁”，一片衰飒之气，却均化作“都是梦”的感叹。这并非消极，乃东坡式的洒脱，就像后来他在《行香子》词中所说的“隙中驹，石中火，梦中身”一样，是一种“神叹”，不禁令人解颐。

蝶恋花

送潘大临赴省试作〔1〕

别酒劝君君一醉。清润潘郎〔2〕，又是何郎婿〔3〕。记取钗头新利市〔4〕。莫将分付东邻子〔5〕。　　回首长安佳丽地〔6〕，十五年前，我是风流帅〔7〕。为向青楼寻旧事〔8〕，花枝缺处余名字〔9〕。

【注释】

〔1〕潘大临：字邠老。本为闽人，后移家黄州，能诗，与苏轼交往甚

密。唐宋时举进士有乡试、省试、殿试。乡试中式者则赴京参加省试，亦称礼部试。省试中式者参加殿试。

〔2〕潘郎：潘岳美姿容，少时常挟弹出洛阳道，妇人遇之则连手萦绕，投之以果，遂满车而归。此以潘岳喻指潘大临。

〔3〕何郎：何晏肤白，魏明帝尝疑其傅粉。见《世说新语·容止》。

〔4〕"记取"句：意谓等到中进士后拿到文凭回来给妻子做吉利钱。钗头，指潘之妻。利市，吉利钱。

〔5〕"莫将"句：意为莫见异思迁，再将真情分给别的美女。宋玉《登徒子好色赋》："东家之子，增之一分则太长，减之一分则太短，着粉则太白，施朱则太赤……然此女登墙窥臣三年，至今未许也。"

〔6〕长安：汉唐都城，此代指宋都开封。

〔7〕风流帅：犹云风流伯。

〔8〕青楼：谓妓女所居之地。唐宋时新进士有游妓院之俗。

〔9〕"花枝"句：白居易《长安道》："花枝缺处青楼开，艳歌一曲酒一杯。"此词"花枝缺处"，歇后"青楼"。

【点评】

底本题作"送潘大临"，据《能改斋漫录》补。元丰四年(1081)潘邠老中乡进士，十一月乡进士集解之前的初冬，苏轼作此词送行。词首赞赠主清俊白皙，遂又想象赠主高中后漫游京师盛况，语调戏谑中充满香艳，大类柳永的词风。唯用典生僻，遂成典障。

浣 溪 沙

十二月二日，雨后微雪，太守徐君猷携酒见过[1]，坐上作《浣溪沙》三首。明日酒醒，雪大作，又作二首。

覆块青青麦未苏[2]。江南云叶暗随车[3]。临皋烟景世间无[4]。　　雨脚半收檐断线[5]，雪床初下瓦疏珠[6]。归来冰颗乱粘须。

【注释】

〔1〕徐君猷:已见前125页《定风波》(两两轻红半晕腮)注〔1〕。

〔2〕“覆块”句:指覆盖大地的麦苗尚未苏醒。块,大地。

〔3〕“江南”句:百里嵩为官清廉,时旱,百里嵩至,则感动天地,遂“甘雨随车”。见谢承《后汉书》。用此典赞扬赠主德政。

〔4〕临皋:临皋亭,在黄冈南,长江北岸。

〔5〕雨脚:密集落地的雨点。

〔6〕“雪床”句:意为霰初下时如稀疏的珠子在瓦上滚动。雪床,苏轼自注:“京师俚语,霰为雪床。”

【点评】

元丰四年(1081)十一月二日,太守徐君猷携酒来访,苏轼作此五首《浣溪沙》词相赠。全词绘声绘色地画出一幅霰落图,又暗用“甘雨随车”典,对徐君猷的德政表示赞颂。

浣溪沙

前韵

醉梦醺醺晓未苏[1]。门前辘辘使君车[2]。扶头一盏怎生无[3]。　废圃寒蔬挑翠羽[4],小槽春酒冻真珠[5]。清香细细嚼梅须[6]。

【注释】

〔1〕晓未苏:清晨还未睡醒。苏,苏醒,从沉睡中醒来。

〔2〕辘辘:车行声。使君:指徐君猷。

〔3〕扶头:扶头酒,易醉的酒。怎生:犹言怎样,如何。

〔4〕废圃:指正在经营的东坡废园。

〔5〕槽:滤酒器。真珠:即珍珠,喻酒。

〔6〕嚼梅须:花香多在须间粉上,故云。

【点评】

与上阕作于同时。此阕写主人雪中忙活着招待客人的景象,"怎生无","挑翠羽","嚼梅须",寥寥几笔,既写出了过程,又写出了客主之间的动作,形象生动。

浣溪沙

前韵

雪里餐毡例姓苏[1]。使君载酒为回车[2]。天寒酒色转头无。　　荐士已闻飞鹗表[3],报恩应不用蛇珠[4]。醉中还许揽桓须[5]。

【注释】

〔1〕"雪里"句:餐毡,苏武囚匈奴不归,绝饮食,天雨雪,武吞雪与毡毛并咽。加一"例"字,作者亦在其中。

〔2〕回车:即回车院。临皋亭在监司行衙回车院中,故云。

〔3〕"荐士"句:孔融《荐祢衡表》有句曰:"鸷鸟累百,不如一鹗。使衡立朝,必有可观。"鹗,雕属,猛禽,比喻有才能的人。此句下苏轼自注:"公(徐君猷)近荐仆于朝。"

〔4〕"报恩"句:隋侯出行,见大蛇被伤中断,使人敷药医治。岁余,

蛇衔明珠以报,至夜有光。见东晋干宝《搜神记》卷二十。大恩不报,故云“不用”。

〔5〕揽桓须:晋孝武帝末年,谢安婿王国宝离间孝武帝与谢安关系,帝、相遂成嫌隙。帝尝共桓伊饮宴,谢安侍坐。桓伊遂歌《怨诗》曰:“为君既不易,为臣良独难。忠信事不显,乃有见疑患。”说明谢安被谤。谢安泣下沾襟,乃越席而捋桓伊之须曰:“使君如此不凡!”帝甚有愧色。见《晋书·桓伊传》。其时苏轼遭谗被贬,而徐君猷相待甚厚,故用孔融、隋侯、桓伊等典,以明感戴之情,并期望神宗感悟。

【点评】

与上阕作于同时。此首重在对徐君猷冒死推荐自己表示深情的感谢,但所谓“大恩不报”“大恩难报”,故云“不用蛇珠”,深情可见,复云“揽桓须”,神态如画,不由令人解颐。开头用苏武“雪里餐毡”典,却用轻松的语气说出,难得他如此洒脱。

浣溪沙

再和前韵

半夜银山上积苏〔1〕。朝来九陌带随车〔2〕。涛江烟渚一时无。　　空腹有诗衣有结〔3〕,湿薪如桂米如珠〔4〕。冻吟谁伴捻髭须〔5〕。

【注释】

〔1〕银山:喻雪。苏:草。

〔2〕带随车:指车到之处倾轧出一条带子。韩愈《咏雪赠张籍》:“随车翻缟带,逐马散银杯。”

〔3〕“空腹”句：意为虽饥寒交迫却满腹诗文。董京穷愁潦倒，却逍遥咏吟，行乞于市。得残碎缯絮，则结以自覆，金帛佳绵则不受。见《晋书·隐逸传》。衣有结，衣裳破烂百结。

〔4〕“湿薪”句：典出苏秦对楚王曰：“楚国之食贵于玉，薪贵于桂。”见《战国策》。

〔5〕“冻吟”句：化用杜荀鹤《早发》：“时逆帽檐风刮顶，旋呵鞭手冻粘须。”

【点评】

与上阕作于同时。此首上片画出一幅银世界，下片却是一幅寒士冻吟图。

浣 溪 沙

前韵

万顷风涛不记苏[1]。雪晴江上麦千车。但令人饱我愁无。　　翠袖倚风萦柳絮，绛唇得酒烂樱珠[2]。尊前呵手镊霜须。

【注释】

〔1〕“万顷”句：此句苏轼“墨迹”自注云：“公田在苏州，今年风涛荡尽。”公，指徐君猷。

〔2〕“翠袖”二句：化用方干《赠美人四首》其一：“舞袖低徊真蛱蝶，朱唇深浅假樱桃。”柳絮，喻雪。烂，灿烂。樱珠，樱桃和珠子，均喻美人之口。

【点评】

与上阕作于同时。与前首写苦寒不同，此首上片写雪兆丰年，体现了苏轼民胞物与的感情；同时点出徐君猷之田为风涛荡尽，为民而不顾己的美德。下片或写朝云出而佐酒，给朋友聚会平添了几分暖意。

江 神 子

大雪有怀朱康叔使君，亦知使君之念我也，作《江神子》以寄之〔1〕。

黄昏犹是雨纤纤。晓开帘。欲平檐〔2〕。江阔天低，无处认青帘〔3〕。孤坐冻吟谁伴我，揩病目，捻衰髯。

使君留客醉厌厌〔4〕。水晶盐。为谁甜〔5〕。手把梅花，东望忆陶潜〔6〕。雪似故人人似雪，虽可爱，有人嫌〔7〕。

【注释】

〔1〕朱康叔：朱寿昌，字康叔，扬州天长人。曾弃官入同州（今陕西大荔）寻母，以孝义闻。时为黄州邻郡鄂州太守，常常派专使往黄州馈苏轼酒食，为士林所誉。入《宋史·孝义传》。

〔2〕“黄昏”三句：黄昏还下着小雪，至晓则大雪而已平屋檐。雨，此处作动词，指下雪。

〔3〕青帘：酒旗。

〔4〕醉厌厌：醉醺醺。

〔5〕“水晶盐”二句：水晶盐，亦称水精盐。古代水晶盐当有甜味，可以下酒，故吴筠《行路难》有句曰：“白酒甜盐甘如乳，绿觞皎镜华如碧。”

〔6〕“手把”二句：陆凯自江南寄梅花一枝与长安与范晔，赠诗曰：“折梅逢驿使，寄与陇头人。江南无所有，聊赠一枝春。”见南朝宋盛弘之

《荆州记》。王弘欲见陶潜，潜称疾不见，知潜往庐山，遂令人载酒于道等候，潜既遇酒，便引酌野亭，欣然忘归。见《晋书·陶潜传》。此以陆凯、王弘比朱寿昌，以范晔、陶潜自比。

〔7〕“雪似故人”三句：意谓朱寿昌冰清玉洁，品行虽可爱可贵，但怜惜罪官，却正是有些人所避忌的。

【点评】

元丰四年（1081）十二月作于黄州。大雪漫天，孤坐冻吟，此时思友，所谓“一死一生，乃知交情；一贫一富，乃知交态；一贵一贱，交情乃见”。下片想象朱寿昌雪中宴客的场景，反衬孤坐的烦闷。“雪似”三句，赞赠主的美德，且有寓指。

减字木兰花

雪词

云容皓白。破晓玉英纷似织〔1〕。风力无端。欲学杨花更耐寒〔2〕。　　相如未老。梁苑犹能陪俊少〔3〕。莫惹闲愁。且折江梅上小楼。

【注释】

〔1〕玉英：喻雪花。

〔2〕“欲学”句：雪似杨花，但比杨花更耐寒。反用唐无名氏诗《题长乐驿壁》“杨花满地如飞雪”句意。

〔3〕“相如”二句：梁王游于兔园，命司马相如曰：“抽子秘思，骋子妍辞，侔色揣称，为寡人赋之。”见谢惠连《雪赋》。此以司马相如自喻。

【点评】

元丰四年(1081)十二月作于黄州。雪景如画,“莫惹闲愁”,盖欲效相如写《雪赋》,又想起乌台诗案而止。

浣溪沙

几共查梨到雪霜[1]。一经题品便生光[2]。木奴何处避雌黄[3]。　　北客有来初未识[4],南金无价喜新尝[5]。含滋嚼句齿牙香。

【注释】

〔1〕查梨:即山楂。橘与山楂均经霜始熟,故云“到雪霜”。

〔2〕“一经”句:屈原曾作《橘颂》,橘始驰名,故云。

〔3〕“木奴”句:木奴,橘的俗名,名异实同,但人们重橘却轻视木奴。雌黄,妄加批评。柳宗元《柳州城西北隅种柑树》:“方同楚客怜皇树,不学荆州利木奴。”“何处避雌黄”,即指此。

〔4〕北客:苏轼自谓。

〔5〕南金:荆、扬两州古时多贡金,又处南地,故谓南金。此处以南金喻橘的珍贵。

【点评】

元丰五年(1082),苏轼年四十七,在黄州。李常(公择)时为淮南提刑狱驻舒州,曾于是年正月派专使送八瓮柑橘给苏轼,苏轼深感其意,连作这两首《浣溪沙》词赠李常(公择)。此为咏物词,初读似若不解。因为咏物词贵在有寄托,何以坡仙却成了饕餮之士,若渴羌不知吴味,见了就大嚼大咽呢?尤其是上片,为什么将柑橘与查梨并提,何以“便生光”,却又“何处避雌黄”?如堕五里雾中。不解之中不由得又想起了启功先生关于宋词“皮薄”“皮厚”之说,这才恍然大悟!所以将柑橘与查梨并提,是因曾

"共经霜";而"共经霜"之后,却仍然柑橘是柑橘,查梨是查梨;"风霜",暗喻乌台诗案。"便生光",因屈子而发;屈子遭放逐,乃作《离骚》、《橘颂》等章,抒其"受命不迁","深固难徙"之志,柑橘从此便成为君子之果(乌台诗案前的苏轼)。但一旦易名为木奴,又被人目为谋利的果(乌台诗案后的苏轼),成了人们信口雌黄的故实。为什么时移名异是非却如此不同?这不就是乌台诗案前后坡仙境遇变化的写照么?如此看来,坡仙在此故作"皮厚",乃不得已而为之,不亦悲夫!

浣 溪 沙

咏橘

菊暗荷枯一夜霜〔1〕。新苞绿叶照林光。竹篱茅舍出青黄〔2〕。　　香雾噀人惊半破〔3〕,清泉流齿怯初尝〔4〕。吴姬三日手犹香〔5〕。

【注释】

〔1〕"菊暗"句:菊、荷经霜则败,故云。

〔2〕青黄:橘将熟未熟之时青中出黄。

〔3〕"香雾"句:橘初破时汁似雾而香。噀(xùn),喷。

〔4〕"清泉"句:橘香中有酸,故云"怯初尝"。

〔5〕吴姬:吴地妇人多美色,故云。

【点评】

与上阕作于同时。此首无寄托,反倒有题曰"咏橘",此词纯用赋体,却惟妙惟肖。上片写橘的出处,但从"菊暗荷枯"着笔,突出了冬果的特点。下片只在"香"字上做文章,极尽渲染之能事。

少 年 游

黄之侨人郭氏，每岁正月迎紫姑神。以箕为腹，箸为口，画灰盘中，为诗敏捷立成。余往观之。神请余作《少年游》，乃以此戏之[1]。

玉肌铅粉傲秋霜[2]。准拟凤呼凰[3]。伶伦不见，清香未吐，且糠粃吹扬[4]。　　到处成双君独只，空无数、烂文章。一点香檀，谁能借箸，无复似张良[5]。

【注释】

〔1〕郭氏：名遘，侨居于黄州，曾从苏轼游，苏轼诗文多处提到。相传紫姑神有几位，这位紫姑神姓何名媚字丽娘，寿阳李景之妾，不容于李妻，抑郁而死。作诗敏捷。

〔2〕“玉肌”句：写紫姑神之美。《庄子·逍遥游》：“藐姑射(yè)之山，有神人居焉。肌肤若冰霜，淖约若处子。”

〔3〕凤呼凰：即凤求凰，以喻夫妇之情。

〔4〕“伶伦”三句：意谓紫姑神失去丈夫，沦为人妾，被弃之如糠粃。伶伦，即伶人，乐人。紫姑神少时嫁伶人，故云。

〔5〕“一点”三句：意谓紫姑神用口衔着筷子写诗，谁能像张良为刘邦划良策一样，来替紫姑神划良策脱离苦海呢？郦食其(yì jī)给刘邦出了坏点子，接着张良来谒见，刘邦问郦所划之策是否可行？张良彻底否定了郦的意见。其时刘邦正在吃饭，张良求借所食之箸(筷子)为刘邦谋划出良策。见《史记·留侯世家》。

【点评】

元丰五年(1082)正月，紫姑神又降郭遘家，苏轼往观，作此词。上片以姑射仙人比紫姑,对其品质给予高度赞美;下片写其身世凄凉,叹其悲怆可悯。张良借箸典的运用,既符合紫姑以口衔箸的特定情境,更加深了对紫姑的同情与哀怜,意谓张良还能借箸为沛公划策,而谁又能为紫姑划良策以改变她的命运呢!咏佳人而无闺房气,翻成哲妇之吟,堪称上品。

水 龙 吟

闾丘大夫孝终公显尝守黄州,作栖霞楼,为郡中胜绝。元丰五年,余谪居于黄。正月十七日,梦扁舟渡江,中流回望,楼中歌乐杂作。舟中人言:公显方会客也。觉而异之,乃作此词。公显时已致仕在苏州〔1〕。

小舟横截春江,卧看翠壁红楼起。云间笑语,使君高会,佳人半醉。危柱哀弦〔2〕,艳歌余响,绕云萦水。念故人老大〔3〕,风流未减,独回首、烟波里。　　推枕惘然不见,但空江、月明千里。五湖闻道,扁舟归去,仍携西子〔4〕。云梦南州〔5〕,武昌东岸〔6〕,昔游应记。料多情梦里,端来见我,也参差是〔7〕。

【注释】

〔1〕闾丘大夫:指闾丘孝终,字公显,尝守黄州。栖霞楼,在黄州仪门外西南。致仕,退休。宋制,七十致仕。

〔2〕危柱:指琴。《文选》谢灵运《道路忆山中》:"殷勤诉危柱,慷慨命促管。"李善注:"危柱,谓琴也。"

〔3〕故人:指闾丘公显。

〔4〕"五湖"三句:误传范蠡平吴后,携西子泛五湖而去。故云"闻

道”。此句喻指闾丘孝终退休后携美人到处遨游，过着悠闲自得的生活。

〔5〕云梦南州：指黄州，因黄州在云梦泽之南。

〔6〕武昌东岸：指黄州。宋时的武昌在长江西岸的鄂州，与黄州东西相望。

〔7〕“料多情”三句：用《长恨歌》字面：“中有一人字太真，雪肤花貌参差是。”形容闾丘与佳人像唐明皇杨贵妃梦中相会一般恩爱。端来，准来。参差，仿佛。

【点评】

元丰五年（1082）正月作于黄州。起于梦，结于梦，中用醒境隔断，跌宕有致。梦境用墨如泼，空灵凄丽；醒境惜墨如金，苍波浩渺。中用范蠡携西子归去典，意谓闾丘大夫孝终公显携佳人归去。

定风波

咏红梅〔1〕

好睡慵开莫厌迟〔2〕。自怜冰脸不时宜〔3〕。偶作小红桃杏色，闲雅，尚余孤瘦雪霜姿。　休把闲心随物态，何事，酒生微晕沁瑶肌。诗老不知梅格在，吟咏，更看绿叶与青枝〔4〕。

【注释】

〔1〕《苏轼诗集》卷二十一《红梅》三首其一云：“怕愁贪睡独开迟，自恐冰容不入时。故作小红桃杏色，尚余孤瘦雪霜姿。寒心未肯随春态，酒晕无端上玉肌。诗老不知梅格在，更看绿叶与青枝。”词由诗增改数字而成。

〔2〕“好睡”句：玄宗在沉香亭，召贵妃，贵妃卯醉未醒，命高力士持掖而至。玄宗云：“是岂妃子醉，直海棠睡未足耳。”见宋乐史《杨太真外传》。红梅类海棠，故用其事。

〔3〕“自怜”句：冰脸，梅开在冬，故云。不时宜，不合时宜。其时苏轼贬，借咏梅抒怀。

〔4〕“诗老”二句：诗老，指石曼卿。不知梅格，不懂得梅的风格。《苏轼文集》卷六十八《评诗人写物》：“若石曼卿《红梅》诗云：‘认桃无绿叶，辨杏有青枝。’此至陋语，盖村学中体也。”

【点评】

元丰五年（1082）正月作此词于黄州。前六句将红梅之风流标格写尽，结句专为石延年（曼卿）而发，若谓略遣厚道则可，若王文诰所议“愈见窘步”则未必。又，朝云谓苏轼“一肚皮不合时宜”（见费衮《梁溪漫志》），可作“自怜”句的注脚，则“冰脸”“瑶肌”亦耐人寻味。

满 江 红

忧喜相寻[1]，风雨过、一江春绿。巫峡梦、至今空有，乱山屏簇[2]。何似伯鸾携德耀，箪瓢未足清欢足[3]。渐粲然、光彩照阶庭，生兰玉[4]。　　幽梦里，传心曲。肠断处，凭他续[5]。文君婿知否，笑君卑辱[6]。君不见周南歌汉广，天教夫子休乔木[7]。便相将、左手抱琴书，云间宿[8]。

【注释】

〔1〕元丰五年（1082）三月作于黄州。杨元素《本事曲集》载：“董毅夫名钺，自梓漕（梓州路转运使）得罪归鄱阳，遇东坡于齐安。怪其丰暇自

得。曰:‘吾再娶柳氏,三日而去官。吾固不戚戚,而忧柳氏不能忘怀于进退也。已而欣然同忧患如处富贵,吾是以益安焉。’乃令家僮歌其所作《满江红》,东坡嗟叹之,次其韵。”相寻:相继。

〔2〕“巫峡梦”二句:见前13页《祝英台近》(挂轻帆)注〔5〕。乱山屏簇,巫山有十二峰,聚集如屏障。此句意谓董钺娶柳氏如襄王之梦阳台,为一对和谐夫妻。

〔3〕“何似”二句:意为与其为官,不如归隐而夫妻和谐,过着粗茶淡饭的生活。梁鸿字伯鸾,妻名孟光,字德曜。夫妻举案齐眉,相敬如宾,见《后汉书·梁鸿传》。箪瓢,《论语·雍也》:“子曰:‘贤哉回也!一箪食,一瓢饮,在陋巷,人不堪其忧,回也不改其乐。贤哉回也!’”箪,古代盛饭的器具。何似,不如。

〔4〕“渐粲”二句:意为不久就会生下道德高尚的贵子。《世说新语·言语》:“谢太傅问诸子侄:‘子弟亦何预人事,而正欲使其佳?’诸人莫有言者,车骑答曰:‘譬如芝兰玉树,欲使其生于阶庭耳。’”粲,美好。

〔5〕“幽梦里”四句:意为心事只能在幽梦里与前妻子诉说,如今前妻已亡,续弦柳氏又能理解你的断肠之痛。

〔6〕“文君婿”二句:意为你如今像当年的司马相如一样,不要怕别人笑你卑贱。《汉书·司马相如传》:“相如身着犊鼻裈,与庸保杂作,涤器于市中。”此以文君婿喻董钺,以卓文君喻柳氏。

〔7〕“君不见”二句:意为你如今所娶的柳氏对你忠贞无二,是不可求的。归隐回乡也是有道之人。《诗经·周南·汉广》:“南有乔木,不可休思;汉有游女,不可求思。”乔木,高大的树木,喻担当大任的彦材。又,“乔木”,形容故国、故乡。见《孟子·梁惠王下》。

〔8〕“便相将”二句:相将,相偕,相共。白居易《庐山草堂记》:“左手引妻子,右手抱琴书,终老于斯,以成就我平生之志。”云间宿,喻逍遥自在如神仙。

【点评】

词赞柳氏同忧患如处富贵,“文君婿”三字,既赞颂董钺如司马相如,复赞颂柳氏如卓文君,一击两鸣,出奇制胜。

江神子

陶渊明以正月五日游斜川，临流班坐，顾瞻南阜，爱曾城之独秀，乃作《斜川》诗，至今使人想见其处。元丰壬戌之春、余躬耕于东坡，筑雪堂居之。南挹四望亭之后丘，西控北山之微泉，慨然而叹，此亦斜川之游也〔1〕。

梦中了了醉中醒。只渊明，是前生〔2〕。走遍人间，依旧却躬耕。昨夜东坡春雨足，乌鹊喜，报新晴〔3〕。　雪堂西畔暗泉鸣。北山倾，小溪横。南望亭丘，孤秀耸曾城。都是斜川当日境，吾老矣，寄余龄。

【注释】

〔1〕班坐：依次而坐。曾城：亦作"层城"，高大的城阙。四望亭：在雪堂南高阜上。

〔2〕"只渊明"二句：渊明躬耕，故苏轼用以自比。

〔3〕"乌鹊"二句：古人以为喜鹊能报晴。

【点评】

元丰五年（1082）春作于黄州，梦境与醒境已难解难分，活画出一幅归隐图，正是此时苏轼心灵的写照。

南歌子

晚春

日薄花房绽[1]，风和麦浪轻。夜来微雨洗郊坰[2]。正是一年春好、近清明。　　已改煎茶火，犹调入粥饧[3]。使君高会有余清[4]。此乐无声无味、最难名[5]。

【注释】

〔1〕“日薄”句：日光稀薄花房才绽放。

〔2〕郊坰（jiōng）：郊野。

〔3〕“犹调”句：古人寒食常为大麦粥研杏仁为酪，煮饧浇其上而食。饧（xíng），用麦芽或谷芽熬成的饴糖。

〔4〕“使君”句：意谓己为罪官，无缘受赐新火，而徐君猷惠爱有加，分新火与己，如洪钟的余韵一样清亮。喻其品质高贵。

〔5〕“此乐”句：形容神异幽微玄妙，难于直觉感知的乐趣。《诗经·大雅·文王》：“上天之载，无声无臭。”郑玄笺：“天之道难知也，耳不闻声音，鼻不闻香臭。”

【点评】

元丰五年（1082）二月底作于黄州。人在景中，情调欢快，结在“无声无味最难名”，将罪官特受使君青睐的感情写得惟妙惟肖而又深沉。

浣溪沙

渔父

玄真子《渔父》词极清丽，恨其曲度不传，故加数语，令以《浣溪沙》歌之[1]。

西塞山边白鹭飞[2]，散花洲外片帆微[3]。桃花流水鳜鱼肥[4]。　　自庇一身青箬笠，相随到处绿蓑衣。斜风细雨不须归。

【注释】

〔1〕玄真子：张志和号。玄：底本作“元”。宋真宗为避所谓其“始祖”赵玄朗讳，改“玄”为“元”。

〔2〕“西塞”句：张志和词中的西塞山，为浙江武康磁湖镇道山矶。苏轼词中的西塞山，在湖北武昌（今鄂州）东八十五里。

〔3〕散花洲：又名散花滩，与西塞山相对。见欧阳脩《集古录》。

〔4〕鳜（guì）鱼：即桂花鱼，肉味鲜美。

【点评】

元丰五年（1082）三月作此词。此据张志和《渔父词》改写而成，师其心而不师其句，状风景如画，表现了甘与渔父为伍的淡泊心境。然两两相较，诚如刘熙载所云，倒不如原唱天趣自成。究其所以，盖张志和终生隐居不仕，而东坡仅是在仕途受挫之后的怡然自思而已。

定 风 波

三月七日，沙湖道中遇雨。雨具先去，同行皆狼狈，余独不觉。已而遂晴，故作此词〔1〕。

莫听穿林打叶声。何妨吟啸且徐行。竹杖芒鞋轻胜马〔2〕。谁怕。一蓑烟雨任平生〔3〕。　料峭春风吹酒醒〔4〕。微冷。山头斜照却相迎。回首向来潇洒处〔5〕。归去。也无风雨也无晴。

【注释】

〔1〕沙湖：地名，亦名螺师店，在黄州东南三十里。

〔2〕芒鞋：草鞋。

〔3〕一蓑烟雨：化用郑谷《雪中偶题》："江上晚来堪画处，渔人披得一蓑归。"

〔4〕料峭：初春微寒。

〔5〕潇洒：此为凄凉之意，一作"萧瑟"。

【点评】

元丰五年(1082)三月七日作于黄州。"君子坦荡荡，小人长戚戚"，处逆境者若能"一蓑烟雨任平生"，何愁无处不乐乎？郑文焯《大鹤山人词话》说："此足征是翁坦荡之怀，任天而动。琢句亦瘦逸，能道眼前景，以曲笔直写胸臆，倚声能事尽之矣。"良是。

浣 溪 沙

游蕲水清泉寺。寺临兰溪，溪水西流〔1〕。

山下兰芽短浸溪。松间沙路净无泥。萧萧暮雨子规啼[2]。　　谁道人生无再少[3]，门前流水尚能西。休将白发唱黄鸡[4]。

【注释】

〔1〕蕲(qí)水：南朝宋元嘉二十五年(448)置县，以南临蕲水得名。唐初并入蕲春，天宝元年(742)改兰溪县置，属蕲州。此用古称。《东坡志林·游沙湖》："闻麻桥人庞安常善医而聋，遂往求疗……疾愈，与之同游清泉寺。寺在蕲水郭门外二里许，有王逸少洗笔泉，水极甘，下临兰溪，溪水西流。"

〔2〕子规：即杜鹃，亦曰子规。

〔3〕人生无再少：南宋陈著《续侄溥赏酴醾劝酒二首》诗"花有重开日，人无再少时"即本于此句。

〔4〕白发黄鸡：白居易《醉歌示妓人商玲珑》："黄鸡催晓丑时鸣，白日催年酉前没。腰间红绶系未稳，镜里朱颜看已失。"意谓日月催人老。此反用其意。

【点评】

元丰五年(1082)三月作于黄州。前景后情，潇洒自如，语浅意深，能于逆境中一反叹老嗟卑之慨，堪称快乐天才。

西江月

春夜蕲水中，过酒家饮。酒醉，乘月至一溪桥上，解鞍曲肱少休。及觉，乱山葱茏，不谓人世也。书此语桥柱[1]。

照野浾浾浅浪[2]，横空暧暧微霄[3]。障泥未解玉骢骄[4]。我欲醉眠芳草。　　可惜一溪明月，莫教踏破琼瑶[5]。解鞍攲枕绿杨桥。杜宇一声春晓[6]。

【注释】

〔1〕题序:曲肱,曲着胳臂。

〔2〕浰浰:水流貌。

〔3〕暧暧微霄:蒙着一层云气。

〔4〕障泥:垂于马腹两侧,用以遮蔽泥土的东西。

〔5〕琼瑶:指月色。

〔6〕杜宇:即杜鹃。传说古蜀王杜宇死后魂化杜鹃,故称。

【点评】

元丰五年(1082)三月作于黄州。任时而动,随遇而安,醉后乘月,神情满纸。逆境反而成就了苏轼人神共鉴的品性。

皂罗特髻

采菱、拾翠[1]

采菱、拾翠,算似此佳名,阿谁消得[2]。采菱、拾翠,称使君知客[3]。千金买、采菱、拾翠,更罗裙、满把珍珠结。采菱、拾翠,正髻鬟初合[4]。　　真个、采菱、拾翠,但深怜轻拍。一双手、采菱、拾翠[5],绣衾下、抱着俱香滑。采菱、拾翠,待到京寻觅。

【注释】

〔1〕采菱、拾翠:苏轼两侍妾名。刘崇德《苏词编年考》云:"采菱、拾翠者,乃苏轼两小鬟也。考苏轼于黄州与朱寿昌(康叔)书有云:'所问菱、

翠,至今虚位,云乃权发遣耳。何足挂齿牙!呵呵。’此信当是元丰四、五年间所写,当时菱(采菱)、翠(拾翠)位空人去。‘云(朝云)乃权发遣’,可能有两个意思:一是暂去又回,一是有此意而未实行。因为苏轼与蔡景繁的信中说:‘凡百如常,此后杜门壁观,虽妻子无几见,况他人也。而云蓝小袖者,近辄生一子。想闻之一拊掌也。’朝云(即云蓝小袖者)生子遁,在元丰六年七月。这一前,采菱、拾翠已离开苏轼,辗转到了汴京,故词末云:‘待到京寻觅。’此亦流露出对她们的怀念。”

〔2〕消得:犹言消受。

〔3〕使君:指朱寿昌。

〔4〕髻鬟初合:意谓刚刚到了十五岁成年时。古代女子十五岁前未成年时,结双鬟盘于头顶左右两边,称“双鸦”或“双螺”;十五岁成年后则以笄贯发。

〔5〕“一双手”句:《楚辞·招魂》:“涉江采菱,发扬荷些。”曹植《洛神赋》:“或采明珠,或拾翠羽。”此亦指明采菱、拾翠取名所自,如此文化意蕴,显系苏轼为其所取之名。

【点评】

词中有“算使君知客”句,知此词当写于元丰五年(1082)初夏朱寿昌离黄州任之前。此词连同调名,近千年来均是个谜。待此谜被刘崇德解开之后,至少给为尊者讳的学者一个警示:苏轼固然伟大,却仍然是人不是神,也有七情六欲。不要见了此类词就莫名惊诧,或断言“绝非东坡所作”,总不能说这首也是戏别人小鬟吧?读此类词,只好一笑了之而已。清李佳《左庵词话》说“究属无味”,尚属宽厚。

满 江 红

寄鄂州朱使君寿昌[1]

江汉西来,高楼下、蒲萄深碧[2]。犹自带、岷峨雪浪,锦江春色[3]。君是南山遗爱守[4],我为剑外思归客[5]。对此间、风物岂无情,殷勤说。　　江表传,君休读[6]。狂处士,真堪惜[7]。空洲对鹦鹉[8],苇花萧瑟。不独笑书生争底事,曹公黄祖俱飘忽。愿使君、还赋谪仙诗,追黄鹤[9]。

【注释】

〔1〕《东都事略·朱寿昌传》载:"知鄂州,代还,以铨籍(吏部的籍簿)年七十,得提举崇福观,卒于家。"宋制七十退休,退休后提举(掌管)宫观则是一种荣誉,只领薪金,可不到任。此词即作于朱罢任将离鄂州时。

〔2〕蒲萄深碧:指江水如蒲萄般深碧。

〔3〕"岷峨"三句:长江自川峡而来,故云。

〔4〕遗爱:谓仁爱遗留于后世。

〔5〕"剑外"句:剑外,剑门外。苏轼家在剑西之眉州,多宦游于外。

〔6〕"江表传"二句:西晋虞溥《江表传》载江左吴时事,多见汉末群雄竞逐之义,朱将致仕提举崇福观,故劝其莫读群雄竞逐的书。

〔7〕"狂处士"二句:祢衡志大狂傲,曾击鼓骂曹操,后又为黄祖所杀。

〔8〕"空洲"句:祢衡曾作《鹦鹉赋》,后人称埋祢衡的沙洲为鹦鹉洲。

〔9〕"谪仙诗"二句:意谓要学习李白,莫问政事。贺知章号李白为

谪仙,李白《江夏赠韦陵冰》:“我且为君槌碎黄鹤楼,君亦为吾倒却鹦鹉洲。赤壁争雄如梦里,且须歌舞宽离忧。”

【点评】

底本无词题,据傅注本补。元丰五年(1082)初夏,朱寿昌离鄂州任还朝,苏轼作此词寄朱。词既赞颂朱的政绩,又劝谏其远离政治,以谪仙李白为榜样。盖其人刚正不阿,故作临别赠言,以宽离忧互勉。

临 江 仙

赠送〔1〕

诗句端来磨我钝,钝锥不解生铓〔2〕。欢颜为我解冰霜〔3〕。酒阑清梦觉,春草满池塘〔4〕。　　应念雪堂坡下老〔5〕,昔年共采芸香〔6〕。功成名遂早还乡〔7〕。回车来过我〔8〕,乔木拥千章〔9〕。

【注释】

〔1〕此为赠人词,据词中“昔年共采芸香”句,知其赠主曾在馆职者。宋曾设三馆(昭文馆、史馆、集贤院)已校御藏书籍,在三馆任职者则称书职或馆职,此人则为杨绘(元素),曾以集贤校理为开封推官,集贤校理即为馆职。而苏轼曾直史馆,亦在馆职。

〔2〕“诗句”二句:意谓我越来越不会作诗了,即使作起来,也像被磨钝的锥一样没有刃尖了。端来,真的。不解,不会。铓,刃端。

〔3〕冰霜:喻艰危困逆之境。

〔4〕“酒阑”二句:谢灵运对族弟谢惠连推许甚重,尝说梦惠连始成“池塘生春草,园柳变鸣禽”(《登池上楼》)二句。

〔5〕雪堂坡下老:苏轼自称。

〔6〕“昔年”句:意为曾共在馆职。芸香,即芸香草,其香甚烈,其叶置于书间,可辟蠹蛀,故藏书台称芸台。

〔7〕“功成”句:《老子》第九章:“功成名遂身退,天之道。”

〔8〕回车:回车院,为三司(监司、漕司、宪司的总称)巡视官员所居。苏轼居处临皋亭在回车院内,故云。过,访问。

〔9〕“乔木”句:乔木,高大的树木。千章,千株大树。此句喻赠主为大材。

【点评】

元丰五年(1082)四月,杨绘以荐属吏王永年,为御史蔡承禧所论,坐贬荆湖南路节度副使,不得签书公事,与苏轼一样成为罪官,遂出京赴荆南,五月经黄州,访苏轼,苏轼作此词相赠。二人曾共在馆职,乌台诗案后杨元素亦受牵连而贬官外任,至此又被贬,宾主的心境可知。上片以谦辞写出,实际上却是在作反面文章,意为其诗情早已被“诗案”磨尽,再难作出好诗了。等到“清梦觉”时,才明白那是“春草满池塘”那些诗招来的祸端。如此看来“诗句”若改为“诗案”,读起来才好理解,也明白为什么词题不明说“赠杨元素”,而要让人摸不透地书作“赠送”了。下片才袒露胸怀,回到了赠人的主题,追昔抚今,表示对这位老朋友的欢迎。但“功成名遂”还是反话,其实是“功”也没成,“名”也未遂,二人都反落了个“罪臣”的下场。如此看来,此词看似“皮厚”,实则却是在“带着枷锁跳舞”,不亦哀哉!

哨　遍

陶渊明赋《归去来》,有其词而无其声。余治东坡,筑雪堂于上,人俱笑其陋。独鄱阳董毅夫过而悦之,有卜邻之意。乃取《归去来》词,稍加檃括,使就声律,以遗毅夫。使家僮歌之,时相从于东坡,释耒而和之,扣牛角而为之节,不亦乐乎[1]。

为米折腰,因酒弃家,口体交相累[2]。归去来,谁不遣君归。觉从前皆非今是[3]。露未晞[4]。征夫指予归路[5],门前笑语喧童稚[6]。嗟旧菊都荒,新松暗老,吾年今已如此[7]。但小窗容膝闭柴扉[8]。策杖看孤云暮鸿飞[9]。云出无心,鸟倦知还,本非有意。　　噫。归去来兮。我今忘我兼忘世。亲戚无浪语,琴书中有真味[10]。步翠麓崎岖,泛溪窈窕[11],涓涓暗谷流春水。观草木欣荣,幽人自感[12],吾生行且休矣[13]。念寓形宇内复几时[14],不自觉皇皇欲何之[15]。委吾心、去留谁计?神仙知在何处,富贵非吾志[16]。但知临水登山啸咏,自引壶觞自醉。此生天命更何疑[17]?且乘流、遇坎还止[18]。

【注释】

〔1〕无其声:指不能倚声歌唱。董毅夫:已见前156页《满江红》(忧喜相寻)注〔1〕。卜邻:先择邻居。檃括:就原来的文章加以剪裁改写。释耒:停止耕作。

〔2〕“为米”三句:渊明说“我不能为五斗米折腰向乡里小儿”,遂挂冠解印而去职。

〔3〕“觉从前”句:陶《归去来兮辞》原曰“觉今是而昨非”。

〔4〕晞(xī):干。

〔5〕“征夫”句:陶原句为“问征夫以前路”。征夫,行人。

〔6〕“门前”句:陶原句为“僮仆欢迎,稚子候门”。

〔7〕“旧菊”三句:陶原句为“三径就荒,松菊犹存”。

〔8〕容膝:仅能容膝,言其小。陶原句为“倚南窗以寄傲,审容膝之易安”。

〔9〕杖策：拄着拐杖。策，杖。

〔10〕"我今忘我"三句：陶原句为"世与我而相违，复驾言兮焉求。悦亲戚之情话，乐琴书以消忧"。

〔11〕窈窕：山水幽深曲折。

〔12〕幽人：幽居之人。

〔13〕行且休：将要结束，谓将死。陶原句为"善万物之得时，感吾生之行休"。

〔14〕寓形宇内：寄身于天地之间。

〔15〕皇皇：急急忙忙。

〔16〕"神仙"二句：陶原句为"富贵非吾愿，帝乡不可期"。

〔17〕"但知"三句：陶原句为"登东皋以舒啸，临清流而赋诗。聊乘化以归尽，乐乎天命复奚疑"。

〔18〕遇坎：遇到阻碍。

【点评】

元丰五年（1082）五月作此词于黄州。檃括散文入词，自东坡始，名士风流，继踪者纷至，有檃括《兰亭序》者（吴潜），有檃括《盘谷序》者（方岳），不一而足。然此类词，骋才而已，促使词向散文化发展，失去抒写性灵之旨，终不可学。

少年游

端午赠黄守徐君猷

银塘朱槛麹尘波[1]。圆绿卷新荷[2]。兰条荐浴[3]，菖花酿酒[4]，天气尚清和[5]。　好将沉醉酬佳节，十分酒、一分歌。狱草烟深，讼庭人悄，无吝宴游过[6]。

【注释】

〔1〕“银塘”句：银塘，清澈明净的池塘。麹(qū)尘，酒麹所生的细菌，淡黄色，轻扬为尘，所以称淡黄色为“麹尘”。

〔2〕“圆绿”句：指新荷含苞待放。

〔3〕兰条荐浴：古有端午以兰条沐浴的风俗。荐，包裹，此处指包裹着兰条。

〔4〕菖花酿酒：端午习俗，以菖蒲一寸九节者泛酒，以辟瘟气。

〔5〕清和：天气清明和暖。

〔6〕“狱草”三句：意为政通人和，莫厌宴游。狱中生草，则已无狱囚。

【点评】

元丰五年(1082)端午作此词。此为节气词兼赠人，上片写端午风俗，下片写宾主宴饮，在宴饮中顺颂赠主德政。

水龙吟

小沟东接长江，柳堤苇岸连云际〔1〕。烟村潇洒，人间一哄〔2〕，渔樵早市〔3〕。永昼端居〔4〕，寸阴虚度，了成何事。但丝莼玉藕〔5〕，珠粳锦鲤〔6〕，相留恋，又经岁。

因念浮丘旧侣〔7〕，惯瑶池、羽觞沉醉〔8〕。青鸾歌舞〔9〕，铢衣摇曳〔10〕，壶中天地〔11〕。飘堕人间，步虚声断〔12〕，露寒风细。抱素琴，独向银蟾影里，此怀难寄。

【注释】

〔1〕“小沟”二句：《苏轼文集》卷五十《与范子丰八首》其八：“临皋亭下不数十步，便是大江。”

〔2〕一哄：乱哄哄。

〔3〕渔樵早市：卖鱼与卖柴的早市。

〔4〕端居：平居。

〔5〕丝莼玉藕：言莼菜如丝，联采白嫩如玉。莼，水草，可做羹。藕，荷根，即莲菜。

〔6〕珠粳锦鲤：言粳圆如珠，鲤纹如锦。

〔7〕浮丘：浮丘伯，古仙人。见汉刘向《列仙传》。

〔8〕羽觞：古代一种酒器，作乌鹊状，左右形如两翼。一说，插鸟羽于觞，促人速饮。

〔9〕青鸾：凤中青者为鸾。此处喻指歌女。

〔10〕铢衣：神仙所着之衣，极轻。铢，古衡名，二十四铢为一两。

〔11〕壶中天地：费长房见一老翁卖药，市罢，即入壶中。长房访之，老人与之俱入壶中，见玉堂俨丽，旨酒甘肴盈衍，饮毕而出。见《后汉书·方术传》。

〔12〕步虚声：道士诵经之声，亦称神仙之声，因神仙吞云驾雾，故谓步虚。

【点评】

底本无此阕，据《二妙集》、毛本补。元丰五年（1082）秋作此词于黄州。按词中所写，当赠一方外的朋友曾在黄州而后移居吴中者。上片写市井如画，下片写仙家如诗。

渔家傲

赠曹光州[1]

些少白须何用染[2]。几人得见星星点。作郡浮光虽似箭[3]。君莫厌。也应胜我三年贬[4]。　我欲自嗟还不敢。向来三郡宁非忝[5]。婚嫁事稀年冉冉[6]。知有渐。千钧重担从头减。

【注释】

〔1〕曹光州:名九章,字演甫,时为光州守,故称"曹光州"。

〔2〕些少:少许,略微。

〔3〕浮光:即光州。州有浮光山,故称。

〔4〕三年贬:苏轼元丰三年贬黄,至五年则已三年。

〔5〕"向来"句:苏轼尝知密、徐、湖,故云三郡。忝,谦词,意为有辱高位。

〔6〕"婚嫁"句:意为年事已高,儿女婚嫁的事已稀。

【点评】

元丰五年(1082)曹九章已任满离光州赴京待阙,六月,曹九章之子曹焕来黄州,苏轼作此词赠曹九章并让其子曹焕代为转寄。词以满不在乎之心态对待贬谪,并以身说法劝谏赠主淡泊仕途。这里有牢骚,有不平,也有乐观;却无颓唐,无消沉,亦无愤激。似乎东坡能将政治阴翳化为云霞,却又于云霞上投之以雾霭,使人既振奋又沉闷,全然是东坡式的对乌台诗案的回响与反拨。

定风波

元丰五年七月六日,王文甫家饮酿白酒,大醉。集古句作墨竹词[1]。

雨洗娟娟嫩叶光。风吹细细绿筠香。秀色乱侵书帙晚[2]。帘卷。清阴微过酒尊凉。　　人画竹身肥拥肿。何用。先生落笔胜萧郎[3]。记得小轩岑寂夜。廊下。月和疏影上东墙[4]。

【注释】

〔1〕王文甫：王齐愈，字文甫。其弟王齐万，字子辨。苏轼在黄，王氏兄弟尝从苏轼游。

〔2〕“雨洗”三句：娟娟，曲长貌。筠，嫩竹。书帙，书套。

〔3〕“人画”三句：唐协律郎萧悦善画竹，其时无与伦比，白居易作《画竹歌序》云：“人画竹身肥拥肿，萧画茎瘦节节竦。”

〔4〕“记得”三句：《苏轼文集》卷六十八《书曹希蕴诗》：“近世有妇人曹希蕴者，颇能诗，虽格韵不高，然时有巧语。尝作《墨竹》诗云：‘记得小轩岑寂夜，月移疏影上东墙。’此语甚工。”小轩，小窗。

【点评】

元丰五年(1082)七月作此词于黄州。集句之作，与檃括等，骋才而已。苏轼此作，集中有改，并非严格意义上的集句。前五句集杜甫《严郑公宅同咏竹得香字》：“绿竹半含箨，新梢才出墙。色侵书帙晚，阴过酒樽凉。雨洗娟娟净，风吹细细香。但令无翦伐，会见拂云长。”

洞仙歌

仆七岁时见眉山老尼，姓朱，忘其名，年九十余。自言：尝随其师人蜀主孟昶宫中。一日大热，蜀主与花蕊夫人夜起，避暑摩诃池上，作一词，朱具能记之。今四十年，朱已死，人无知此词者。但记其首两句，暇日寻味，岂《洞仙歌令》乎，乃为足之[1]。

冰肌玉骨[2]，自清凉无汗。水殿风来暗香满[3]。绣帘开、一点明月窥人，人未寝、攲枕钗横鬓乱[4]。　起来携素手，庭户无声，时见疏星渡河汉[5]。试问夜如何，夜已三更，金波淡、玉绳低转[6]。但屈指、西风几时来，又不道、流年暗中偷换。

【注释】

〔1〕蜀主孟昶：字保元，初名仁赞，高祖第三子。花蕊夫人：姓徐，后主贵妃，又升慧妃，号花蕊，长于吟咏，作宫词百首。花蕊夫人所作词，清吴任臣《十国春秋》卷五十但录首两句云："冰肌玉骨清无汗，水殿风来暗香满。"宋人认为有原诗，均妄说，不可信。

〔2〕冰肌玉骨：意为皮肤白嫩，骨架秀丽。

〔3〕水殿：建于水上的宫殿。

〔4〕攲（yǐ）枕：头歪斜枕在枕上。

〔5〕"疏星"句：疏星，指牛、女二星。河汉，天河。

〔6〕玉绳：北斗星的第三、四两星，此代指北斗星。

【点评】

元丰五年（1082）作于黄州。宋人有好奇之癖，于此词可见一斑。诸多纪事多不可信，应以东坡自序为准。前人评此词，亦褒贬不一，以笔者愚见，郑文焯《大鹤山人词话》说此词"气象万千，其声亦如空山鸣泉，琴、筑竞奏"。确为的评，但又说"坡老改添此词数字"，当为受苏轼檃栝花蕊夫人原词说的蒙蔽。

念奴娇

赤壁怀古[1]

大江东去[2]，浪淘尽、千古风流人物。故垒西边，人道是、三国周郎赤壁[3]。乱石穿空，惊涛拍岸，卷起千堆雪。江山如画，一时多少豪杰。　　遥想公瑾当年，小乔初嫁了[4]，雄姿英发。羽扇纶巾[5]、谈笑间，樯舻灰飞烟灭[6]。故国神游，多情应笑我，早生华发。人生如梦，一尊还酹江月[7]。

【注释】

〔1〕赤壁之战所在地在嘉鱼（今湖北蒲圻县西北），黄州赤壁为赤壁矶，苏轼旨在怀古，假借赤壁以抒怀。故词中有句曰“人道是”，以为仅是传说而已。

〔2〕大江：指长江。

〔3〕周郎：指周瑜。瑜少有英才，时人呼为周郎。赤壁之战，瑜用黄盖诈降火攻之计，大破曹军。

〔4〕“公瑾”二句：周瑜字公瑾。小乔，周瑜妻。但周瑜娶小乔在赤壁之战前十年，言“初嫁”，盖喻瑜少年得志耳。

〔5〕纶（guān）巾：以青丝织成的头巾。古人冠巾皆戴，朝会时戴冠，平时戴巾，类似便帽。

〔6〕樯舻：樯，桅杆。舻，通作“橹”，划船之具。案：诸本均作“强虏”，误，详见拙著《东坡词编年笺证》此词考证。

〔7〕“一尊”句：举酒以酬江月。尊，同“樽”。酹（lèi），以酒浇地，表示祭奠。

【点评】

元丰五年（1082）七月作此词。词起笔即有倚天长叹之势，看他临风酹酒，俯仰古今，江山人物，尽收眼底，大有壮士扼腕，气壮山河，不战亦足以屈人兵戈之概。下片专以瑜亮为怀，状其羽挥三军，谈笑却敌，颇类谢安令侄战苻坚，自己却下棋，闻胜，下棋如故，仅说了句“小儿辈遂已破贼”的气势。亦动杜甫《江上》诗中“勋业频看镜，行藏独倚楼”之思。结在“人生如梦”，洒酒招魂，余味隽永。

念 奴 娇

中秋[1]

凭高眺远，见长空万里，云无留迹。桂魄飞来光射处[2]，冷浸一天秋碧。玉宇琼楼，乘鸾来去，人在清凉国[3]。江山如画，望中烟树历历。　我醉拍手狂歌，举杯邀月，对影成三客。起舞徘徊风露下[4]，今夕不知何夕[5]。便欲乘风，翻然归去，何用骑鹏翼[6]。水晶宫里[7]，一声吹断横笛。

【注释】

〔1〕此词为元丰五年(1082)中秋作。

〔2〕桂魄:月亮。

〔3〕清凉国:唐明皇李隆基游月宫,不胜其寒。见唐郑处诲《明皇杂录》。

〔4〕"我醉"四句:李白《月下独酌》:"我歌月徘徊,我舞影零乱。""举酒邀明月,对影成三人。"

〔5〕"今夕"句:《诗经·唐风·绸缪》:"今夕何夕,见此良人。"

〔6〕鹏翼:《庄子·逍遥游》:"鹏之背,不知其几千里也。怒而飞,其翼若垂天之云。"

〔7〕水晶宫:吴王阖闾造水晶宫,出自水府。见南朝梁任昉《述异记》。

【点评】

底本无此阕,据《二妙集》、毛本补。元丰五年(1082)中秋作于黄州。

在苏轼诸多中秋词中，长空无云，一天秋碧，月夜闻笛，写中秋之景煞是可爱，然多重复水调歌头中语，未见出新。

醉蓬莱

余谪居黄州，三见重九，每岁与太守徐君猷会于栖霞楼。今年公将去乞郡湖南，念此惘然，故作是词〔1〕。

笑劳生一梦〔2〕，羁旅三年〔3〕，又还重九。华发萧萧，对荒园搔首。赖有多情，好饮无事，似古人贤守〔4〕。岁岁登高，年年落帽〔5〕，物华依旧。　此会应须烂醉，仍把紫菊茱萸，细看重嗅〔6〕。摇落霜风，有手栽双柳〔7〕。来岁今朝，为我西顾，酹羽觞江口〔8〕。会与州人，饮公遗爱，一江醇酎〔9〕。

【注释】

〔1〕乞郡：宋代授官，一般分两种情况：一种是由吏部左选与宰相堂除，亦即委派；另一种是包括荆湖南路在内的边远八路，因条件艰苦，无人愿去，可自己请求，称作“指射”，亦称“乞郡”。凡委派者有时需待阙，乞郡则无须待阙。

〔2〕劳生：辛苦的一生。

〔3〕羁旅：作客他乡。

〔4〕“好饮无事”二句：《史记·陈轸列传》：“（陈轸）过梁，欲见犀首，犀首谢弗见，轸曰：‘吾为事来……’犀首见之，陈轸曰：‘公何好饮也？’犀首曰：‘无事也。’”此以犀首喻徐君猷。

〔5〕落帽：桓温于九月九日燕龙山，群僚毕集，风吹孟嘉帽落，嘉不

觉,温使左右勿言。嘉良久如厕,温令取还,命孙盛作文嘲嘉,置嘉坐处。嘉还见,即答之,其文甚美,四座皆叹。后人称为"落帽风流"。见陶渊明《晋故征西大将军长史孟府君传》。

〔6〕"仍把"二句:古人以为重阳囊盛茱萸系臂登高,饮菊花酒,则可免祸。

〔7〕手栽双柳:徐君猷曾与苏轼在雪堂前共栽柳树。

〔8〕羽觞:见前171页《水龙吟》(小沟东接长江)注〔8〕。

〔9〕醇酎(zhòu):重酿之醇酒。

【点评】

底本词题为"重九上君猷",序据傅注本、元本改。元丰五年(1082)重九作于黄州赠徐君猷。正对荒园搔首,而贤守携酒相邀,年年如此,见其情深如故。重嗅紫菊,细看茱萸,未别而惜别之情已见。来岁西顾,临江釃酒,天各一方,别后之情何堪!

临江仙

夜归临皋〔1〕

夜饮东坡醒复醉,归来仿佛三更。家童鼻息已雷鸣。敲门都不应,倚杖听江声。　　长恨此身非我有〔2〕,何时忘却营营〔3〕。夜阑风静縠纹平〔4〕。小舟从此逝,江海寄余生。

【注释】

〔1〕临皋:即临皋亭,已见前134页《南乡子》(晚景落琼杯)注〔1〕。

〔2〕此身非我有:《庄子·知北游》中语,庄子以为万物皆天地所化育。

〔3〕营营：往来忙碌貌。

〔4〕縠(hú)纹平：波纹如縠。縠，有绉纹的纱。

【点评】

底本无题，据傅注本补。元丰五年(1082)九月，雪堂夜饮，醉归临皋，作此词。上片用赋笔纪事兼纪实，活脱脱一幅坡仙醉归图，与老杜醉归图相仿佛，只欠“熊儿捉辔骥子扶”了。下片抒人生感慨，是醒语而非醉语，但要做到身世两忘，又何其难呀！结二句是坡仙此时此地心光的真实闪烁，传闻坡仙自此“化去”，以至太守听说后，“以为州失罪人，急命驾往谒。则子瞻鼻息如雷，犹未醒也。”虽系小说家言，却与坡仙的天性何其相似乃尔，反证成此传闻是根据坡仙的天性编织成文的。真假交织之中，倒是给读者读此词增加了不少乐趣。

醉翁操

琅玡幽谷，山水奇丽，泉鸣空涧，若中音会。醉翁喜之，把酒临听，辄欣然忘归。既去十余年，而好奇之士沈遵闻之往游，以琴写其声，曰《醉翁操》。节奏疏宕，而音指华畅，知琴者以为绝伦。然有其声而无其辞。翁虽为作歌，而与琴声不合。又倚楚词作《醉翁引》，好事者亦倚其辞而制曲。虽粗合韵度，而琴声为词所绳约，非天成也。后三十余年，翁既捐馆舍，遵亦没久矣。有庐山玉涧道人崔闲，特妙于琴。恨此曲之无词，乃谱其声，而请于东坡居士以补之云[1]。

琅然，清圜[2]，谁弹。响空山，无言。惟翁醉中知其天。月明风露娟娟。人未眠。荷蒉过山前[3]，曰有心也哉此贤。　　醉翁啸咏，声和流泉。醉翁去后，空有朝吟夜怨。山有时而童巅[4],水有时而回川。思翁无岁年。翁今为飞仙。此意在人间。试听徽外三两弦[5]。

【注释】

〔1〕琅玡幽谷:在滁州。音会:音节。《庄子·养生主》:"合于《桑林》之舞,乃中《经首》之会。"郭象注:"既适牛理,又合音节。"沈遵:官至殿中丞,余未详。音指:言辞旨意。捐馆舍:死于官馆。崔闲:道人,字诚老,自号无著道人,星子县(今属江西)人,结庐于庐山玉涧,号睡足庵。尝与苏轼游。

〔2〕"琅然"句:像玉声那样清圆。琅然,玉声。清圜,即清圆。

〔3〕荷蒉(kuì):出《论语·宪问》,朱熹注:"此荷蒉者亦隐士也。"此应指崔闲。

〔4〕童巅:山无草木曰童,若童子未冠。见东汉刘熙《释名》。巅,山顶。

〔5〕徽:琴节曰徽,是全弦凡十三节的标识。

【点评】

诸本俱无此阕,《全宋词》据《东坡后集》补。兹据补。《钦宝词谱》云:"此本琴曲,所以苏词不载,自辛稼轩编入词中,复遂沿为词调。"元丰五年(1082)十二月作于黄州。此亦属檃栝词,骋才而已。

玉楼春

与郭生游于寒溪,主簿吴亮置酒,郭生善作挽歌,酒酣发声,坐为凄然。郭生言吾恨无佳词,因为略改乐天《寒食诗》歌之,坐客有泣者,其词曰[1]:

乌啼鹊噪昏乔木,清明寒食谁家哭。风吹旷野纸钱飞,古墓累累春草绿。　　棠梨花映白杨路[2]，尽是死生离别处。冥漠重泉哭不闻[3]，萧萧暮雨人归去。

【注释】

〔1〕郭生：即郭遘，参153页《少年游》（玉肌铅粉傲秋霜）注〔1〕。武昌主簿吴亮（君采），常山人，元丰二年进士，苏轼作于元丰六年闰六月《琴诗（一作题沈君琴）》序云："武昌主簿吴亮君采，携其友人沈君十二琴之说，与高斋先生空同子之文太平之颂以示予。"挽歌，本为悼念死者之歌词，魏晋以来，有以悲切之词为所好者，亦称挽歌，非唯悼念死者，遂成习俗。白居易诗全名为《寒食野望吟》："丘墟郭门外，寒食谁家哭。风吹旷野纸钱飞，古墓累累春草绿。棠梨花映白杨树，尽是死生离别处。冥寞重泉哭不闻，萧萧暮雨人归去。"

〔2〕"棠梨"句：棠梨花，白色，或淡红，春日开放，四川盛产。白杨，古代墓地所植之树。白杨叶阔，遇风则音哀。

〔3〕重泉：即黄泉、泉台。

【点评】

诸本俱无，据《苏轼诗集》卷四十八与王文诰《案》补，词序原为诗题。元丰六年（1083）苏轼年四十八。是年三月作于黄州。此为"略改"白诗而来，应机而歌而已。

满庭芳

有王长官者，弃官三十三年，黄人谓之王先生。因送陈慥来过余，因赋此[1]。

三十三年，今谁存者，算只君与长江。凛然苍桧，霜干苦难双[2]。闻道司州古县[3]，云溪上、竹户松窗[4]。江南岸，不因送子，宁肯过吾邦？　　摐摐[5]。疏雨过，风林舞破，烟盖云幢。愿持此邀君，一饮空缸[6]。居士先生老矣[7]，真梦里、相对残釭[8]。歌舞断，行人未起，船鼓已逄逄[9]。

【注释】

〔1〕王长官：未详。陈慥：字季常，参《临江仙》（细马远驮双侍女）注。过：访问。

〔2〕“凛然”二句：意为王长官的情操如苍桧霜干般世上无双，令人敬畏。凛然，令人敬畏。桧（guì），柏科，常绿乔木，木质坚硬。霜干，傲霜挺立的树干。

〔3〕司州：唐时在黄陂置南司州，王长官居黄陂，故云。

〔4〕竹户松窗：意为房舍简陋，用竹作户，以松为窗。

〔5〕摐（chuāng）摐：撞击声。此指风雨中万物之声。

〔6〕“疏雨”五句：戏语，意为自己身为罪官，无迎君仪仗，愿意权以雨声作鼓、烟盖、云幢作为仪仗来欢迎您，一饮而醉。盖，伞盖，古代一种仪仗，长柄圆顶，伞面边缘有流苏下垂。幢（chuáng），旗帜。一饮空缸，犹云“干杯”。

〔7〕居士先生：苏轼自称。

〔8〕残釭（gāng）：残灯。

〔9〕船鼓逄（páng）逄：发船前先打鼓，以防与别船相触。见杜甫《十二月一日三首》之二“负盐出井此溪女，打鼓发船何郡郎”仇兆鳌注。逄逄，鼓声。

【点评】

元丰六年（1083）五月作于黄州赠王长官。全用赋体，在叙述中写出宾主之间的深情。上片在叙述中赞颂赠主人品的可贵，笔力苍劲瘦硬；下片在叙述中将景色物化，写欢迎场面，声色并作。

好 事 近

送君猷[1]

红粉莫悲啼，俯仰半年离别[2]。看取雪堂坡下，老农夫凄切[3]。　　明年春水漾桃花，柳岸隘舟楫。从此满城歌吹，看黄州阗咽[4]。

【注释】

〔1〕徐君猷离黄州任赴湖南，苏轼作此词送别。

〔2〕“红粉”二句：徐离黄赴湖，仍置家于黄，故云半年离别。俯仰，言其短如俯仰之间。红粉，指徐君猷妻妾。

〔3〕“看取”二句：看取，犹言且看。老农夫，苏轼自称。

〔4〕“从此”二句：想象来年徐君猷来接家眷时满城欢迎盛况。阗(tián)咽，喧闹。

【点评】

徐君猷于元丰六年(1083)五月初离黄州赴湖南任，苏轼作此词。上片写送别，主(徐君猷妻妾)宾(东坡)并及，以宾衬主，劝人复劝己，正是“流泪眼对流泪眼，断肠人劝断肠人”的动人场面，愈见情深；下片想象来春黄州百姓倾城而出，欢迎回黄州来接家眷的徐君猷的盛况，歌颂赠主的德政，慰藉之意兼焉。

菩萨蛮

赠徐君猷笙奴〔1〕

碧纱微露纤纤玉〔2〕，一曲云和湘水绿〔3〕。越调变新声，龙吟彻骨清〔4〕。　　夜阑残酒醒，惟觉霜袍冷〔5〕。不见意中人，新啼压旧痕〔6〕。

【注释】

〔1〕此笙奴即前《减字木兰花》（天真雅丽）阕所咏之阎庆姬，最为徐君猷所宠。

〔2〕纤纤玉：喻美人手。

〔3〕“一曲”句：底本作“朱唇渐暖参差竹”，据《二妙集》本、茅维《苏集》本、毛本改。云和，琴瑟琵琶等弦乐器的统称。

〔4〕龙吟：指越调《水龙吟》曲。

〔5〕霜袍：即赤霜袍。

〔6〕“不见”二句：“意中人”、“新啼压”，原作“敛眉人”、“胭脂觅”，据《二妙集》本、茅维《苏集》本、毛本改。

【点评】

底本无题，据傅注本、元本补。元丰六年（1083）五月，徐君猷离黄州赴湖南时作此词赠其笙奴阎庆姬。词上片写笙奴弹笙的凄凉，为下片抒情蓄势；下片写笙奴不忍分离的情状。

浣 溪 沙

端午[1]

入袂轻风不破尘[2]。玉簪犀璧醉佳辰[3]。一番红粉为谁新。　　团扇只堪题往事[4],柳丝那解系行人。酒阑滋味似残春。

【注释】

〔1〕词写端午,又及离别,当亦为送徐君猷而作。

〔2〕"入袂(mèi)"句:风轻仅可入袂(衣袖),故云"不破尘"。

〔3〕玉簪犀璧:玉制的簪子与用犀角制成的似璧的装饰品。

〔4〕团扇:中书令王珉与嫂婢有情,而珉好执白团扇。故后世咏侍妾者多用之。

【点评】

元丰六年(1083)端午,徐君猷将离黄州赴湖南,苏轼作此词送行。词从红粉(徐君猷之妻妾)着笔,充满了惜别之情。

水调歌头

黄州快哉亭赠张偓佺[1]

落日绣帘卷,亭下水连空。知君为我新作,窗户湿青红〔2〕。长记平山堂上〔3〕，攲枕江南烟雨〔4〕，渺渺没孤鸿。认得醉翁语，山色有无中〔5〕。　　一千顷，都镜净，倒碧峰〔6〕。忽然浪起，掀舞一叶白头翁〔7〕。堪笑兰台公子，未解庄生天籁，刚道有雌雄〔8〕。一点浩然气〔9〕，千里快哉风。

【注释】

〔1〕张偓佺：字梦得，因违法被贬至黄州，在其庐之西南为亭，苏轼为取名“快哉”，并写此词相赠。

〔2〕“窗户”句：意为映入窗户的美景青翠欲滴。宋惠洪《入九峰道中》：“修径扫除知有寺，忽惊窗户湿青红。”

〔3〕平山堂：欧阳脩守扬州，于城北蜀冈僧舍建平山堂，为游览胜地。

〔4〕“攲枕”句：取枕流漱石之意。

〔5〕“认得”二句：欧阳脩《朝中措》：“平山栏槛倚晴空，山色有无中。”语本王维《汉江临眺》：“山色有无中。”

〔6〕“一千顷”三句：谓长江水净如镜，能映出岸边诸峰倒影。

〔7〕白头翁：本鸟名，此喻指老艄公。

〔8〕“堪笑”三句：兰台公子，指宋玉。宋玉发为“大王之雄风”与“庶人之雌风”之论。见《风赋》。天籁，风吹使窍孔自然发出的声音。

〔9〕浩然气：语出《孟子·公孙丑上》：“我善养吾浩然之气。”

【点评】

底本题作“快哉亭作”，据元本改补。元丰六年(1083)闰六月，张偓佺建快哉亭成，苏轼作此词。词上片写亭上所见美景，仅着“窗户湿青红”五字，遂又用借景之法，以平山堂之景衬托眼前之景，跌宕有致。下片起三句承上阕写景，“忽然”二句顿开，“堪笑”三句辨天籁、人籁之别，“一点”二句又回到本题，一波数折，总不离“快哉”二字。全词以写景为表，以劝谏赠主淡然面对贬谪为骨，词风清隽旷达，语言亦如并刀削哀梨，清爽快人。

鹧 鸪 天

林断山明竹隐墙。乱蝉衰草小池塘。翻空白鸟时时见[1],照水红蕖细细香[2]。　　村舍外,古城旁。杖藜徐步转斜阳[3]。殷勤昨夜三更雨,又得浮生一日凉[4]。

【注释】

〔1〕白鸟:指鹤鹭之类的鸟。

〔2〕红蕖:红色荷花,荷花又名芙蕖。

〔3〕杖藜:拄着拐杖。

〔4〕浮生:人生。

【点评】

元丰六年(1083)六月作于黄州,词写夏景如画,格调清新明快。

西 江 月

重阳栖霞楼作

点点楼头细雨,重重江外平湖[1]。当年戏马会东徐[2],今日凄凉南浦[3]。　　莫恨黄花未吐[4],且教红粉相扶。酒阑不必看茱萸[5]。俯仰人间今古。

【注释】

〔1〕江外平湖:江水平如湖。

〔2〕戏马会东徐:戏马台,亦称掠马台,项羽所筑,在徐州。东徐,亦称南徐,北魏置,即徐州。

〔3〕南浦:指送别之地。

〔4〕黄花:指菊花。

〔5〕“酒阑”句:酒阑,酒宴将尽。杜甫《九日蓝田崔氏庄》:“明年此会知谁健,醉把茱萸仔细看。”

【点评】

底本题作“重九”,据傅注本改。元丰六年(1083)重九作于黄州,与当年曾在徐州相聚之朋友道别。此人为谁,无考。上片抒惜别之情,难免凄凉;下片借翻老杜诗,转成旷达。

十拍子

暮秋

白酒新开九酝[1],黄花已过重阳。身外傥来都似梦[2],醉里无何即是乡[3]。东坡日月长。　　玉粉旋烹茶乳[4],金齑新捣橙香[5]。强染霜髭扶翠袖,莫道狂夫不解狂。狂夫老更狂[6]。

【注释】

〔1〕九酝:即九酿酒。

〔2〕傥(tǎng)来:偶然得来。语本《庄子·缮性》:“轩冕在身,非性

命也，物之傥来，寄者也。”

〔3〕无何乡：实际上并不存在的地方。典出《庄子·逍遥游》。

〔4〕“玉粉”句：言沏茶过程。玉粉，白色粉末。宋人制茶与今异，先碾成粉末，然后制饼。饮时又将饼捣碎碾为细末，用细罗筛之如粉，色白为佳。旋烹，渐次烹煮。茶乳，沏茶时水面泛起之白沫，其色如乳，其状如花。

〔5〕“金齑（jī）”句：用齑与捣碎的橙汁相拌。齑，用醋、酱拌成的菜末或肉末。金，黄色。

〔6〕“莫道”二句：杜甫《狂夫》：“欲填沟壑惟疏放，自笑狂夫老更狂。”

【点评】

元丰六年（1083）九月作于黄州。词写秋来以酒茶为伴，逍遥自在，淡泊明志，所谓“馋”、“贪”、“恋”，一概付之东流，疏狂至极。

南歌子

黄州腊八日饮怀民小阁〔1〕

卫霍元勋后〔2〕，韦平外族贤〔3〕。吹笙只合在缑山〔4〕。闲驾彩鸾归去、趁新年〔5〕。　　烘暖烧香阁〔6〕，轻寒浴佛天〔7〕。他时一醉画堂前。莫忘故人憔悴、老江边。

【注释】

〔1〕腊八日：传统节日。怀民：即张怀民，名梦得，一字偓佺，元丰六年贬黄州，初时寓居承天寺（黄冈南），十月苏轼作《记承天寺夜游》。怀民曾筑亭于旁，苏轼名为快哉亭，作《黄州快哉亭记》。

〔2〕卫霍:指卫青与霍去病,皆以军功为汉之名将。此以卫、霍喻赠主张怀民出身不凡。

〔3〕“韦平”句:韦贤与其子玄成、平当与其子平晏,韦、平父子均拜相,且封侯。见《汉书·韦贤传》与《平当传》。外族,非刘氏封侯,故曰外族。此喻赠主外家皆贤人。

〔4〕“吹笙”句:详见前39页《鹊桥仙》(缑山仙子)注〔2〕。

〔5〕彩鸾:指仙鸟,一说指吴彩鸾。吴彩鸾典详见前79页《殢人娇》(别驾来时)注〔5〕。此以彩鸾喻张妻。

〔6〕“烘暖”句:阁被焚香烘暖。

〔7〕浴佛天:傅注引《法云记》:“佛于周穆王二年癸未,年三十,将成道,以腊月八日浴,食乳粥等。”

【点评】

元丰六年(1083)腊八作于黄州。上片赞颂赠主的出身高贵,并为神仙一流之人物,下片抒赠主情谊的深厚。

菩萨蛮

有寄〔1〕

城隅静女何人见〔2〕。先生日夜歌彤管〔3〕。谁识蔡姬贤〔4〕。江南顾彦先〔5〕。　　先生那久困〔6〕?汤沐须名郡〔7〕。惟有谢夫人〔8〕。从来是拟伦〔9〕。

【注释】

〔1〕此词的赠主当为一仕途蹭蹬者。考苏轼交游,与苏轼同被贬官,而又因妇得祸,堪称“先生”者,唯滕元发一人。据《宋史·滕元发传》,

滕元发初名甫，字元发。以避高太后父鲁王高遵甫讳，改字为名，而字达道。元发因“妇党李逵为逆，或因以挤之，黜为池州。未行，改安州。流落且十岁，犹以前过贬居筠州”。此词即为贬筠于元丰七年(1084)二月过黄访苏轼时苏轼所赠。据此，亦知此词所以未敢明言“赠滕元发”，仅说“有寄”的原因所在。

〔2〕“城隅”句：《诗经·邶风·静女》：“静女其姝，俟我于城隅。”静女，娴静的女子，喻指滕妻。城隅，城墙角上作为屏障的女墙。

〔3〕“先生”句：《诗经·邶风·静女》：“静女其娈，贻我彤管。”彤管，笔，女史执之记功书过。

〔4〕蔡姬：即蔡文姬。文姬博学有才辩，妙于音律。见《后汉书·列女列传》。

〔5〕顾彦先：顾荣，字彦先，与陆机、陆云兄弟同入洛，时人称为“三俊”。见《晋书·顾荣传》。此以顾荣喻指滕元发。

〔6〕先生那久困：先生那是久困于逆境而不能升迁的人。

〔7〕“汤沐”句：古时称封地为汤沐邑，意为生活供养之地。此指不久必将选调到大州名府去为官。

〔8〕谢夫人：王凝之妻谢道韫，聪明有才辩，风韵高迈。见《晋书·列女列传》。

〔9〕拟伦：相互比拟。

【点评】

元丰七年(1084)苏轼年四十九，在黄州。二月赠滕元发，赞美滕妻如蔡姬之贤，并劝慰滕元发被贬小郡乃暂时现象，不久就会沉冤昭雪，再典名郡。词上片写“妇贤”连用三典，并非表示矜博，是不得不如此。下片出以劝谏，复用谢夫人典，加深了对滕夫人的歌颂。所谓左旋右转，不离题旨。

减字木兰花

琴

神闲意定。万籁收声天地静。玉指冰弦[1]。未动宫商意已传[2]。　《悲风》、《流水》[3]。写出寥寥千古意。归去无眠。一夜余音在耳边。

【注释】

〔1〕冰弦:琴弦的美称,传说用冰蚕丝作的弦,故称。

〔2〕宫商:指宫、商、角、徵(zhǐ)、羽五声中的宫商,此泛指音乐。

〔3〕《悲风》、《流水》:皆琴曲名。见李白《月夜听卢子顺弹琴》诗王琦注。

【点评】

元丰七年(1084)三月,与参寥、崔闲(诚老)二三子游定惠院,听崔闲弹琴,作此词。词弹听兼及,声情并茂。首二句状弹听者专注于琴及琴师之神态,宛如名家出场之前的静场,次二句仍然未写弹奏,仅见弹前之所见,却是一幅"绣帘开处,遥见英雄俺也"的图像。下片始写弹奏,却仅着"《悲风》、《流水》"四字,暗用伯牙与钟子期典,将读者引向了弹听者之间同声相应同气相求的最高境界,真是"此时无声胜有声",难怪"一夜余音在耳边"。一击两鸣,此乃坡仙的拿手绝技。

浣溪沙

感旧

徐邈能中酒圣贤〔1〕。刘伶席地幕青天〔2〕。潘郎白璧为谁连〔3〕。　　无可奈何新白发，不如归去旧青山〔4〕。恨无人借买山钱〔5〕。

【注释】

〔1〕"徐邈"句：徐邈善饮酒，常至于沉醉，人问以事，则曰"中圣人"。见《三国志·魏书·徐邈传》。此借指徐得之。

〔2〕"刘伶"句：以天为幕，以地为席。幕天席地，语出刘伶《酒德颂》。此借指刘唐年。

〔3〕"潘郎"句：夏侯湛貌美才盛，与潘岳友善，京都称作"连璧"。见《晋书·夏侯湛传》。此借指潘邠老。

〔4〕"无可"二句：语本卢纶《九日同司直九叔崔侍御登宝鸡南楼》："短长新白发，重叠旧青山。"有归隐之意。

〔5〕买山钱：支遁向深公借钱买印山，深公曰："未闻巢由买山而隐。"见《世说新语·排调》。

【点评】

元丰七年(1084)三月上旬，前黄州太守徐君猷之弟徐得之、黄州主簿刘唐年与黄州处士潘邠老以及参寥子，来定惠院访苏轼，相聚数日，苏轼作此词，记诗酒游乐之盛。上片连用三典，喻指徐得之、刘唐年与潘邠老。因参寥子系释门，故下片及之，并谓自己欲归隐却无买山之资。游乐者五人均写及，精炼之至。

减字木兰花

江南游女。问我何年归得去。雨细风微。两足如霜挽纻衣[1]。　　江亭夜语。喜见京华新样舞。莲步轻飞[2]。迁客今朝始是归[3]。

【注释】

〔1〕“两足”句:如霜喻其白。纻衣,苎麻织成的衣裳。

〔2〕“莲步”句:写游女。

〔3〕迁客:以罪迁降外州者,被称作迁客。

【点评】

元丰七年(1084)三月,苏轼得量移汝州之命,喜讯渐渐由官场传至细民,四月将离黄州时作此词。词活画出一幅生动形象的江亭夜语图:有的游女仅得耳闻,未知确信,始有“何年归得去”一问,而有的游女已知苏轼将要离黄的确信,却误以为将要回京,故始有“喜见京华新样舞”之句。游女互相在“江亭夜语”中知道苏轼苦尽甘来,所以才“莲步轻飞”,急着要将“迁客今朝始是归”的喜讯告知各自的闺友。词通过江南游女对苏轼将离黄州的猜测与问答,体现了黄州细民与苏轼的深切感情,也是对苏轼民胞物与感情的回报。

满庭芳

元丰七年四月一日,余将去黄移汝,留别雪堂邻里二三君子。会李仲览自江东来别,遂书以遗之[1]。

归去来兮，吾归何处？万里家在岷峨。百年强半[2]，来日苦无多。坐见黄州再闰[3]，儿童尽、楚语吴歌[4]。山中友[5]，鸡豚社酒[6]，相劝老东坡。　　云何？当此去，人生底事，来往如梭？待闲看，秋风洛水清波。好在堂前细柳，应念我、莫剪柔柯[7]。仍传语，江南父老，时与晒渔蓑。

【注释】

〔1〕汝州，治所在今河南临汝，宋属京西北路。其时杨元素亦起复知富川，闻苏轼自黄移汝，令富川弟子员李翔邀苏轼取道富川一见。李翔，字仲览，兴国人，元丰进士，苏轼作此词相赠。

〔2〕强半：大半。苏轼是年四十九岁。

〔3〕再闰：元丰三年闰九月，元丰六年闰六月。苏轼元丰三年来黄，七年四月去黄，故云再闰。

〔4〕"儿童"句：意谓在黄州生下的儿子也满口地方话（楚语吴歌）了。

〔5〕山中友：指黄州诸友。

〔6〕社酒：古俗，春秋祀社神，邻里之间聚会饮酒，称作社酒。

〔7〕"好在"三句：苏轼曾手植柳于东坡雪堂之下。柔柯，柔枝。

【点评】

元丰七年（1084）甲子四月别黄州父老，作此词。上片写别宴，却以"吾归何处"一问开篇，贬谪五年有家不可归的心酸尽在其中。"百年"二句复出之以感叹，"坐见"二句写家室受己之累，结三句始回到别宴，可谓一波三折，家室邻里情怀尽在其中。下片复以"云何"一问开端，千言万语，却有言难言，都浓缩在二字之中，沉重如千钧盖顶。接着又一问"人生底事，来往如梭？"不过是难言之言的内容之一。"待闲看"二句是难言之言的东坡式解脱。"好在"以下五句与上片结三句意同，更见其与江南父老的情深。全词语浅情深，委曲婉转，属辞淡雅，遂成佳构。

满 庭 芳

蜗角虚名[1],蝇头微利[2],算来着甚干忙[3]。事皆前定,谁弱又谁强。且趁闲身未老,尽放我、些子疏狂[4]。百年里,浑教是醉,三万六千场[5]。 思量。能几许,忧愁风雨,一半相妨[6]。又何须,抵死说短论长。幸对清风皓月,苔茵展、云幕高张。江南好,千钟美酒,一曲《满庭芳》。

【注释】

〔1〕蜗角虚名:微不足道的虚名。

〔2〕蝇头微利:喻利之微如蝇头。

〔3〕干忙:犹言空忙。

〔4〕些子:一点。

〔5〕"百年"三句:李白《襄阳歌》:"百年三万六千日,一日须倾三百杯。"

〔6〕"忧愁"二句:意为忧愁与风雨,都在干扰着人们的情趣。妨。干扰。

【点评】

此词无年月可考,暂编元丰七年(1084)作于黄州。词全用赋体,一一道来,乐天知命,淡泊功名,惟参透人生者始能为此,正是此时苏轼心光的一闪,万毋以此概括其终生。

阮 郎 归

初夏

绿槐高柳咽新蝉[1]。熏风初入弦[2]。碧纱窗下水沉烟[3]。棋声惊昼眠。　　微雨过，小荷翻。榴花开欲燃[4]。玉盆纤手弄清泉。琼珠碎却圆。

【注释】

〔1〕新蝉:夏秋间新生的蝉。

〔2〕“熏风”句:《礼记·乐记》:“昔者舜作五弦之琴以歌《南风》。”《孔子家语·辩乐》载其辞:“南风之熏兮,可以解吾民之愠兮。”

〔3〕水沉烟:香以沉水者为佳。

〔4〕然:即“燃”。

【点评】

元丰七年(1084)四月六日别黄州,经庐山赴筠州探望弟辙,五月复回庐山,一日独游五老峰,入白鹤观,观中人皆阖户昼寝,独闻棋声于古松流水之间,欣然而喜,作此词,记一时之兴。全词层层脱卸,一句一意,活画出“棋声惊昼眠”之境,不由得使人联想到杜甫《题张氏隐居》二首之一:“春山无伴独相求,伐木丁丁山更幽。”以有声衬幽静的写法,格调清新婉丽。“玉盆”二句写花上水珠,顺及“纤手”,且莫当闺情词看待。

渔 家 傲

金陵赏心亭送王胜之龙图。王守金陵，视事一日，移南都〔1〕。

千古龙蟠并虎踞〔2〕。从公一吊兴亡处〔3〕。渺渺斜风吹细雨。芳草渡。江南父老留公住。　　公驾飞车凌彩雾〔4〕。红鸾骖乘青鸾驭〔5〕。却讶此洲名白鹭。非吾侣。翩然欲下还飞去〔6〕。

【注释】

〔1〕赏心亭：在金陵下水门城上，下临秦淮，为观览胜地。王益柔字胜之。为人伉直尚气，喜论天下事。龙图：龙图阁学士的简称，为加官，亦称贴职。

〔2〕龙蟠虎踞：状地理形势之险要。《太平御览》卷一五六《州郡部·叙京都下》："刘备曾使诸葛亮至京，因睹秣陵山阜，叹曰：'钟山龙盘，石头虎踞，此帝王之宅。'"

〔3〕兴亡处：金陵为汉末、六朝所都，故云。

〔4〕"公驾"句：飞车，言其快。此句意谓以风与彩雾为车。

〔5〕"红鸾"句：乘云、驾鹤、骖鸾，皆神仙之事。

〔6〕"却讶"三句：意为白鹭乃凡鸟，非红鸾、青鸾仙鸟之侣，故欲下又飞去。喻王益柔至金陵视事一日而去。

【点评】

元丰七年(1084)八月，与王益柔游蒋山复登赏心亭作，词状江山清绝，人物俊秀，又连用"飞车"、"彩雾"、"红鸾"、"青鸾"等神仙事物与白鹭对比，复着一"讶"字，将其间人事形容殆尽，精炼之极。

水龙吟

咏雁

露寒烟冷蒹葭老[1],天外征鸿寥唳[2]。银河秋晚,长门灯悄[3],一声初至。应念潇湘,岸遥人静,水多菰米[4]。乍望极平田,徘徊欲下,依前被、风惊起。

须信衡阳万里[5]。有谁家、锦书遥寄[6]。万重云外,斜行横阵,才疏又缀[7]。仙掌月明[8],石头城下,影摇寒水。念征衣未捣,佳人拂杵[9],有盈盈泪。

【注释】

〔1〕蒹葭(jiān jiā):芦苇。

〔2〕征鸿寥唳(lì):雁鸣声凄切寥远。

〔3〕长门:汉宫名,被冷落的宫妃幽居之处。

〔4〕菰(gū)米:菰:水生植物,茎可食,名茭白,所结的实为菰米。

〔5〕衡阳:在湖南南部,上有回雁峰,相传雁至衡阳而止,遇春则北归。

〔6〕锦书:指妻子给丈夫的书信。苏蕙织锦成《回文旋图诗》,给丈夫窦滔以抒悲切思念之情。

〔7〕"斜行"二句:雁结队而飞,不成"人"字形,即成"一"字形,故云"斜行横阵"。变队形时疏散开来,结成队时又连缀成字,故云"才疏又缀"。

〔8〕仙掌:汉武帝为求长生不死之药,于建章宫铸铜仙人以其掌承露。见《三辅黄图·建章宫》。

〔9〕拂杵:执着棒槌。杵,捣衣的木棒。

【点评】

底本无此阕,据《二妙集》补。元丰七年(1084)八月,离金陵赴仪真前作。词借咏雁寄身世之慨,雁为食物而南飞,轼亦为衣食而欲赴常州买田,故句句咏雁、怜雁,亦句句自咏、自怜,格调苍凉。

临江仙

昨夜渡江何处宿,望中疑是秦淮[1]。月明谁起笛中哀[2]。多情王谢女,相逐过江来[3]。　　云雨未成还又散,思量好事难谐。凭陵急桨两相催[4]。想伊归去后,应似我情怀[5]。

【注释】

〔1〕"昨夜"二句:苏轼与王益柔同舟连夜渡江往仪真,秦淮,即南京秦淮河。此以仪真所见景色比秦淮河,故曰"疑是"。

〔2〕笛中哀:向秀过亡友嵇康宅,闻邻人吹笛甚哀,因作《思旧赋》。后人诗文因以闻笛为思友的故实。

〔3〕"多情"二句:王、谢女,本指高贵之女,王、谢本为东晋大族,故云。此指送王益柔的官妓。苏轼离金陵赴仪真与赴南都任的王益柔同舟,才有官妓相送。

〔4〕"云雨"三句:此以"巫山云雨"典戏王益柔与歌妓有情事未偕,是因为舟师催着回金陵。凭陵,有所依恃而陵人,此指因舟师相催情势不允许。

〔5〕"想伊"二句:意谓想她(们)归去时的心境,大概就是我曾猜想的这些吧?

【点评】

底本无此阕,据《二妙集》、《全宋词》补。元丰七年(1084)八月十四日,先生离金陵赴仪真,作此词以赠歌者。亦戏作,终无意味。苏轼乃玩笑大王,读之一笑而已。

南歌子

见说东园好[1],能消北客愁[2]。虽非吾土且登楼[3]。行尽江南南岸、此淹留[4]。　　短日明枫缬[5],清霜暗菊球[6]。流年回首付东流。凭仗挽回潘鬓、莫教秋[7]。

【注释】

〔1〕见说:听说。东园:为真州观览之胜。见欧阳脩《真州东园记》。

〔2〕北客:作者自称,因其自黄州北归,故云。

〔3〕“虽非”句:王粲《登楼赋》:“虽信美而非吾土兮,曾何足以少留。”

〔4〕“行尽”句:至真州前,苏轼一直在江南奔波。淹留,滞留。

〔5〕“短日”句:时已至秋,故云短日。枫,枫叶。缬(xié),带花纹的丝织物,此指已红的枫叶。明,照亮,夺目。意为枫叶青红交错,鲜艳如织锦。

〔6〕暗菊球:菊球,菊花苞。菊尚未开,呈青色,故曰暗。

〔7〕潘鬓:指鬓发斑白。潘岳《秋兴赋序》:“余春秋三十有二,始见二毛。”

【点评】

元丰七年(1084)八月十四日,与王益柔同舟至真州后,留五日,游真州东园，作此词。词上片述行程，下片首二句写景，末三句发感慨时光易逝，来日无多。

菩萨蛮

买田阳羡吾将老[1]。从来只为溪山好。来往一虚舟[2]。聊随物外游[3]。　　有书仍懒着[4]。《水调》歌归去[5]。筋力不辞诗。要须风雨时[6]。

【注释】

〔1〕阳羡：汉置县名，隋改为义兴，在今江苏宜兴。

〔2〕虚舟：任其漂流的舟楫。此指到处漂泊。

〔3〕物外：人世之外。

〔4〕“有书”句：意为别人不得志而着书，我却懒得连书也不着。

〔5〕“水调”句：苏轼在徐州，尝和子由《水调歌头》，以不早退为戒，以退而相从为乐。

〔6〕“筋力”二句：苏辙《逍遥堂会宿二首·引》：“既壮，将宦游四方，读韦苏州诗，至‘安知风雨夜，复此对床眠’，恻然感之，乃相约早退，为闲居之乐。”筋力，精力。此二句意为待归隐时即可与弟对床夜语。

【点评】

元丰七年（1084）九月，苏轼在阳羡买田，以期归老，作此词，抒其溪山归老的懒散心情，兼及悌友之怀。

浣溪沙

赠楚守田待问小鬟〔1〕

学画鸦儿正妙年〔2〕。阳城下蔡困嫣然〔3〕。凭君莫唱短因缘〔4〕。　　雾帐吹笙香袅袅〔5〕，霜庭按舞月娟娟。曲终红袖落双缠〔6〕。

【注释】

〔1〕楚：楚州，隋初置。宋楚州治山阳郡(今江苏淮安)。田待问：字仲宣，时知楚州。苏轼有《知楚州田待问可淮南转运判官》，后苏辙有《田待问淮南运判可淮南提刑告词》，可知其在淮南先后为官情况。小鬟：即丫鬟。

〔2〕学画鸦儿：指刚学画时东涂西抹，不成样子。

〔3〕"阳城"句：戏赠主为小鬟的美色所迷惑。典出宋玉《登徒子好色赋》："嫣然一笑，惑阳城，迷下蔡。"阳城、下蔡，古楚贵介公子的封地，此代指田待问。困，迷惑。嫣然，美丽的笑貌，此代指小鬟。

〔4〕"凭君"句：意为小鬟为赠主长久眷恋。短因缘，见前55页《菩萨蛮》(玉笙不受朱唇暖)注〔6〕。

〔5〕袅袅：摇曳不定。

〔6〕双缠：古时妇女即以锦缠足为饰，至南唐，李后主始令嫔妃缠足使之纤小作新月状。

【点评】

元丰七年(1084)十一月，苏轼乞常州居住，赴南都，再过楚州，楚守田待问饯苏轼，苏轼于席间作此词赠田待问小鬟，曲尽小鬟姿容之丽，舞姿之妙，时景之美。

浣 溪 沙

和前韵

一梦江湖费五年[1]。归来风物故依然。相逢一醉是前缘。　　迁客不应常眊矂[2]，使君为出小婵娟[3]。翠鬟聊着小诗缠[4]。

【注释】

〔1〕“一梦”句：自元丰三年（1080）贬黄起至七年（1084）整五年。

〔2〕眊矂（mào sào）：犹言烦恼，亦作“毷氉”。

〔3〕小婵娟：指婢女，即上题中的小鬟。

〔4〕小诗缠：古时有着诗于鬟或裙的风俗。此句指缠诗于鬟上。

【点评】

元丰七年（1084）十一月，苏轼于席间作此词赠田待问小鬟。与上阕不同，此阕宾、主与小鬟兼及，主人、迁客、小鬟的情态毕现。

虞 美 人

波声拍枕长淮晓。隙月窥人小[1]。无情汴水自东流。只载一船离恨、向西州[2]。　　竹溪花浦曾同醉[3]。酒味多于泪。谁教风鉴在尘埃[4]。酝造一场烦恼、送人来。

【注释】

〔1〕隙月：从缝隙中渗下的月光。

〔2〕西州：指扬州。苏轼前去扬州，故云。

〔3〕竹溪花浦：竹溪，在宜兴县西南四十五里，此代指常州。花浦，即花浦泾，在苏州北，此代指苏州。因苏轼至高邮与秦观会，秦观曾陪苏轼经苏、常，直至淮上，故云。

〔4〕风鉴：风度识见。此喻指秦观。

【点评】

元丰七年（1084）十一月，苏轼至高邮与秦观会，秦观追送至淮上，与秦观饮别作此词。客中送客，离恨满纸，情在景中。秦观带离恨而去，公带离恨而往，情何以堪！

如梦令

元丰七年十二月十八日，浴泗州雍熙塔下，戏作《如梦令》两阕。此曲本唐庄宗制，名《忆仙姿》，嫌其名不雅，故改为《如梦令》。盖庄宗作此词，卒章云："如梦如梦，和泪出门相送。"因取以为名云〔1〕。

水垢何曾相受〔2〕。细看两俱无有〔3〕。寄语揩背人，尽日劳君挥肘。轻手。轻手。居士本来无垢〔4〕。

【注释】

〔1〕泗州：宋属淮南东路。雍熙塔：在泗州。唐庄宗：其先本西突厥人，以朱邪为姓，后赐李姓，名存勖。李存勖《忆仙姿》卒章云："如梦，如

梦，残月落花烟重。”“和泪出门相送”在“如梦”之前。

〔2〕“水垢”句：意为水是水，垢是垢，我是我，水垢与我均无关，未曾相受与我。

〔3〕两俱无有：水也无，垢也无。佛家以为一切均虚幻，水垢均无或将成为无。

〔4〕无垢：佛家谓无垢，指精神上无欲念。

【点评】

元丰七年(1084)十二月十八日公至泗州，沐于雍熙塔下，戏作此词。沐浴本无可写，然却戏语为表，寓意为里，遂化俗为雅，超绝高妙。

如梦令

同前

自净方能净彼。我自汗流呀气[1]。寄语澡浴人，且共肉身游戏。但洗。但洗。俯为人间一切[2]。

【注释】

〔1〕呀气：呵气，喘气。

〔2〕“但洗”三句：释迦牟尼最后始悟出苦行并非真修，“乃受美食，洗浴于河”，方成正果。见《本行经》。俯，谓俯视。

【点评】

与前首作于同时，亦为戏作。但与前词寓意有戏语之中不同，此词则出以佛家语，语义双关而又颇启人思，末句更为高妙，非大手笔者莫能为。

浣 溪 沙

元丰七年十二月二十四日从泗州刘倩叔游南山[1]

细雨斜风作晓寒。淡烟疏柳媚晴滩。入淮清洛渐漫漫[2]。　雪沫乳花浮午盏[3]，蓼茸蒿笋试春盘[4]。人间有味是清欢。

【注释】

〔1〕刘倩叔：名乙，字倩叔，泗州人，苏轼有《刘乙新作射堂》，题下注"乙父尝知眉州"。南山：名都梁山。

〔2〕"入淮"句：洛水在泗州注入淮河，故云。

〔3〕雪沫乳花：谓沏茶时所起泡沫。

〔4〕蓼茸：蓼的嫩芽。蒿笋：蒿的嫩芽。二者皆春菜。

【点评】

与前首作于同时。词上片写景，下片品茶，充满悠然自得之趣。

行 香 子

与泗守过南山晚归作[1]

北望平川，野水荒湾。共寻春、飞步孱颜[2]。和风弄袖，香雾萦鬟[3]。正酒酣时，人语笑，白云间。　飞鸿落照[4]，相将归去，澹娟娟、玉宇清闲[5]。何人无事，宴坐空山[6]。望长桥上，灯火乱，使君还。

【注释】

〔1〕泗守：泗州太守，时为刘士彦，山东木强人，此前为睦州通判，元祐间任福建转运判官。

〔2〕"共寻春"句：古人有寻春之俗，下年正月初二立春，此行在十二月二十四日，距立春仅六日，故云。孱颜，不齐。

〔3〕香雾萦鬟：此谓歌妓。

〔4〕飞鸿落照：夕照中的飞雁。

〔5〕澹娟娟：指月。玉宇：指天空。

〔6〕宴坐：闲坐。

【点评】

元丰七年(1084)十二月，与泗守刘士彦游南山晚归作。写景高旷孤缈，声色俱备，人在画中，笔无纤尘，情调娴雅。

满庭芳

余十七始与刘仲达往来于眉山，今年四十九，相逢于泗上。淮水浅冻，久留郡中。晦日，同游南山，话旧感叹，因作此《满庭芳》云[1]。

三十三年，飘流江海，万里烟浪云帆[2]。故人惊怪，憔悴老青衫[3]。我自疏狂异趣，君何事、奔走尘凡。流年尽，穷途坐守[4]，船尾冻相衔[5]。 巉巉。淮浦外，层楼翠壁，古寺空岩。步携手林间，笑挽攕攕[6]。莫上孤峰尽处，萦望眼、云海相搀[7]。家何在，因君问我，归梦绕松杉[8]。

【注释】

〔1〕刘仲达：眉山人，余未详。晦日：农历每月最后一天。

〔2〕"万里"句：意为游宦四方，飘泊无定。

〔3〕青衫：古时为贱者之服，登第为官后则衣锦。此谓被罪贬官，以青衫自嘲。

〔4〕穷途：末路。

〔5〕"船尾"句：因水冻不能行，船靠岸边，首尾互相衔接。

〔6〕攕(xiān)攕：同"纤纤"。《诗经·魏风·葛屦》："攕攕女手。"

〔7〕相搀：相混杂。

〔8〕"归梦"句：意为只能在梦中回故乡了。松、杉，本谓墓地之木，此指故乡。

【点评】

底本序为："杨元素《本事曲集》云：子瞻始与刘仲达往来于眉山，后相逢于泗上，久留郡中，游南山话旧而作。"据傅注本改。元丰七年(1084)除夜作于泗州。与惯常上景下情不同，此词则上情下景，情则"疏狂异趣"，景则"云海相搀"，胸次旷达，情调隽永。

水龙吟

昔谢自然欲过海求师蓬莱，至海中，或谓自然曰："蓬莱隔弱水三十万里，不可到。天台有司马子微，身居赤城，名在绛阙，可往从之。"自然乃还，受道于子微，白日仙去。子微著《坐忘论》七篇，《枢》一篇，年百余。将终，谓弟子曰："吾居玉霄峰，东望蓬莱，尝有真灵降焉，今为东海青童君所召。”乃蝉蜕而去。其后，李太白作《大鹏赋》云：“尝见子微于江陵，谓余有仙风道骨，可与神游八极之表。”元丰七年冬，余过临淮，而湛然先生梁君在焉。童颜清澈，如二三十许人，然人亦有自少见之者，善吹铁笛，嘹然有穿云裂石之声。乃作《水龙吟》一首，记子微、太白之事，倚其声而歌之〔1〕。

古来云海茫茫，道山绛阙知何处。人间自有，赤城居士，龙蟠凤举〔2〕。清净无为〔3〕，坐忘遗照〔4〕，八篇奇语〔5〕。向玉霄东望，蓬莱晻霭〔6〕，有云驾、骖风驭〔7〕。

行尽九州四海，笑纷纷、落花飞絮。临江一见，谪仙风采，无言心许。八表神游〔8〕，浩然相对，酒酣箕踞〔9〕。待垂天赋就，骑鲸路稳〔10〕，约相将去。

【注释】

〔1〕谢自然：唐代在仙籍者有两谢自然，一为《大唐新语》所载的蜀女真谢自然，一为《集仙录》所载的果州南充谢自然。蜀女真谢自然为武则天至唐玄宗时人；果州南充谢自然为唐德宗建中至贞元时人。此词所咏的谢自然，为武则天至唐玄宗时的谢自然，与唐德宗建中至贞元时果州南充的谢自然无关。龙本与曹本以及邹王本以果州南充的谢自然笺此词，均误。蜀女真谢自然曾师从天台山司马承祯，后白日上升而去。其事详见《大唐新语》。果州南充谢自然则未师从司马承祯。《坐忘论·枢》，新旧《唐书》司马子微传与《大唐新语》均失载，未详。玉霄峰：在天台山，司马子微隐处。真灵、青童君：均神仙。蝉蜕：喻弃形体成仙而去。临淮：即泗州。湛然先生梁公：未详。

〔2〕龙蟠凤举：喻指王气。

〔3〕清净无为：道家讲顺化自然，以清净无为为本。

〔4〕坐忘遗照：端坐而忘是非物我的差别。

〔5〕八篇奇语：指序中所谓《坐忘论》七篇与《枢》一篇。

〔6〕蓬莱：海上三神山之一。晻霭：蓊郁阴暗貌。

〔7〕“云驾”句：云驾指尊神驾云。骖风驭，指司马子微驾着风，陪同尊神。骖，边马，此处为陪乘意。

〔8〕八表：八方之外。

〔9〕箕踞：一种轻慢不拘礼节的坐姿，分腿而坐，形似簸箕。

〔10〕“垂天赋”二句：垂天赋，指李白《大鹏赋》。骑鲸路稳，案：“骑鲸鱼”出自扬雄《羽猎赋》，世误传李白作《大鹏赋》后骑鲸而去，死于浔阳，后遂成为咏李白典故。见杜甫《送孔巢父谢病归游江东兼呈李白》仇兆鳌注。此反用之，故云“路稳”。

【点评】

底本无序，据傅注本与《二妙集》补。元丰七年（1084）岁尾作于泗州。词上片咏谢自然事，下片借李白《大鹏赋》序说“余昔于江陵见天台司马子微”而生发开去，抒发虽经乌台诗案而仍然豪情不减的胸怀。但此时之豪情已大非昔比，故又归结为“相将归去”，于豪放中带上了仙味，此所以黄州后人们常苏轼为“坡仙”的原因。

南乡子

宿州上元〔1〕

千骑试春游。小雨如酥落便收〔2〕。能使江东归老客〔3〕，迟留。白酒无声滑泻油。　　飞火乱星球〔4〕。浅黛横波翠欲流。不似白云乡外冷，温柔〔5〕。此去淮南第一州。

【注释】

〔1〕宿州:宋属淮南东路。在今安徽。

〔2〕如酥:细雨如酥油般湿润。酥,牛羊奶酪上结之油。

〔3〕“能使”句:苏轼时欲在常州买田归老,故云。

〔4〕“飞火”句:灯火如乱飞的星球。

〔5〕“不似”二句:汉成帝宠赵飞燕妹合德,称其为“温柔乡”,并云:“吾老是乡矣,不能效武帝求白云乡也。”见《赵飞燕外传》。武帝好神仙,白云乡即仙乡。

【点评】

底本、百家词本、傅注本无此阕,据元本补。元丰八年(1085)苏轼年五十。正月四日离泗州,上元日至宿州,作此词。此为计程词,写宿州上元盛况,引起苏轼对人世之迷恋,罕见他对仙境的否定。

西江月

姑熟再见胜之次前韵〔1〕

别梦已随流水,泪巾犹裛香泉〔2〕。相如依旧似臞仙〔3〕。人在瑶台阆苑〔4〕。　　花雾萦风缥缈〔5〕,歌珠滴水清圆〔6〕。蛾眉新作十分妍。走马归来便面〔7〕。

【注释】

〔1〕姑熟:亦作“姑孰”,即今安徽当涂。然谓当涂者显误。胜之:参《减字木兰花·胜之》、《减字木兰花·赠胜之》两阕。王明清《挥麈后录》卷七载:徐君猷卒后,胜之归张方平之子张恕。前韵:指前《西江月》(龙焙今年绝品)阕韵。

〔2〕裛(yì)香泉:裛,沾湿。香泉,喻美人的泪。

〔3〕“相如”句:司马相如以为列仙居山泽间,“形容甚臞”。见《史记·司马相如列传》。臞(qú),瘦。此苏轼以臞仙自比。

〔4〕瑶台阆苑:神仙所居之处,此处指徐君猷仙逝。

〔5〕花雾:傅注引《太平广记》云:“弱质纤腰,如雾蒙花。”

〔6〕“歌珠”:白居易《琵琶行》:“大珠小珠落玉盘。”

〔7〕“蛾眉”二句:蛾眉,美人眉如蛾。便面,用以遮面的扇状物。《汉书·张敞传》:“敞无威仪,时罢朝会,过走马章台街,使御吏驱,自以便面拊马。又为妇画眉,长安中传张京兆眉怃。”师古注曰:此句以“便面”歇后为妇画眉。此以张敞喻指张恕。

【点评】

底本无词题,据傅注本补。元丰八年(1085)二月苏轼至南都,张恕设宴饯苏轼,席间命胜之佐酒。苏轼一见伤痛,作此词,以为蓄婢之戒。词用香艳典写胜之,结又用张敞典讽喻,一箭双雕,既讽刺胜之,又规谏张恕。

满庭芳

余谪居黄州五年,将赴临汝,作《满庭芳》一篇别黄人。既至南都,蒙恩放归阳羡,复作一篇〔1〕。

归去来兮,清溪无底,上有千仞嵯峨〔2〕。画楼东畔,天远夕阳多。老去君恩未报,空回首、弹铗悲歌〔3〕。船头转,长风万里,归马驻平坡〔4〕。　无何〔5〕。何处有,银潢尽处〔6〕,天女停梭〔7〕。问何事人间,久戏风波。顾谓同来稚子,应烂汝、腰下长柯〔8〕。青衫破,群仙笑我〔9〕,千缕挂烟蓑。

【注释】

〔1〕临汝:汝州,即今河南临汝县。蒙恩:苏轼曾上表乞住常州,时告下,仍以检校尚书水部员外郎(寄禄官)汝州团练副使(此官专为罪官设置),不得签书公事,常州居住。阳羡:故城在今江苏宜兴南,宋时属常州。

〔2〕嵯峨:高峻貌。此指阳羡西山的高峻。

〔3〕"老去"二句:意为君恩未报,还有什么资格像冯驩(huān)一样要求丰厚的待遇呢?冯驩贫甚,惟一剑随身,投孟尝君门下,十日后弹剑歌曰"长铗归来乎,食无鱼";五日后又歌曰"长铗归来乎,出无舆";五日后又歌曰"长铗归来乎,无以为家"。孟尝君满足其所有要求,后累为孟尝君建立奇功。见《史记·孟尝君传》。铗,剑柄。

〔4〕"归马"句:归马行急,不当言"驻",当为"注"字之误。苏轼蒙恩放还常州,归心似箭,故以船乘长风,归马注坡为喻。

〔5〕无何:即无何有之乡。

〔6〕银潢:即天河、银河。

〔7〕天女:指织女。

〔8〕"顾谓"二句:此喻漂泊时间很长。晋王质伐木,见童子数人,棋而歌,质因听之。俄顷,童子谓曰:"何不去!"质起视,斧柯烂尽。见《述异记》。

〔9〕群仙:承上文而言,以喻旧时相识。

【点评】

底本、百家词本、傅注本无此阕,据元本、《二妙集》补。元丰八年(1085)二月作于南都。因恩准常州居住,归意已决,故笔无滞碍,心荡意驰,船飞如骏马注坡,以早归阳羡为幸,乃年来流宇江淮期间第一快词,复借天女一问,群仙一笑,功名富贵皆付之东流,宛若一曲归隐长啸歌,读来语有余乐,声有余欢。然"老去"二句不忘君恩,固是苏轼真实思想的流露,却与全词乐于归隐的情调相扞格。故刘熙载在《艺概·词曲概》卷四批评说:"词以不犯本位为高。东坡《满庭芳》'老去君恩未报,空回首,弹铗悲歌',语诚慷慨,然不若《水调歌头》'我欲乘风归去,又恐琼楼玉宇,高处不胜寒'，尤觉空灵蕴藉。"所谓"不犯本位"，即指不改变全词的格调。

南乡子

用前韵赠田叔通家舞鬟[1]

绣鞅玉镮游[2]。灯晃帘疏笑却收。久立香车催欲上[3]，还留。更且檀唇点杏油[4]。　　花遍六幺球[5]。面旋回风带雪流[6]。春入腰肢金缕细[7]，轻柔。种柳应须柳柳州[8]。

【注释】

〔1〕前韵：指前《南乡子》（千骑试春游）阕韵。田叔通：田待问弟，字叔通。元丰元年（1078）以国子博士通判徐州，苏轼有《和田国博喜雪》、《留别叔通元弼坦夫》。

〔2〕绣鞅（yàng）玉镮：鞅，马络头。镮，马缰上的镮。

〔3〕香车：官宦家有帐涂香的车。

〔4〕"更且"句：檀唇，香唇。杏油，杏仁作的油，用以涂唇。

〔5〕"花遍"句：苏轼《再用前韵》诗有"连娟六幺趁踏鞠"句，与此同意，意为边歌边舞又边玩花式足球，奇中出奇。花，即《花十八》，舞曲名。六幺，唐教坊有《六幺曲》，盖自唐亦为曲名。遍，唐宋时称乐曲的结构单位。球，即蹴鞠，古代的足球运动。有多人运动者，有一人运动者。一人运动者，与今之花式足球同。参见刘攽《中山诗话》与司马光《温公续诗话》。

〔6〕"面旋"句：喻其舞姿轻盈。曹植《洛神赋》："飘摇兮若流风之回雪。"

〔7〕金缕细：比喻腰肢如柳条之细。

〔8〕“种柳”句：柳宗元《种柳戏题》：“柳州柳刺史，种柳柳江边……”此句双关，兼喻田叔通教养出绝技的舞女腰肢柔婉如柳宗元所种之柳。

【点评】

元丰八年（1085）四月三日，苏轼自南都还，六日再经灵璧，过宿州，田叔通饯苏轼，轼于席上作此词赠田叔通舞鬟。词上片写舞鬟随其主到处遨游，下片赞其歌舞之妙，极尽形容之能事。此为艳科词，然艳而不腻，亦无恶谑，可喜。但明卓人月《古今词统》谓其“滑稽”，清沈雄《古今词话》谓其“游戏之圣”，实乃村学究解词。

南乡子

用韵和道辅[1]

未倦长卿游[2]。漫舞夭歌烂不收。不是使君能矫世，谁留[3]。教有琼梳脱麝油[4]。　　香粉镂金球[5]。花艳红笺笔欲流[6]。从此丹唇并皓齿，清柔。唱遍山东一百州[7]。

【注释】

〔1〕道辅：黄儒字，建安（今福建建瓯）人，熙宁六年（1073）进士，有道之士。作《品茶要录》十篇，后有苏轼跋。余未详。用韵：用前韵，即用一篇韵。则知与上篇作于同时，亦在宿州。

〔2〕“未倦”句：司马相如字长卿，曾游梁数岁后回临邛，与卓文君营酒肆，人曰：“长卿故倦游，虽贫，其人材足依也。”见《史记·司马相如列

传》。盖道辅尝宦游,故云。

〔3〕“不是”二句:意为使君不同流俗,肯收留宴请罪官(苏轼)。矫世,违反世俗之以势利待人。使君,太守。此处当指宿州太守,其为谁,未详。

〔4〕琼梳:美玉所做的梳。麝油:麝香所和的油,用以涂面。

〔5〕“香粉”句:用段成己《菊花霜诗》“香粉嚼余浓不散,唾花误染镂金衣”诗意。

〔6〕“花艳”句:谓花笺写美词。笔欲流,言其快。

〔7〕山东一百州:言其地之广。杜甫《兵车行》:“汉家山东二百州。”

【点评】

因与前词同韵,当亦为元丰八年(1085)作于宿州。审词义,当为宿州太守饯苏轼与黄儒,并出歌姬佐酒,黄儒于席间用前《南乡子》(千骑试春游)阕韵,作词对宿守的盛情表示感谢,苏轼和其韵,既赞使君的高情,又赞黄儒的才情,复赞歌妓之美艳善歌,可谓一石三鸟。

渔　父

渔父饮,谁家去。鱼蟹一时分付[1]。酒无多少醉为期[2],彼此不论钱数。

【注释】

〔1〕“鱼蟹”句:意为将鱼蟹都付与炊厨。分付,交付。

〔2〕醉为期:颜延之造访陶潜,必酣饮至醉。见《南史·陶潜传》。

【点评】

此阕与下三阕底本、傅注本、元本、毛本俱无,朱本、龙本、《全宋词》据《东坡集》卷五十补。元丰八年(1085)作,作地不详。苏轼《六月二十七日望湖楼醉书五绝》有“乌菱白芡不论钱”之句。

渔　父

渔父醉，蓑衣舞[1]。醉里却寻归路。轻舟短棹任斜横，醒后不知何处。

【注释】

〔1〕蓑衣舞：本孟郊《送淡公》十二首之三："侬是拍浪儿，饮别拜浪婆。脚踏小船头，独速舞短蓑。"

【点评】

"醉里却寻归路"、"醒后不知何处"。可与李清照《如梦令》"常记溪亭日暮，沉醉不知归路"并读。

渔　父

渔父醒，春江午。梦断落花飞絮。酒醒还醉醉还醒[1]，一笑人间今古。

【注释】

〔1〕"酒醒"句：白居易《醉吟先生传》云："又自变量杯，兀然而醉，既而醉复醒，醒复吟，吟复饮，饮复醉。醉吟相仍，若循环然。"

【点评】

末句"一笑人间今古"可与苏轼《西江月·重九》"酒阑不必看茱萸，俯仰人间今古"共看。

渔　父

渔父笑，轻鸥举。漠漠一江风雨。江边骑马是官人，借我孤舟南渡。

【点评】

"漠漠一江烟雨"，姜夔《次韵鸳鸯梅》"漠漠江南烟雨，于飞似报初春"可与共参。

调笑令

效韦应物体〔1〕

渔父。渔父。江上微风细雨。青蓑黄蒻裳衣〔2〕。红酒白鱼暮归。归暮。归暮。长笛一声何处。

【注释】

〔1〕韦应物体：此指韦应物《古调笑》，其一："胡马。胡马。远放燕支山下。跑沙跑雪独嘶。东望西望路迷。迷路。迷路。边草无穷日暮。"其二："河汉。河汉。晓挂秋城漫漫。愁人起望相思。江南塞北别离。离别。离别。河汉虽同路绝。"

〔2〕青蓑黄蒻（ruò）：青蓑，即蓑衣，防雨具。黄蒻裳，用黄蒲织成的衣裳。

【点评】

底本无题，据元本补。效韦词之体而内容创新，写渔父江上捕鱼，早出暮归，神态若画。

调笑令

归雁。归雁。饮啄江南南岸。将飞却下盘桓。塞外春来苦寒。寒苦。寒苦。藻荇欲生且住。

【点评】

此首写南归之雁在江上饮啄、盘桓景象，或有所寓。

蝶恋花

述怀

云水萦回溪上路。叠叠青山，环绕溪东注〔1〕。月白沙汀翘宿鹭，更无一点尘来处。　　溪叟相看私自语。底事区区〔2〕，苦要为官去。尊酒不空田百亩〔3〕。归来分得闲中趣。

【注释】

〔1〕溪：荆溪，经宜兴。汉在宜兴置荆国，故名荆溪。

〔2〕底事：何事。

〔3〕尊酒不空：用孔融典。孔融常叹曰："坐上客常满，杯中酒不空，吾无忧矣。"见《后汉书·孔融传》。田百亩，陶渊明为彭泽令，公田悉令种秫谷，妻子固请种粳，乃二顷五十亩种秫，五十亩种粳，并曰："令吾常醉于酒足矣。"见《晋书·陶潜传》。

【点评】

元丰八年（1085）五月，苏轼闻报起知登州，六月将行，有怀荆溪，作此词。未赴官先作归来之计，乃苏轼此时的真实心境，故意到笔随，抒其怀抱，活画出一幅荆溪仙趣图，惜其终生未践其志，读之怃然。

蝶恋花

昨夜秋风来万里〔1〕。月上屏帏，冷透人衣袂。有客抱衾愁不寐。那堪玉漏长如岁〔2〕。　羁舍留连归计未。梦断魂销，一枕相思泪。衣带渐宽无别意〔3〕。新书报我添憔悴〔4〕。

【注释】

〔1〕"昨夜"句：此句为写实，元丰八年（1085）九月，至楚州遇风留数日，故云。

〔2〕玉漏长如岁：一夜长似一年。漏，即漏壶，计时器。

〔3〕"衣带"句：梁简文帝《当垆曲》："欲知心恨急，翻令衣带宽。"

〔4〕新书：新收到的家书。报我：告诉我。添憔悴：谓苏轼夫人。

【点评】

底本、百家词本、傅注本、元本俱无此阕，据《二妙集》、毛本、朱本补。元丰八年（1085）六月，告下知登州，发常州，九月至楚州遇风，阻数日，感慨良多，作此词述怀。年余来，苏轼为退隐之计买田，奔走于常、润之间，今虽有复官知登州之命，而前途未卜，正如《苏轼文集》卷七一《书遗蔡允元》所说："故人蔡允元来船中相别……坐客皆云东坡赴官之意，殆似小儿迁延避学。"苏轼避官如小儿避学，正是此词的词心所在，"愁不寐"，"长如岁"，"归计未"，"梦断魂销"，"衣带渐宽"，全为此，故特云"无别意"耳。何以有此感慨？当已经预感到朝中党争甚烈。

蝶恋花

过涟水军赠赵晦之〔1〕

自古涟漪佳绝地〔2〕。绕郭荷花〔3〕，欲把吴兴比〔4〕。倦客尘埃何处洗。真君堂下寒泉水〔5〕。　　左海门前酤酒市〔6〕，夜半潮来，月下孤舟起。倾盖相逢拼一醉〔7〕。双凫飞去人千里〔8〕。

【注释】

〔1〕涟水军：今江苏涟水。宋时的军，相当于州。涟水军时属淮南东路。赵晦之：即赵昶。时赵晦之从广西藤州回知涟水军。

〔2〕涟漪：水纹。

〔3〕郭：外城。

〔4〕吴兴：今浙江吴兴，吴兴多荷。

〔5〕"真君"句：《庄子·齐物论》谓"其有真君存焉"。庄子以真君为形体的主宰。真君堂，在涟水。

〔6〕左海：即东海。古人称东为左。

〔7〕倾盖相逢：行道相遇，并车对首语，两盖相切而下倾。指相交相知。

〔8〕“双凫(fú)”句:凫,野鸭。王乔有异术,常乘双凫来去。见《后汉书·方士传》。

【点评】

元丰八年(1085)十月赴登州过涟水军,知军赵昶饯苏轼,轼作此词相赠。赴官途中却自称“倦客”,羡慕“真君”,逃官如小儿逃学,恋山水如恋好色,重朋辈如重悌友,此即坡仙的人格魅力所在。

定风波

王定国歌儿曰柔奴,姓宇文氏,眉目娟丽,善应对,家世住京师。定国南迁归,余问柔:“广南风土,应是不好?”柔对曰:“此心安处,便是吾乡。”因为缀词云[1]。

谁羡人间琢玉郎[2]。天应乞与点酥娘[3]。尽道清歌传皓齿[4]。风起。雪飞炎海变清凉[5]。　　万里归来颜愈少。微笑。笑时犹带岭梅香。试问岭南应不好。却道。此心安处是吾乡。

【注释】

〔1〕王定国:王素之子,名巩,字定国,有隽才,长于诗。因与苏轼交好,受乌台诗案牵连,被贬为广南宾州监税五年,于元丰七年(1084)还朝。缀:作。

〔2〕琢玉郎:言其姿容美如玉。

〔3〕点酥娘:言柔奴皮肤滑腻如凝酥。

〔4〕尽道:都说。

〔5〕“风起”二句:意为舞袖生风,使炎热变得清凉。

【点评】

底本词题为“南海归赠王定国侍人寓娘”,据毛本小序改。哲宗元祐元年(1086),苏轼年五十一,以七品服入侍延和殿,改赐银绯,寻除中书舍人,复迁翰林学士知制诰。是年春,作此词赠王定国侍儿柔奴,对其随遇而安的高尚情操予以极度赞美。上片对柔奴的色艺并及而重在对艺的渲染,"点酥娘",色也;"传皓齿",歌也;"风起","雪飞",舞也。下片写归来状况,从笑着笔却又遗貌写神,谓其"笑时犹带岭梅香",活活画出了柔奴"年愈少"的意态,也为其随遇而安的情操蓄势,这才结到了"此心安处是吾乡"。全词风格婉丽,跌宕有致。

如梦令

有寄〔1〕

为向东坡传语〔2〕。人在玉堂深处〔3〕。别后有谁来,雪压小桥无路〔4〕。　　归去。归去。江上一犁春雨〔5〕。

【注释】

〔1〕此首与下一首题作"寄黄州杨使君二首"。杨使君:指元丰六年五月代徐君猷知黄州的杨寀,字君素,蜀人,于苏轼为长辈,苏轼在黄期间,颇受杨寀关照。

〔2〕东坡:指苏轼在黄所居的东坡。此以东坡代指黄州父老。

〔3〕玉堂:翰林学士院称玉堂,见《梦溪笔谈》。时东坡在翰苑,故云。

〔4〕"雪压"句:与末句均为想象离开东坡后冬春之景。

〔5〕"归去"三句:据苏轼与杨君素书,杨君素离黄州任即至致仕之龄,故云"归去";而离黄时在春天,故云"春雨"。

【点评】

元祐元年(1086)八月下告、苏轼迁翰林学士知制诰,此词则写于是年九十月间旧守杨寀致仕归蜀时。人在翰苑心在东坡,知苏轼与黄州父老感情之深,亦知其常思归隐之情。

如梦令

手种堂前桃李〔1〕。无限绿阴青子。帘外百舌儿〔2〕,惊起五更春睡。居士〔3〕。居士。莫忘小桥流水。

【注释】

〔1〕“手种”句:苏轼曾于东坡筑雪堂,并在堂前亲植桃李数株,故云。

〔2〕百舌儿:百舌,鸟名。似伯劳而小,鸣声圆滑。

〔3〕居士:信佛而不出家曰居士。苏轼自称。

【点评】

与上阕写于同时。上阕既云“雪压小桥无路”,此阕复谓“莫忘小桥流水”,黄州成就了东坡,所以念念不忘。若再深究一步,此时事实的心态,乃“逃官如小儿逃学,畏朝廷如畏虎狼”,此二词未必不是此种心态的自然流露。底本、百家本、毛本词题作“春思”。

苏幕遮

咏选仙图〔1〕

暑笼晴,风解愠〔2〕。雨后余清,暗袭衣裾润。一局选仙逃暑困。笑指尊前、谁向青霄近[3]。　　整金盆,轮玉笋[4]。凤驾鸾车[5],谁敢争先进。重五休言升最紧。纵有碧油,到了输堂印[6]。

【注释】

〔1〕选仙图:古代掷骰子之游戏,彩选格的一种。

〔2〕风解愠:解除病苦。"南风之愠兮,可以解吾民之愠兮。"见《南风歌》。

〔3〕青霄:盖为选仙图的最高仙阶,如"碧油"、"堂印"等。

〔4〕"金盆"二句:金盆,赌骰子的盆。玉笋,喻女子之手如玉笋鲜嫩。

〔5〕凤驾鸾车:此处当指选仙图上近于胜利的格子。意为进了此格,即胜券在握,无人再能争先。

〔6〕重五、碧油、堂印:傅注:"重五、碧油、堂印,皆选仙彩名,若六博之枭、卢。""重五",掷骰子得两个五点。最紧,最接近目标。即使到了碧油,最后还输给了得堂印之人。即《陔余丛考》之所谓"首重绯四",谓掷得两个红色四点曰"堂印"。

【点评】

元祐二年(1087),苏轼年五十二,在翰苑。六月观选仙作此词,上片写暑困,下片写参与选仙者争胜状况。此为闲情词,文献价值胜于审美。

满庭芳

佳人[1]

香叆雕盘,寒生冰箸[2],画堂别是风光。主人情重,开宴出红妆。腻玉圆搓素颈[3]，藕丝嫩、新织仙裳[4]。歌声罢，虚檐转月[5]，余韵尚悠飏[6]。　　人间何处有，司空见惯，应谓寻常[7]。坐中有狂客[8]，恼乱愁肠。报道金钗坠也，十指露、春笋纤长[9]。亲曾见，全胜宋玉，想象赋高唐。

【注释】

〔1〕佳人：王诜的侍妾。历来认为"佳人"指名曰"啭春莺"的侍妾，非。

〔2〕"香叆（ài）"二句：香叆，香烟缭绕。雕盘，雕镂之盘。冰箸，屋檐下挂的冰柱。

〔3〕"腻玉"句：素颈如玉搓成，喻其白嫩莹洁。

〔4〕"藕丝"句：用藕丝色作的仙裳。李贺《天上谣》："粉霞红绶藕丝裙。"王琦汇解："粉霞，藕丝，皆当时彩色名。"

〔5〕虚檐：凌空的屋檐。转月：谓夜渐深。

〔6〕余韵：昔韩娥善歌，既去而"余音绕梁欐，三日不绝"。见《列子·汤问》。

〔7〕"司空"二句：用刘禹锡《赠李司空妓》"司空见惯浑闲事"典，后以指事之常见者。

〔8〕狂客：谓被舞女色艺迷得发狂的坐客。

〔9〕春笋：喻十指白嫩。

【点评】

底本无题，据《二妙集》、毛本补。元祐二年（1087）十二月，苏轼与其弟辙以及蔡天启、李端叔、黄鲁直、张文潜等十六人，会于王诜（晋卿）西园，李龙眠作《西园雅集图》。此词即写于此次雅集时，赠与王诜侍儿的，故题作"佳人"。上片化用他人诗词，写成一幅佳人歌舞图，明李攀龙在《新刻题评名贤词话草堂诗余》中说："种种风流情绪，且以当时诸公绮语织成一篇词曲，字字句句见之，真如佳人歌舞于目中。"实为的评。下片笔从反面飞来，既云“坐中有狂客”，复云“想象赋高唐”，以座客视听反衬佳人舞姿的美妙、歌声的迷人。

蝶恋花

佳人[1]

一颗樱桃樊素口[2]。不爱黄金，只爱人长久。学画鸦儿犹未就[3]，眉尖已作伤春皱[4]。　扑蝶西园随伴走。花落花开，渐解相思瘦。破镜重圆人在否[5]，章台折尽青青柳[6]。

【注释】

〔1〕题序：与上阕作于同时亦同咏佳人，附编于此。

〔2〕樊素：白居易有家妓樊素善歌，小蛮善舞。尝为诗曰：“樱桃樊素口，杨柳小蛮腰。”见唐孟棨《本事诗》。

〔3〕学画鸦儿：指刚学画时东涂西抹，喻其年轻。

〔4〕“眉尖”句：意为小小年纪即情窦初开。

〔5〕“破镜”句：陈太子舍人徐德言之妻才色冠绝，时陈政方乱，德言知不相保，乃破一镜，各执其半，为来日重逢之验。及陈亡，其妻果入杨素之家，宠嬖殊厚。德言流离至京，几经周旋，破镜重圆，乃题诗曰：“照（镜）与人俱去，照归人不归。无复姮娥影，空留明月辉。”杨素知此情后，即召德言，还其妻。见《本事诗》。

〔6〕“章台”句：韩翃出仕淄青数岁，寄诗于都下宠姬柳氏曰：“章台柳，章台柳，颜色青青今在否？纵使长条似旧垂，也应攀折他人手。”柳答曰：“杨柳枝，芳菲节，可恨年年赠离别。一叶随风忽报秋，纵使君来岂堪

折!”见宋尤袤《全唐诗话》。章台,长安街名,此代指长安。

【点评】

与上阕作于同时。此词专咏佳人,抒其与所欢感情龃龉之后的相思之苦,又连用破镜重圆与章台柳两典,含思婉转,哀艳动人。

哨 遍

春词

睡起画堂,银蒜押帘[1],珠幕云垂地[2]。初雨歇,洗出碧罗天[3],正溶溶养花天气[4]。一霎暖风回芳草[5],荣光浮动,卷皱银塘水[6]。方杏靥匀酥[7],花须吐绣,园林排比红翠。见乳燕捎蝶过繁枝,忽一线炉香逐游丝。昼永人闲,独立斜阳,晚来情味。　　便乘兴携将佳丽。深入芳菲里。拨胡琴语,轻拢慢捻总伶俐。看紧约罗裙,急趣檀板[8],霓裳入破惊鸿起[9]。颦月临眉,醉霞横脸[10],歌声悠扬云际。任满头红雨落花飞,渐鳷鹊楼西玉蟾低[11]。尚徘徊、未尽欢意。君看今古悠悠,浮宦人间世。这些百岁,光阴几日,三万六千而已。醉乡路稳不妨行,但人生、要适情耳。

【注释】

〔1〕银蒜:压帘之物,铸银为蒜形。

〔2〕珠幕:珠帘如幕。

〔3〕碧罗天:碧绿明净的天空。

〔4〕养花天:宋仲殊《花品序》:“越中牡丹开时……谓之养花天。”

〔5〕一霎:谓时间很短,顷刻之间。

〔6〕“荣光”二句:谓光泽的花木在微风中浮动,卷皱了一池春水。荣光。花木上的光泽。银塘,清澈明净的池塘。

〔7〕杏靥(yè)匀酥:如杏的娇脸,抹上一层化妆的油脂(酥)。靥,美人脸上酒窝,此代指面颊。

〔8〕急趣(cù):急急催促。檀板:拍板,用以击节。

〔9〕“霓裳”句:意为将《霓裳羽衣曲》已经唱到第三大段的第一遍了。霓裳,即《霓裳羽衣曲》。大曲每套都有十余遍,归入散序、中序、破三大段。入破,即为破这一段的第一遍。惊鸿,曹植《洛神赋》:“翩若惊鸿,婉若游龙。”

〔10〕“鞾月”二句:眉如细月,脸如醉霞。鞾月,阴历初三初四的月牙,喻眉之细。

〔11〕“鳷(zhī)鹊楼”句:指甘泉苑内鳷鹊观的观台,汉武帝造。见《三辅黄图》卷二。玉蟾,即月亮。此句谓月亮渐渐西下。

【点评】

元祐三年(1088),苏轼年五十二,在翰苑。二月作此词。与前“为米折腰”不同,此非檃括。以赋为词是柳永之绝诣,苏轼效之,亦十得七八,此词尤俏。上片写景。开首三句写春眠觉晓,珠帘未开,淡笔勾出一幅春睡初起图。“初雨”六句描出雨后景象,大笔渲染,青天、百卉、暖风、芳草既毕陈眼底,又为以下细描留足余地。“方杏靥”六句写园林花鸟飞蝶,忽又拈出“一线”句,细密之极。“昼永”三句收束上文,却又谓“晚来情味”,则自晓至晚之境,均于收束中回甘。下片写携妓游春,则听歌、观舞、又杂佳人的调弦舞姿、紧约罗裙、鞾月临眉、红雨落花于其间,真令人眼花缭乱,美不胜收。全词次第写来,笔致迂回反复,从早到晚,由景入情,或疏可卧牛,或密不容针,情采密丽,气质香婉。若与柳永《抛球乐》(晓来天气浓淡)对观,或能悟出师(柳)徒(苏)之间的传承与创新之意绪。然若结在“尚徘徊、未尽欢意”,则余音绕梁,三日不绝。惜坡仙逸笔难收,复添“君看”数句后俯仰人世,大煞风景,无怪乎获明人卓人月在其《古今词统》

中有“略萌故态”之讥。

浣溪沙

九月九日二首[1]

珠桧丝杉冷欲霜[2]。山城歌舞助凄凉[3]。且餐山色饮湖光[4]。　　共挽朱轓留半日[5]，强揉青蕊作重阳[6]。不知明日为谁黄。

【注释】

〔1〕元祐三年九月初七，龙图阁待制权知开封府钱勰因奏“狱空不实”知越州，罚铜二十斤，展三年磨勘。龙图阁待制，加官名，亦称贴职。磨勘，宋代考察官员之制度。元丰改制后，寄禄官经考核合格，每四年一迁转。展三年磨勘，是一种处罚制度，即论年限已到了寄禄官该迁转之时，却要延长三年才能迁转。时钱穆父已往越州任。下首同。

〔2〕珠桧丝杉：傅注：“桧柏叶端雪，炯然如珠。松杉叶条，纤细如丝。”此以桧杉喻钱勰高洁品性。

〔3〕山城：指越州治所会稽，即今绍兴市。

〔4〕“且餐”句：谓山秀可餐，湖清可饮。

〔5〕“朱轓(fān)”句：朱轓，贵者所乘之车。轓，车之有障蔽者，即车厢两旁以革或竹簟作的弧形板用以障泥者。看来并未留住，钱勰因被罚迅即出京。

〔6〕青蕊：青色花苞。

【点评】

元祐三年(1088)，苏轼在翰苑。钱勰因为官清正，抗直不阿，虽“宗室、贵戚为之敛手”，终“积为众所憾”，遭诬陷，于是年九月得罪被贬出知越州。公于重九作此词，隐含对钱勰的同情与赞扬。上片想象越州之景，以“珠桧丝杉”暗喻其高贵品质，以“餐山色饮湖光”劝其随遇而安。下片借写重阳而叹息贤人远去，结句达意，惜其远去而不可复留。全词含情婉转，吞吐有致。

浣溪沙

和前韵

霜鬓真堪插拒霜[1]。哀弦危柱作伊凉[2]。暂时流转为风光[3]。　　未遣清尊空北海[4]，莫因长笛赋山阳[5]。金钗玉腕泻鹅黄[6]。

【注释】

〔1〕拒霜：芙蓉的别名。

〔2〕哀弦：丝声哀。危柱：指琴。见《文选·谢灵运〈道路忆山中〉》“殷勤诉危柱”李善注。伊凉，指《伊州》、《凉州》，皆乐曲名。

〔3〕“暂时”句：意为暂时流动转徙，是为了将来更加风光。安慰语。

〔4〕“未遣”句：意为未能让你留住痛饮一场。未遣，未让。孔融曾任北海相，人称孔北海。孔融常叹曰：“坐上客常满，尊中酒不空，吾无忧矣。”见《后汉书·孔融传》。

〔5〕“莫因”句：向秀与嵇康友善，嵇被司马昭杀害，向秀经嵇康山阳旧居，闻邻人吹笛（嵇康于丝竹特妙），有感而作《思旧赋》。见向秀《思旧赋序》。

〔6〕鹅黄：酒的颜色，代指酒。

【点评】

与上首吞吐婉转不同，此首则直抒胸臆，谓钱勰去越州只是"暂时流转为风光"，劝其诗酒生涯，异地同乐，宜效北海(孔融)"座上客常满，尊中酒不空"，莫学向秀而闻笛感伤。此二首重阳词不见重阳，仅借重阳抒怀。

乌夜啼

寄远[1]

莫怪归心甚速[2]，西湖自有蛾眉[3]。若见故人须细说，白发倍当时。　　小郑非常强记[4]，二南依旧能诗[5]。更有鲈鱼堪切脍[6]，儿辈莫教知[7]。

【注释】

〔1〕元祐四年(1089)，苏轼年五十三，在翰苑。三月有帅杭之命，或时有自杭赴京者，东坡忆及"小郑"、"二南"，且自己将赴杭，寄以词达意。

〔2〕"莫怪"句：归心，谓归杭之心。苏轼厌于朝中党争，早已请出外任。

〔3〕蛾眉：谓美人。

〔4〕"小郑"句：郑述祖之父曾守光州，于城南小山起斋亭，刻石为记，时述祖年九岁。及为刺史，往寻旧迹，对之呜咽。时人歌曰："大郑公，小郑公，风教犹尚同。"见《北史・郑述祖传》。又，时京口有妓曰郑容，苏轼用郑述祖所记事以喻郑容。

〔5〕二南：杭妓有周韶，因《诗经・国风》中有《周南》与《召(shào)南》，韶、召音同，故谓周韶为"二南"。

〔6〕"更有"句：张翰见秋风起，乃思吴中菰菜、莼羹、鲈鱼脍，曰："人

生贵适志,何能羁宦数千里以要名爵乎?"遂命驾而归。见《晋书·张翰传》。脍,细切的鱼肉。

〔7〕"儿辈"句:因涉及小郑、二南等情事,故云。南朝宋刘义庆《世说新语·言语》:王右军曰:"年在桑榆,自然至此,正赖丝竹陶写,恒恐儿辈觉,损欣乐之趣。"

【点评】

元祐四年(1089)三月,始有帅杭之命,赴杭前,或有自京赴杭者,苏轼托其向杭州友人致欲速去杭之意,作此词,忆及"西湖蛾眉"、"小郑"、"二南"、"鲈鱼堪切脍"此乃"莫怪归心速"之义,堪慰"白发倍当时"。毋庸讳言,此为艳科词,然于艳词中亦隐含对党争之烈的厌恶与疲惫。

南歌子

八月十八日观潮和苏伯固二首〔1〕

海上乘槎侣〔2〕,仙人萼绿华〔3〕。飞升元不用丹砂〔4〕。住在潮头来处、渺天涯〔5〕。　　雷辊夫差国〔6〕,云翻海若家〔7〕。坐中安得弄琴牙。写取余声归向、《水仙》夸〔8〕。

【注释】

〔1〕观潮:杭州有八月十八日观潮之俗。苏坚字伯固,丹阳人,有诗名,苏轼守杭时,苏坚以临濮县主簿监杭州商税,主开西湖之议。

〔2〕乘槎(chá)侣:此喻指苏伯固为仙人之流的人物。乘槎,已详见前39页《鹊桥仙》(缑山仙子)注〔2〕。

〔3〕萼绿华:女仙,见南朝梁陶弘景《真诰》卷一。此喻指苏伯固

之妻。

〔4〕“飞升”句:丹砂,即道家所炼之丹。道家宣扬服丹始能飞升成仙。但萼绿华曰:“世人行嗜欲,我行介独;世人行庶务,我学恬淡;世人勤声利,我勤内行;世人得老死,我得长生。”见《太平广记》卷五十七。故云“元不用丹砂”。元,原来。

〔5〕潮头来处:指杭州。渺天涯:远在天边。

〔6〕雷辊(gǔn):喻潮声如雷声、车声。辊,车轮迅速转动。夫差国:杭州曾一度为吴王夫差领地,故云。

〔7〕海若:海神,即北海若。见《庄子·秋水》。

〔8〕“坐中”二句:意为怎能得到伯牙一类人物,就是将退潮的余声写成琴曲,也可以夸耀比原来的《水仙操》还要美妙动听。弄,弹奏。琴牙,指善弹琴的伯牙。伯牙学琴于成连,与成连俱至蓬莱山,援琴面海,顿悟妙旨,作《水仙操》。见《太平御览》引《乐府解题》。

【点评】

底本题无“和苏伯固二首”,据傅注本补。元祐四年(1089)三月,苏轼得帅杭之命,遂出京,七月三日到杭,八月十八日观潮,作此词和苏坚。上片赞赠主夫妇皆仙家一流人物,住在潮头来处,渺在天涯,自天上来杭观潮。下片写潮来时声若滚雷,翻江倒海,风起云涌。复用伯牙学琴于成连典,状潮去时水声如琴曲《水仙操》之妙。然多用僻典,反成典障。

南歌子

再和前韵

苒苒中秋过[1],萧萧两鬓华。寓身此世一尘沙[2]。笑看潮来潮去、了生涯[3]。　方士三山路[4],渔人一叶家[5]。早知身世两聱牙[6]。好伴骑鲸公子、赋雄夸[7]。

【注释】

〔1〕苒苒:匆匆。

〔2〕尘沙:喻其微小而多。佛以其众犹微尘,其数犹恒河沙数。

〔3〕生涯:人生。

〔4〕“方士”句:方术之士,乃神仙家流。三山,谓海上三神山蓬莱、方丈、瀛洲。

〔5〕一叶家:以一叶扁舟为家。

〔6〕身世:承上寓身此世。身,形体。世,尘世。聱牙:不合,不协调。

〔7〕“好伴”句:意为不如与李白结伴,作《大鹏赋》后骑鲸而死,还落得雄奇令后人夸奖的下场。骑鲸公子,指李白。此为误传,详见前211页《水龙吟》(古来云海茫茫)注〔10〕。赋,指李白《大鹏赋》。

【点评】

与上阕作于同时。全词寓苍凉于旷达之中,上片感慨年华易逝,不过是“寓身此世一尘沙”而已。“笑看”句或有寓意在,下片慕仙家与渔人,而自己反“身世两聱牙”,结在“骑鲸公子赋雄夸”,已是潮外观潮。苏轼本来就只是一个伟大的天才的文人,不是政治家,此时欲置身政治之外,但亦身不由己。

点绛唇

己巳重九和苏坚

我辈情钟[1],古来谁似龙山宴[2]。而今楚甸[3]。戏马余飞观[4]。　顾谓佳人,不觉秋强半。筝声远,鬓云吹乱。愁入参差雁[5]。

【注释】

〔1〕情钟:情之所聚。王衍丧幼子,山简吊之,衍悲不自胜。简曰:“孩抱中物,何至于此?”衍曰:“圣人忘情,最下不及于情。然则情之所钟,正在我辈。”见《世说新语·伤逝》。

〔2〕龙山宴:晋桓温九月九日曾宴龙山,有孟嘉帽落典。

〔3〕楚甸:指徐州。徐州古代为东楚。

〔4〕“戏马”句:意为当年的戏马台已不存,唯余楼观而已。飞观,高耸的宫阙。

〔5〕参差雁:筝柱斜列,参差如雁。

【点评】

元祐四年(1089)重九,苏轼在杭州,作此词和苏坚。苏坚词不存。咏重九用龙山宴典,乃惯常手法。何以身在杭州却感慨于楚甸(彭城),不解。下片由佳人弹筝而愁怀满纸,亦多不解。何以处逆境时的“不可救药的乐天派”(林语堂《苏东坡传》中语)苏轼,官途通达之后却变成了抑郁之士?来杭之前曾谓友人“莫怪归心速”(《乌夜啼》),来杭之后何以却是另一副面貌,唯一的解释就是朝政纷争填肠充肚耳。苏轼不是政治家,却与政治难解难分,此是宋代政治环境酿成的特殊的“苏轼现象”。

行香子

咏茶[1]

绮席才终。欢意犹浓。酒阑时、高兴无穷。共夸君赐[2],初拆臣封[3]。看分香饼[4],黄金缕[5],密云龙[6]。　　斗赢一水[7]，功敌千钟[8]。觉凉生、两腋清风[9]。暂留红袖，少却纱笼[10]。放笙歌散，庭馆静，略从容。

【注释】

〔1〕苏轼于元祐四年（1089）四月出都知杭州，宣仁高后遣内侍赐龙茶、银合，慰劳甚厚。七月到杭州任，八九月间作此词。

〔2〕君赐：指御赐龙茶。君，实则为宣仁高后。据杨大年《谈苑》载：贡茶共十品，龙茶为上品，仅供御用；次则凤茶，即使执政、亲王、长主等亦仅赐凤茶。但却赐苏轼龙茶，足见宠遇之厚。

〔3〕初拆臣封：臣初拆封之倒。封，御封。御茶分赐，御封犹在。

〔4〕香饼：即茶饼，宋代制茶时将茶压成饼形，沏时才碾碎。

〔5〕黄金缕：贡茶上所缕之金。

〔6〕密云龙：茶饼上为云龙之象，故名。

〔7〕斗赢一水：宋代有斗茶之俗，以一水两水较胜负。

〔8〕功敌千钟：茶能消酒，故云功敌千钟。钟，酒杯。

〔9〕"觉凉生"句：化用卢仝《走笔谢孟谏议寄新茶》："一碗喉吻润……七碗吃不得，唯觉两腋习习清风生。"

〔10〕红袖、纱笼：意谓只要红袖拂足矣，何用碧纱笼？用寇准与魏野游僧寺典，已详见前22页《行香子》（携手江村）注〔4〕。

【点评】

元祐四年（1089）八、九月间，以宣仁高后赐密云龙茶招待廖正一，作此词。从词史角度观之，苏轼要打破"诗庄词媚"的界限，竟然将君臣大义这样庄重的事情入词了；从词的内容观之，写尽了"初拆臣封"时的高兴心情。但他实在太天真了，天真得像个小孩。他是一个彻头彻尾的忠君主义者，尽管他是企图要将爱君、爱国与爱民统一起来的，这在那时当然只能是个幻想。宣仁高后对他的特殊恩遇，使他有点得意忘形，可谁知这正是更大的政治台风到来的前奏，更加重了后来哲宗对他进行政治打击的砝码。

临 江 仙

疾愈登望湖楼赠项长官[1]

多病休文都瘦损[2],不堪金带垂腰[3]。望湖楼上暗香飘[4]。和风春弄袖,明月夜闻箫。　　酒醒梦回清漏永,隐床无限更潮[5]。佳人不见董娇饶[6]。徘徊花上月,空度可怜宵[7]。

【注释】

〔1〕望湖楼:一名看经楼,乾德七年忠懿王钱氏建。项长官:未详。北宋淳安有进士多名项姓者,其中早于苏轼进士者,有天圣八年(1030)榜项宣、皇祐元年(1049)榜项随(见《浙江通志》),虽宦位不显,退休游于临近之杭州,为苏轼前辈,故敬称"长官"。如同苏轼《满庭芳》所提及"有王长官者,弃官三十三年,黄人谓之王先生"。

〔2〕"多病"句:沈约字休文,曾致函与徐勉曰:"百日数旬,革带常应移孔。"见《梁书·沈约传》。

〔3〕金带:金饰的腰带,官吏服饰之一,宋制,从三品以上服玉带,四品以上服金带。见《宋史·舆服志》。

〔4〕暗香:犹幽香。林逋《山园小梅》:"疏影横斜水清浅,暗香浮动月黄昏。"

〔5〕"酒醒"二句:谓醒后夜深,依靠在床上只听见连续不断的潮水声。隐床,依床。更,连续不断。

〔6〕"佳人"句:佳人,谓项长官。董娇饶,古代美人,北魏宋子侯有《董娇饶》诗。此指佐酒妓女。因项长官未与会,故曰"不见"。

〔7〕“徘徊”二句：出《太平广记》载南朝梁沈玄机《凤将雏衔娇曲》：“徘徊花上月，空度可怜宵。”

【点评】

元祐五年（1090），苏轼年五十五，在杭州任。正月，卧病弥月，二月病起，写此词赠项长官，抒其病后赏春之趣，景中见情，由昼而夜，铺排点染，“和风”联以诗入词，便见精警。结三句戏赠主。

浣溪沙

送梅庭老赴潞州学官[1]

门外东风雪洒裾[2]。山头回首望三吴[3]。不应弹铗为无鱼[4]。　　上党从来天下脊[5]，先生元是古之儒。时平不用鲁连书[6]。

【注释】

〔1〕梅庭老：未详。潞州：北周置，北宋改隆德府，属河东路，治所在今山西长治市。学官，主管州学的官。又，宋代亦称各级儒学教授、教谕为学官。

〔2〕裾（jū）：衣的前襟。

〔3〕三吴：泛指江浙一带。

〔4〕“弹铗”句：反用冯驩（huān）（一作谖）“食无鱼”见《史记·孟尝君列传》典，已详见前214页《满庭芳》（归去来兮）注〔3〕。

〔5〕上党：秦置上党郡，属并州。天下脊，因其地势很高，有如人的脊背。

〔6〕鲁连书：鲁仲连好为人画策，而不肯仕宦。齐田单攻聊城岁余

不下，鲁连乃为书射城中，燕将见书，泣三日乃自杀。见《史记·鲁仲连邹阳列传》。

【点评】

此词作于苏轼倅杭或守杭时，暂编元祐五年（1090）二月，赞梅庭老学问渊博，时誉甚高，鲁连典不惟典障，亦为典所用，乃其炫博之弊。

南 歌 子

杭州端午

山与歌眉敛〔1〕，波同醉眼流。游人都上十三楼〔2〕。不羡竹西歌吹、古扬州〔3〕。 菰黍连昌歜〔4〕，琼彝倒玉舟〔5〕。谁家水调唱歌头〔6〕。声绕碧山飞去、晚云留〔7〕。

【注释】

〔1〕“山与”句：群山与歌女的黛眉一样聚敛着秀色。东晋葛洪《西京杂记》：“文君姣好，眉色如望远山。”

〔2〕十三楼：十三间楼在石佛院，苏轼守杭日，常治事于此。

〔3〕竹西歌吹：竹西，亭名，在扬州。

〔4〕菰黍：即粽子。昌歜（chù）：即菖蒲，端午风俗食粽子饮菖蒲酒。

〔5〕琼彝：即琼杯，以玉做成的酒杯。玉舟：酒杯下的托子，形似舟。

〔6〕“水调”句：《水调》曲有散序、中序、入破三部分，歌头为第一章。

〔7〕晚云留：意谓“响遏行云”。

【点评】

底本题作“游赏”，据傅注本改。元祐五年（1090）端午作此词，写杭州端午宴游盛况，用事而不为事用，用典而不为典障，意到笔随，人在画中，声情并茂。

南歌子

湖景

古岸开青葑〔1〕，新渠走碧流。会看光满万家楼。记取他年扶病、入西州〔2〕。　　佳节连梅雨〔3〕，余生寄叶舟。只将菱角与鸡头〔4〕，更有月明千顷、一时留。

【注释】

〔1〕岸：谓西湖之岸。青葑（fèng）：菰草丛生，其根盘结曰葑。

〔2〕“记取”句：谢安雅志未就，遂遇疾笃，扶病入西州门。西州，古城名，晋时扬州刺史治所，在今江苏南京市。记取，记得，记住。

〔3〕梅雨：梅子熟时雨。

〔4〕菱角鸡头：菱角，果类植物，夏日开小白花。鸡头，即芡实，叶大而圆，夏日开花。皆湖中植物。

【点评】

元祐五年（1090）五月五日，申三省，起请开湖六条状，同时作此词。与上阕写端午景象不同，此阕想象开葑浚湖后情景，民胞物与之情满纸，又用谢安扶病入西州典，既申“鞠躬尽瘁，死而后已”之志，又隐喻对奸佞之徒的戒惧。

鹊桥仙

七夕和苏坚韵

乘槎归去[1]，成都何在，万里江沱汉漾[2]。与君各赋一篇诗，留织女、鸳鸯机上[3]。　　还将旧曲，重赓新韵[4]，须信吾侪天放[5]。人生何处不儿嬉，看乞巧、朱楼彩舫[6]。

【注释】

〔1〕乘槎：见前39页《鹊桥仙》（缑山仙子）注〔2〕。

〔2〕江沱汉漾：江沱，即长江，长江至四川中部曰沱江。汉，汉水。漾，汉水上源。

〔3〕“织女”句：宋之问《明河篇》：“鸳鸯机上疏萤度，乌鹊桥边一雁飞。”

〔4〕重赓：重继。赓，继。

〔5〕吾侪：吾辈。

〔6〕“乞巧”句：古人于七夕，常结朱楼、彩舫以乞巧。

【点评】

元祐五年（1090）七夕作此词和苏坚。七夕词却怀念故里，且留诗于“织女鸳鸯机上”，“看乞巧、朱楼彩舫”，构思奇巧，格调爽朗，若天汉间语，顿觉天风海雨逼人。“人生何处不儿嬉”，当有寓意在，复着以“看乞巧、朱楼彩舫”句，又轻轻收回。

减字木兰花

凭谁妙笔。横扫素缣三百尺[1]。天下应无。此是钱塘湖上图苏轼[2]。　　一般奇绝。云淡天高秋夜月。费尽丹青。只这些儿画不成仲殊。

【注释】

〔1〕素缣(jiān):用以绘画之白色丝织品。缣,薄绢。

〔2〕"此是"句:时元祐五年(1090)秋,刘泾赴处州,苏轼留饮于中和堂,僧仲殊亦参与此会。堂之屏有西湖图。

【点评】

底本无此阕,据《全宋词》补。此为联句词,究竟谁与谁联句,说法不一。一说苏轼与仲殊联句,见杨湜《古今词话》。一说刘泾与仲殊联句,见《复斋漫录》。经笔者在《东坡词编年笺证》增订本中考证,《古今词话》说是,上片为苏轼作,下片为仲殊作。上片潇洒,下片奇峭,各出天性。

点绛唇

庚午重九再用前韵[1]

不用悲秋,今年身健还高宴[2]。江村海甸[3]。总作空花观[4]。　　尚想横汾,兰菊纷相半。楼船远。白云飞乱[5]。空有年年雁[6]。

【注释】

〔1〕前韵:指《点绛唇·己巳重九和苏坚》阕。

〔2〕“不用”二句:反用杜甫《九日蓝田崔氏庄》“老去悲秋强自宽,兴来今日尽君欢”诗意。

〔3〕海甸:海畔。

〔4〕空花:傅注:“释氏以圆明达观,视世界如空中花。”

〔5〕“尚想”四句:汉武帝《秋风辞》:“秋风起兮白云飞,草木黄落兮雁南归。兰有秀兮菊有芳,携佳人兮不能忘。泛楼船兮济汾河,横中流兮扬素波。”

〔6〕“空有”句:李峤《汾阴行》末二句:“不见只今汾水上,唯有年年秋雁飞。”

【点评】

元祐五年(1090)重九,苏轼作此词和苏坚。上片反用老杜诗意,却结在“空中花”,置身悲欢之外。下片用汉武横汾典,却结在“空有年年雁”。全词在两次转折中,将豪迈与凄凉掺和一起,英雄末路,仙风道骨,全是苏轼式的自我解脱。

点绛唇

再和送钱公永[1]

莫唱阳关,风流公子方终宴[2]。秦山禹甸[3]。缥缈真奇观。　　北望平原,落日山衔半。孤帆远。我歌君乱[4]。一送西飞雁[5]。

【注释】

〔1〕钱公永：未详。孔凡礼《苏轼年谱》疑为钱勰之子。

〔2〕风流公子：指钱公永。

〔3〕秦山禹甸：指会稽，杭州为古会稽之地。秦山，会稽山，因秦始皇曾登临，故名。禹甸，会稽郡，禹崩处，故称。

〔4〕君：指钱公永。乱：重理一篇之意。古词赋多着"乱"词于末章。

〔5〕西飞雁：代指钱公永，但通观全词，钱公永当自杭州返越州，"北望平原"句可证，故疑"西"当为"南"之误。

【点评】

元祐五年(1090)重九，再和苏坚送钱公永作此词。"落日山衔半"，用李白《经乱离后天恩流夜郎忆旧游书怀赠江夏韦太守良宰》"窥日畏衔山"语。

好事近

湖上

湖上雨晴时，秋水半篙初没。朱槛俯窥寒鉴〔1〕，照衰颜华发。　　醉中吹堕白纶巾〔2〕，溪风漾流月。独棹小舟归去，任烟波飘兀〔3〕。

【注释】

〔1〕朱槛：红色栏杆。鉴：镜子，此指西湖。

〔2〕白纶(guān)巾：有青白织纹的巾。纶，青丝。巾，古人以巾裹头，后演变为一种帽子。

〔3〕飘兀：飘荡，摆动。

【点评】

元祐五年(1090)九月泛西湖,苏轼作此词,写西湖夜归,寒鉴窥人,溪风漾月,景逸情闲,纷呈纸上,格调清新,字句谐美。

南歌子

师唱谁家曲,宗风嗣阿谁〔1〕。借君拍板与门槌〔2〕。我也逢场作戏、莫相疑〔3〕。　　溪女方偷眼〔4〕,山僧莫眨眉。却愁弥勒下生迟〔5〕。不见老婆三五、少年时〔6〕。

【注释】

〔1〕“师唱”二句:傅注引《传灯录》:“僧问:‘师唱谁家曲,宗风嗣阿谁?’”《冷斋夜话》云:“东坡守钱塘,无日不在西湖。尝携妓谒大通禅师,大通愠形于色。东坡作长短句,令妓歌之。”师,指杭州净慈寺大通和尚。宗风,宗派之风,禅家分宗派,故云。嗣,师承,继承。曲,指和尚所念的经。

〔2〕拍板:和尚唱经时所执的板,用以按节拍。门槌:僧人谈法到紧要处用槌一击,称作“棒喝”,有惊醒世人之意。

〔3〕逢场作戏:佛家语。宋释道原《景德传灯录》卷六:“僧邓隐峰云:竿木随身,逢场作戏。”意为我也只是随便凑热闹而已。

〔4〕溪女:南北朝佚名《赤松子章历》卷三《却虫蝗鼠灾食苗章》有十二溪女的记载,则溪女亦为神女。此处借指苏轼带去的妓女。

〔5〕弥勒:弥勒佛,未来佛。《弥勒下生经》:“将来久远,弥勒出现,至真等正觉。”苏轼自比弥勒。

〔6〕“不见”句:五代王定保《唐摭(zhí)言》:“薛逢晚年厄于宦途,常策羸赴朝。值新进士缀行,而出团司所由辈,见逢斥令‘回避’。逢遣一介

曰：'报道莫乞相，阿婆三五少年时，也曾东涂西抹来。'"意为我当年中进士时也和你们一模一样。

【点评】

元祐五年（1090）秋冬之际，苏轼携妓见杭州净慈寺上坐禅师大通，此乃"玩笑大王"苏轼开的一个天大的玩笑，无怪乎大通禅师"愠形于色"，没有赶他出门就算给大面子了。但"玩笑大王"毕竟又精通道藏、佛典，看他顺手拈来，句句用佛道两家语，还说他所携妓女，本来也是神仙一流人物，他自己也是弥勒佛降世，只不过生得较晚，无缘一见大通禅师当年也曾"东涂西抹"而已。后人曾谓"大苏死去忙不彻，三教九流都扯拽"，岂止死去，活着不也是如此么！

蝶恋花

同安君生日放鱼，取《金光明经》救鱼事〔1〕。

泛泛东风初破五〔2〕。江柳微黄，万万千千缕。佳气郁葱来绣户。当年江上生奇女〔3〕。　　一盏寿觞谁与举。三个明珠，膝上王文度〔4〕。放尽穷鳞看圉圉〔5〕。天公为下曼陀雨〔6〕。

【注释】

〔1〕同安君：即苏轼续弦夫人同安郡君王闰之，字季章，卒于元祐八年八月。宋有封妻之制，同安郡君，即王闰之封号。《金光明经》：佛教经典之一。救鱼：即佛家放生。

〔2〕破五：正月初五日名破五，以前五日，禁妇女往来。言"初破五"，王闰之的生日当在正月初六七日。

〔3〕"江上"句：奇女，指王闰之。王为青神县人，县有导江、青衣江，

故云。

〔4〕“三个明珠”二句：明珠，喻子弟之佳。王文度，见前第1页《渔家傲》（一曲阳关情几许）注〔7〕。三个明珠，赞美苏轼子迈、迨、过。

〔5〕“放尽”句：穷鳞，遭困之鱼。圉（yǔ）圉，鱼离水后而刚入水，精力尚未恢复之状。

〔6〕“天公”句：意为放生感动了天公，曼陀罗花如雨般散下。曼陀罗，梵语的音译，意谓悦意花，在印度被视为神圣的植物，常栽种于寺院。

【点评】

元祐六年（1091），苏轼年五十六，在知杭州任。是年正月，苏轼续弦夫人王闰之（季章）生日，作此词为夫人祝寿。上片赞颂妻子出身高贵，下片写祝寿场面与放鱼。写放鱼用“圉圉”典，生动。柳永曾赋《送征衣》（过韶阳）与《永遇乐》（熏风解愠）两词为仁宗祝寿，开宋词写祝寿的先河；继其武者则苏轼，为妻子祝寿，至南宋则层出不穷。但此类词为题材所限，难于抒情，苏轼此词亦如此，未可强求。

南乡子

有感

冰雪透香肌。姑射仙人不似伊〔1〕。濯锦江头新样锦〔2〕，非宜。故着寻常淡薄衣〔3〕。　暖日下重帏。春睡香凝索起迟。曼倩风流缘底事〔4〕，当时。爱被西真唤作儿〔5〕。

【注释】

〔1〕“冰雪”二句：意为肤色如冰雪般白皙莹洁，姑射（yè）仙人的美

也超不过你。姑射仙人,详见前153页《少年游》(玉肌铅粉傲秋霜)注〔2〕。不似,不过,超不过。此喻指王闰之。

〔2〕濯锦江:即锦江,一说即浣花溪。

〔3〕"故着"句:张籍《倡女词》:"画罗金缕难相称,故着寻常淡薄衣。"

〔4〕曼倩(qiàn):东方朔字曼倩。此以东方朔自比。底事:何事。

〔5〕"爱被"句:西真,即西王母。西王母曾称东方朔为"我邻家小儿"(见《汉武内传》)。"儿"在唐、五代迄宋有特殊含义,即自称,或与"夫"合为"儿夫",为"夫婿"意。

【点评】

元祐六年(1091)正月,作前《蝶恋花》(泛泛东风初破五)为其夫人祝寿,此词亦为王闰之而作,作年莫考,姑次于此。全词活脱脱一幅美人春睡图,不假铅华,芳姿自见。却结在曼倩风流,若从对面飞来,绮霞满天。此词与《江神子》(十年生死两茫茫)可谓苏轼爱情词中的双璧,然内容、风格、情调、艺术效果又迥异。彼则悼亡,此则输心;彼则婉约,此则柔媚;彼则清切,此则明秀;彼则哀感顽艳,此则欢抃士女。然两两相较,此终莫若彼之震撼情旌,何耶?昌黎《荆潭唱和诗序》云:"和平之音淡薄,而愁思之声要妙;欢愉之辞难工,而穷苦之言易好",当如此。

浣 溪 沙

雪颔霜髯不自惊。更将剪彩发春荣〔1〕。羞颜未醉已先赪〔2〕。　莫唱黄鸡并白发〔3〕,且呼张丈唤殷兄〔4〕。有人归去欲卿卿〔5〕。

【注释】

〔1〕剪彩:正月七日为人日,剪彩为人,戴于头鬓,又造华胜相赠送,

登高赋诗。见南朝梁宗懔《荆楚岁时记》。

〔2〕“羞颜”句：苏轼《吉祥寺赏牡丹》有句曰：“人老簪花不自羞，花应羞上老人头。”赪（chēng），赤色。

〔3〕黄鸡白发：意为日月催人老，详见前162页《浣溪沙》（山下兰芽短浸溪）注〔4〕。此反其意，故云“莫唱”。

〔4〕张丈殷兄：与上句意同，谓老了还要学作少年。典出白居易《岁日家宴戏示弟侄等兼呈张侍御二十八丈殷判官二十三兄》“犹有夸张少年处，笑呼张丈唤殷兄”。

〔5〕卿卿：南朝宋刘义庆《世说新语·惑溺》：“王安丰妇常卿安丰，安丰曰：‘妇人卿婿，于礼为不敬，后勿复尔。’妇曰：‘亲卿，爱卿，是以卿卿。我不卿卿，谁当卿卿。’”

【点评】

元祐六年（1091）正月十五日与友人聚会于佛寺，作此词寄袁公济，抒发老当益壮的豪情，袁公济未与会，故结句戏之。袁公济，名毂，四明人，时为杭州通判。

浣 溪 沙

和前韵

料峭东风翠幕惊。云何不饮对公荣〔1〕。水晶盘莹玉鳞赪〔2〕。　　花影莫孪三夜月〔3〕，朱颜未称五年兄〔4〕。翰林子墨主人卿〔5〕。

【注释】

〔1〕“云何”句：意为你（袁公济）为什么不来与会呢？你若来了，不

和我饮酒也没有关系呀！典出《晋书·王戎传》:“戎尝与阮籍饮,时兖州刺史刘昶在坐,籍以酒少,酌不及昶,昶无恨色。戎异之。他日问籍曰:‘彼何人也?’答曰:‘胜公荣,不可不与饮;若减公荣,则不敢不共饮,惟公荣可不与饮。’”刘昶字公荣,善饮。此以公荣自喻。

〔2〕玉鳞:鱼鳞的美称。此借指鱼。

〔3〕三夜月:元宵三夕,即十三至十五夜。

〔4〕五年兄:《礼记·曲礼》:“年长以倍,则父事之;十年以长,则兄事之;五年以长,则肩随之。”此句仍谓袁公济,嫌其未与会。

〔5〕“翰林子墨”句:扬雄《长杨赋序》:“聊因笔墨之成文章,故藉翰林以为主人。子墨为客卿以风。”翰林,苏轼自谓。子墨,虚构的人物,指未与会的袁公济。

【点评】

与上阕同为寄袁公济之作,盖因袁未与会,故句句戏之,然此乃学问词,多用典,有“掉书袋”之嫌。

玉楼春

元宵似是欢游好[1]。何况公庭民讼少。万家游赏上春台,十里神仙迷海岛[2]。　　平原不似高阳傲[3]。促席雍容陪语笑。坐中有客最多情,不惜玉山拚醉倒[4]。

【注释】

〔1〕似是:自是。

〔2〕“十里”句:意为十里长堤西湖之滨,比仙岛还要迷人。海岛,谓海上三神山。

〔3〕“平原”句:平原,谓平原君赵胜,喜宾客。见《史记·平原君虞卿列传》。高阳,郦食其(yì jī),自称“高阳酒徒”。见《史记·郦生陆贾

列传》。

〔4〕玉山：嵇康喜饮，风姿秀异。山涛说“其醉也，傀俄若玉山之将崩”。见《世说新语·容止》。

【点评】

元祐六年（1091）上元日作此词。上片写与民同欢，下片写同僚醉乐。以诗为词，在此调中体现得最为明显，除第三联非对偶外，颇类一首仄体律诗。世言律诗，必谓平落。其实在律诗形成过程中，唐、宋诸贤有一个探讨过程，乃至于宋，尚有人专作仄体律诗者。

西江月

送钱待制穆父〔1〕

莫叹平原落落〔2〕，且应去鲁迟迟〔3〕。与君各记少年时，须信人生如寄〔4〕。　　白发千茎相送，深杯百罚休辞〔5〕。拍浮何用酒为池〔6〕。我已为君德醉〔7〕。

【注释】

〔1〕钱待制穆父：钱勰字穆父，已详见前231页《浣溪沙》（珠桧丝杉冷欲霜）注〔1〕及“点评”。元祐五年（1090）冬十月知越州钱勰移知瀛州，六年辛未（1091）正月始离任经杭州。

〔2〕“莫叹”句：此句意谓莫因离开越州移任瀛州而落落寡欢。瀛州乃平原地区（宋属河间府），故云。“原”，底本与傅注本均作“原”，元本作“齐”。

〔3〕“且应”句：去鲁迟迟，《孟子·万章下》：“（孔子）去鲁，曰：‘迟迟吾行也，去父母国之道也。’”杭州，钱氏故越地，钱勰父母之国，故用此

典。此挽留钱勰,邀其在杭州逗留些时日。此句用经典,与上句用史典,相映成趣。

〔4〕人生如寄:曹丕《善哉行》:“人生如寄,多忧何为。”

〔5〕“白发”二句:杜甫《乐游园歌》:“数茎白发那抛得,百罚深杯亦不辞。”

〔6〕“拍浮”句:毕卓尝对人说“右手持酒杯,左手持蟹螯,拍浮酒船中,便了一生足矣”。见《晋书·毕卓传》。拍浮,游泳,后因以“拍浮”为娱情之典。

〔7〕德醉:《诗经·大雅·既醉》:“既醉以酒,既饱以德。君子万年,介尔景福。”

【点评】

底本无题,据傅注本、《二妙集》补。元祐六年(1091)正月,钱勰离越州任经杭州赴瀛州,苏轼作此词饯行,劝慰钱勰莫以“为众所憾(怨恨)”为意,并对其品德予以高度赞颂。

浣溪沙

送叶淳老[1]

阳羡姑苏已买田[2]。相逢谁信是前缘[3]。莫教便唱水如天[4]。　　我作洞霄君作守[5],白头相对故依然。西湖知有几同年[6]。

【注释】

〔1〕叶淳老:叶温叟,字淳老。宋李焘《续资治通鉴长编》卷四五四载:元祐六年正月十八日,“左朝请大夫两浙路转运副使叶温叟为主客郎

中”。元丰改制后，左朝请大夫为阶官，主客郎中为差遣亦即职事官，属礼部，据此，知其回朝为官。

〔2〕“阳羡”句：苏轼已在阳羡（今江苏宜兴）、姑苏（苏州）买田作退隐准备。

〔3〕“相逢”句：佛家以为缘分前定，此反其意，谓能相逢就是缘分，而与前缘无关。

〔4〕“莫教”句：唐赵嘏《江楼感旧》：“独上江楼思渺然，月光如水水如天。同来望月人何处，风景依稀似去年。”此亦反其意，谓莫要伤别念远，总还有再会的时候。

〔5〕“我作”句：洞霄，洞霄宫在余杭县南，为道家七十福地之一。宋代提举宫观之官专为尊老之用。此句意为我欲作提举洞霄宫之官，你来做太守，咱们还能日夜厮守，岂不更好？

〔6〕同年：同年登进士第者曰同年。苏轼与叶淳老于嘉祐二年同登章衡榜进士。

【点评】

底本无此阕，据元本补。元祐六年（1091）二月作此词，送同年叶淳老还朝，抒惜别之情，反用“相逢”典，见其情深；又反用“莫教”典，见其达观，下片为设想之辞，愈见其难舍难分。

西江月

宝云真觉院赏瑞香三首[1]

公子眼花乱发[2]，老夫鼻观先通[3]。领巾飘下瑞香风。惊起谪仙春梦[4]。　　后土祠中玉蕊[5]，蓬莱殿后鞓红[6]。此花清绝更纤秾。把酒何人心动。

【注释】

〔1〕宝云:即宝云寺,在杭州宝云山下。真觉院:在宝云寺内。瑞香:早春开花,香味浓郁,四季常绿,人以为祥瑞。原分布于长江流域以南。三首:包括后面的两首。

〔2〕"公子"句:戏曹辅因为眼花而将瑞香错认为紫丁香了(详见后"怪此花枝怨泣"傅注)。公子指曹辅(子方)。时曹辅自闽归,过钱塘。

〔3〕"老夫"句:我却早已闻到是瑞香了。鼻观,谓嗅觉,佛家六识之一曰鼻观。从修辞角度来说,与"红杏枝头春意闹"同,为"通感"修辞法,即使视、听、触、味、嗅五种感觉相通,造成奇妙精警的艺术效果。

〔4〕"领巾"二句:唐玄宗与亲王弈棋,杨贵妃立于侧,领巾飘贺怀智身上,觉满身香气。玄宗曰,此乃瑞龙脑香。见宋乐史《杨太真外传》。又,唐玄宗与杨贵妃于沉香亭赏花,召李白作歌,白"宿酲未解(夜酒未醒)",作《清平乐》三章进呈。玄宗欲大用李白,终因高力士煽动杨贵妃进谗言而止。见乐史《李翰林别集序》。

〔5〕"后土"句:傅注:"扬州后土夫人祠有琼花一本,天下所无。"

〔6〕"蓬莱"句:蓬莱殿,在洛阳,洛阳以产牡丹出名。鞓红,"单叶青红花,出青州……其色类腰带鞓,故谓之鞓红。"见宋欧阳脩《洛阳牡丹记》。

【点评】

底本词题为"真觉赏瑞香二首",据傅注本改。元祐六年(1091)辛未二月二十八日,奉旨赴京,离杭前,三月初,同曹辅于龙山真觉院赏瑞香花,作诗,并作此词,戏曹辅少见多怪,谓此花曾从贵妃领巾上飘下,惊起李白春梦,是扬州后土祠、洛阳蓬莱殿的贵种,但多僻典,遂成典障。

曹辅,字子方,泰州海陵人,元祐三年(1088)自太仆丞为福建路转运判官,七年(1092)为尚书职方员外郎。与苏轼及苏门四学士多有交游。

西 江 月

坐客见和，复次韵[1]

小院朱阑几曲，重城画鼓三通[2]。更看微月转光风[3]。归去香云入梦。　　翠袖争浮大白[4]，皂罗半插斜红[5]。灯花零落酒花秾。妙语一时飞动。

【注释】

〔1〕坐客：未详。

〔2〕“重城”句：重城，城墙。画鼓三通，三叠鼓声。古时以钟鼓报时，一夜五鼓，三鼓则正当半夜。

〔3〕光风：月光照耀下的和风。

〔4〕“翠袖”句：翠袖，指佐酒的妓女。大白，大酒杯。浮，罚酒。

〔5〕皂罗：即皂罗特髻，宋时妇人一种发式。

【点评】

与前阕作于同时。上片写夜色朦胧，瑞香入梦。下片倒转笔头，回味佳人醉酒，髻插斜红，席间笑语，夜阑不寐。

西 江 月

再用前韵，戏曹子方

怪此花枝怨泣，托君诗句名通。凭将草木记吴风。继取相如云梦[1]。　　点笔袖沾醉墨，谤花面有惭红。知君却是为情秾。怕见此花撩动。

【注释】

〔1〕“凭将”二句：你像司马相如错记地名一样，将花名记错了。司马相如《上林赋》咏长安则曰“卢橘夏熟”，左思《三都赋序》指其错：“然相如赋《上林》，而引‘卢橘夏熟’……考其果木，则生非其壤。”苏轼以此戏曹子方，然苏轼亦误记长安为云梦。云梦为司马相如《子虚赋》中所咏。

【点评】

傅注本题作“真觉府瑞香一本，曹子方不知，以为紫丁香，戏用前韵”。“府”，应为“院”字之误。与上两阕作于同时。此首戏曹子方错认花名，骋才使博而已。然亦误记《上林》为《子虚》。

玉 楼 春

次马中玉韵[1]

知君仙骨无寒暑[2]。千载相逢犹旦暮[3]。故将别语恼佳人[4],要看梨花枝上雨[5]。　　落花已逐回风去。花本无心莺自诉。明朝归路下塘西[6],不见莺啼花落处。

【注释】

〔1〕马中玉:马瑊(jiān),字中玉。马中玉原词云:"来时吴会犹残暑,去日武林春已暮。欲知遗爱感人深,洒泪多于江上雨。　　欢情未举眉先聚,别酒多斟君莫诉。从今宁忍看西湖,抬眼尽成肠断处。"

〔2〕"知君"句:傅注:"得仙道者,深冬不寒,盛夏不热。"

〔3〕"千载"句:仙家旦暮间则世俗已千年,故云。

〔4〕"故将"句:此句乃因马瑊原词中"欲知遗爱感人深,洒泪多于江上雨"两句而发,意为你故意将别语说出逗得佳人流泪,并非我有什么遗爱。佳人,指佐酒之妓女

〔5〕梨花雨:喻美人之泪。白居易《长恨歌》:"玉容寂寞泪阑干,梨花一枝春带雨。"

〔6〕塘西:钱塘之西。

【点评】

元祐六年(1091)二月二十八日,苏轼以翰林承旨召还,马瑊席间作词为苏轼饯行,苏轼次其韵作此词。上片写惜别之情,首二句说马瑊有仙风道骨,接谓"千载旦暮",见其情深。抒其惜别之情,平心而论,反不如马瑊原唱。

虞美人

送浙宪马中玉[1]

归心正似三春草[2]。试着莱衣小[3]。橘怀几日向翁开[4]。怀祖已瞋文度、不归来[5]。　　禅心已断人间爱[6]。只有平交在[7]。笑论瓜葛一枰同[8]。看取灵光新赋、有家风[9]。

【注释】

〔1〕宪:宪台,后汉御史府为宪台,宋于各路设提点刑狱司。元祐五年八月,马瑊自提点淮南西路刑狱改两浙路提刑。苏轼尚未行,马瑊先回家宁亲,苏轼作此词送行。

〔2〕三春草:以三春草喻子思母之心。孟郊《游子吟》:"谁言寸草心,报得三春晖。"

〔3〕莱衣:老莱子奉亲至孝,年七十,常着五色斑斓衣娱亲。见晋皇甫谧《高士传》。

〔4〕"橘怀"句:陆绩六岁,见袁术,术出橘招待,绩还,怀三枚归孝其母。见《三国志·吴书·陆绩传》。

〔5〕"怀祖"句:见前第1页《渔家傲》(一曲阳关情几许)注〔7〕。

〔6〕"禅心"句:《法镜经》:"凡夫贪着六尘,不知厌足。今圣人断除贪爱,除六情饥馑也。"

〔7〕平交:平昔之交情。

〔8〕"瓜葛"句:王导与其子王悦弈棋争道,导笑曰:"相与有瓜葛,那得为尔耶?"见《晋书·王导传》。瓜葛藤蔓相绕缠,喻人之关系密切。枰,

棋盘。

〔9〕灵光新赋：傅注谓："后汉王逸工词赋，尝欲作《鲁灵光殿赋》，命其子延寿往录其状。延寿因韵之以简其文，父曰：'吾无以加。'遂不复作。"

【点评】

底本题作"述怀"，据傅注本改。元祐六年(1091)三月，马瑊先回家宁亲，苏轼作此词送行，上片写马瑊归心似箭与其父思子之切，下片写到家后父子共弈之和乐，将马瑊父子亲情活脱纸上，结句赞其父子能文。然弊在用典生僻。

八声甘州

寄参寥子〔1〕

有情风、万里卷潮来，无情送潮归〔2〕。问钱塘江上，西兴浦口〔3〕，几度斜晖。不用思量今古，俯仰昔人非〔4〕。谁似东坡老，白首忘机〔5〕。　记取西湖西畔，正暮山好处，空翠烟霏。算诗人相得，如我与君稀。约他年东还海道，愿谢公、雅志莫相违。西州路，不应回首，为我沾衣〔6〕。

【注释】

〔1〕傅注本题下有"时在巽亭"四字。参寥子：僧道潜，字参寥，能文章，尤喜为诗。苏轼在徐州，专访之。后谪黄州，不远两千里，相从于黄，留期年。遇移汝州，同游庐山。坡南迁，参寥欲跨海访之。两人交谊可知。

〔2〕“有情风”二句：钱塘潮名天下，故云。风之“有情”“无情”，盖有寓意。

〔3〕西兴：即萧山，吴越时改为西兴，见宋施宿《会稽志》。傅注：“钱塘、西兴，并吴中之绝景。”

〔4〕“俯仰”句：意为俯仰之间，昔人已成历史陈迹。俯仰，低头抬头，喻时间之快。

〔5〕忘机：泯除心机。谓清净淡泊。

〔6〕“约他年”五句：谢安虽受朝廷重用，终不忘归东海隐居。但“雅志未就，遂遇疾笃”。知名士羊昙，为安所爱重。安去世后，羊昙行不由西州路。一次大醉，不觉至西州门，恸哭而去。见《晋书·谢安传》。此处反用其意，故云“莫相违”，“不应回首，为我沾衣”。

【点评】

元祐六年(1091)三月八日寒食，苏轼离杭赴阙，三月六日至智果精舍别参寥子，作此词。此乃坡词中名篇，却脱口而出，徐徐道来，天然浑成，一尘不染，如出水芙蓉，又感慨万千，俯仰今古，诗情画意，全在其中。开首两句，“有情”、“无情”、“潮来”、“潮去”，郑文焯谓其“突兀雪山，卷地而来，真似钱塘江上看潮时”，乃仅从字面观之，俞陛云技高一筹，谓“起笔破空而下，潮来潮去，有情而实无情，千古之循环兴废，大抵如斯”，若与结句“不应回首，为我沾衣”合观，或有寓意。“问钱塘”三句，大类倚天长叹，感慨光阴似箭，有“弃我去者昨日之日不可留”之思，复又勒缰反顾，俯仰今古，转出“白首忘机”之高情。下片亦如上片之曲折有致，“记取”三句借美景抒惜别之情，着以“空”字，则怅惘何堪？“算诗人”二句，以“相得”二字，为二人终生的友情作结，胜千万言亦言不尽。故始有以下愿效谢安东还海道之约，又说莫效羊昙西州之哭，安慰参寥子以自我安慰。若论全词风韵，清俊旷达之中又复感叹深沉，所谓“骨清神寒”，正与此一时期的心态合。

此词苏轼有意学柳，但却学中有变。苏词完全是抒情化的，虽也夹杂着叙事，而这种叙事却是跳跃的、淡化的、模糊的。柳词却上景下情，大开大阖，气势磅礴，深情绵邈而又不落纤巧。上片写景，有气吞万里之势，起二句写江天雨后澄明如洗，不事涂抹而俊爽之气在骨；“渐霜风”三句有提笔四顾之概，写疾风日斜之境，又步步紧逼，如江天闻笛，古戍吹笳，凄寥之气沁人。“是处红衰翠减”四句复叹近景凋零，触目伤怀，江水东流，一如人只叹息。下片抒情，在故事化中抒情的，而这种叙事却是连续的、故事化的。故两两相较，一抒夫妻之情，一抒朋友之情。柳词感人甚深而未免凄楚，苏词感人亦深却抑扬有度。

西江月

杭州交代林子中席上作〔1〕

昨夜扁舟京口〔2〕，今朝马首长安〔3〕。旧官何物与新官〔4〕。只有湖山公案〔5〕。　此景百年几变，个中下语千难〔6〕。使君才气卷波澜〔7〕。与把新诗判断〔8〕。

【注释】

〔1〕林子中：名希，福州人。绍圣年间，林希依附新党，参与议逐苏轼等，士论薄之。时林希由润州移知杭州，苏轼以礼部尚书翰林学士承旨召还。苏轼离杭，林来代。交代，新旧官移交。

〔2〕京口：故址即今镇江市，宋时为润州地域。林希自润来杭，故云。

〔3〕长安：谓宋都汴京。苏轼自杭回朝，故云。

〔4〕旧官新官：旧官苏轼自谓。新官，指林希。

〔5〕湖山公案：苏轼倅杭日作诗，后下狱，令供诗帐。此言湖山公案，亦谓诗。禅家以言语为公案。

〔6〕个中：其中。下语：禅家有下语之说，意为评说。

〔7〕使君:谓林希。

〔8〕“与把”句:意为凭林希将来写杭州美景的诗就可判断其才气。

【点评】

底本题作“送别”,据《二妙集》、毛本改。元祐六年(1091)三月八日寒食去杭州赴阙,与林子中交代席上作此词,应景而已,吞吐之间,或感慨乌台诗案旧事,或对林子中有戒心焉。苏轼自言心中无坏人,然如林子中,能无戒意吗?

减字木兰花

送别

天台旧路。应恨刘郎来又去〔1〕。别酒频倾。忍听《阳关》第四声〔2〕。　刘郎未老。怀恋仙乡重得到。只恐因循。不见如今劝酒人。

【注释】

〔1〕“天台”二句:刘晨、阮肇入天台山遇仙女,半年后归。此以刘郎自比,谓来去匆匆。

〔2〕《阳关》第四声:指“劝君更尽一杯酒”句。《苏轼文集》卷六七《记阳关第四声》:“旧传阳关三叠,然今歌者,每句再叠而已,通一首言之,又是四叠。皆非是……及在黄州,偶读乐天《对酒》诗云:‘相逢且莫推辞醉,听唱阳关第四声。’注云:第四声‘劝君更尽一杯酒’。以此验之,若第一句叠,则此句为第五声矣,今为第四声,则第一不叠审矣。”

【点评】

元祐六年(1091)三月初奉召还京时别宴席上所作。词用刘晨、阮肇典，抒其惜别又欲重来的心情。

定 风 波

余昔与张子野、刘孝叔、李公择、陈令举、杨元素会于吴兴。时子野作六客词，其卒章云："尽道贤人聚吴分。试问。也应旁有老人星。"凡十五年，再过吴兴，而五人者皆已亡矣。时张仲谋与曹子方、刘景文、苏伯固、张秉道为坐客，仲谋请作后六客词〔1〕。

月满苕溪照夜堂〔2〕。五星一老斗光芒〔3〕。十五年间真梦里〔4〕。何事？长庚对月独凄凉〔5〕。 绿鬓苍颜同一醉。还是。六人吟笑水云乡。宾主谈锋谁得似？看取。曹刘今对两苏张。

【注释】

〔1〕张子野：见前16页《江神子》（凤凰山下雨初晴）注〔1〕。刘孝叔：刘述，字孝叔，湖州人。李公择：李常，字公择。陈令举：见前39页《鹊桥仙》（缑山仙子）注〔1〕。杨元素：见前32页《菩萨蛮》（玉童西迓浮丘伯）注〔1〕。张仲谋：名询，徐君猷妻舅。元祐中知湖州，为后六客之集的东道主。曹子方：见前256页《西江月》（怪此花枝怨泣）"点评"。刘景文：名季孙，开封祥符人。苏伯固：见前234页《南歌子》（海上乘槎侣）注〔1〕。张秉道：名弼，杭人，苏轼屡称"髯张"者。

〔2〕苕溪：浙江北部水系，流经湖州。

〔3〕五星一老：一老指张先，五星，指其他五客。斗，比赛。

〔4〕"十五年"句：前六客词为熙宁七年（1074）张子野所作，而李常、

孙觉卒于元祐五年(1090)二月,而此词乃元祐六年(1091)三月离杭还朝经湖州时作。其间相隔十五年。

〔5〕"长庚"句:即金星,亦名太白星。前六客词是"五星一老斗光芒",后六客词唯长庚对月,其他五人已亡,故云"独凄凉"。

【点评】

元祐六年(1091)三月,公离杭州任赴京过湖州,后六客会于湖州,轼作此词。上片回忆前六客之会,下片述后六客之会,忆昔抚今,全用赋笔,在对比叙述中见其情深,笔墨简洁,格调苍凉。

临江仙

辛未离杭至润别张弼秉道[1]

我劝髯张归去好[2],从来自己忘情[3]。尘心消尽道心平[4]。江南与塞北,何处不堪行。　　俎豆庚桑真过矣[5],凭君说与南荣[6]。愿闻吴越报丰登。君王如有问,结袜赖王生[7]。

【注释】

〔1〕张弼秉道:见前一首《定风波》(月满苕溪照夜堂)阕题解。张时守湖州,送东坡至润州乃别。

〔2〕髯张:指张弼。

〔3〕忘情:感情不受牵连。

〔4〕"尘心"句:尘心,尘凡之心。道心,悟道之心。

〔5〕"俎(zǔ)豆"句:庚桑楚隐居畏垒山而其地年丰民富,人敬之若神,庚桑楚不悦。见《庄子·庚桑楚》。俎豆庚桑,祭祀庚桑。轼在杭惠民

有政声，民为立生祠，祭之若神，故云“过矣”，意为太过分了。

〔6〕南荣：即南荣趎（chú），庚桑楚的弟子，见《庄子·庚桑楚》，此处指杭州百姓。

〔7〕“君王”二句：有老人王生要张释之为他结袜，释之跪而结之。人问其故，王生曰：“吾老且贱，自度终无益于张廷尉（即张释之）。张廷尉方今天下名臣，吾故聊辱廷尉，使跪结袜，欲以重之。”人闻之，贤王生而重释之。见《史记·张释之冯唐列传》。

【点评】

元祐六年（1091）三月离杭州，四月抵润州，别张弼作此词。上片委屈致意，以自己的忘情劝张弼归去，莫替自己担心；下片愿张弼向杭州人致意，莫要为自己修生祠，免得惹祸，但愿杭州人如“结袜”王生一样，以吴越丰登报君王之问则足矣。观此词，知苏轼虽被召回朝，却如惊弓之鸟，战战兢兢、如履薄冰的心态毕现。所以用僻典，也是这种心态的折射。

临江仙

夜到扬州席上作〔1〕

尊酒何人怀李白〔2〕，草堂遥指江东〔3〕。珠帘十里卷香风〔4〕。花开又花谢，离恨几千重。　轻舸渡江连夜到，一时惊笑衰容。语音犹自带吴侬〔5〕。夜阑对酒处，依旧梦魂中。

【注释】

〔1〕苏轼回朝，四月过扬州，知州王存饯之，苏轼于席间作此词。王存，字正仲，润州丹阳人。

〔2〕“尊酒”句：用杜甫《天末怀李白》“何时一尊酒，重与细论文”句意。此以李白喻指王存。

〔3〕“草堂”句：杜甫成都草堂，此为公自喻。李白曾放浪江东。

〔4〕“珠帘”句：形容扬州当时繁华似锦。杜牧《赠别二首》其一：“春风十里扬州路，卷上珠帘总不如。”

〔5〕吴侬：吴地人自称曰“吾侬”，称人曰“渠侬”、问人曰“谁侬”。吴，泛指江浙一带。王存为润州丹阳人，故云。

【点评】

底本无题，据傅注本、元本补。元祐六年（1091）四月过扬州，知州王存饯苏轼，轼席间作此词。上片以杜甫自比，以李白比王存，身未到而心已至，见其相见之切，久别之恨。下片叙相见之欢，既谓“惊笑衰容”，复谓“依旧梦魂中”，正是“只有梦中能相逢，犹恐相逢是梦中”之意境。语言平白如话，不事雕饰，却深情自见。

减字木兰花

送赵令晦之〔1〕

春光亭下〔2〕。流水如今何在也〔3〕。岁月如梭。白首相看拟奈何。　　故人重见。世事年来千万变。官况阑珊〔4〕。惭愧青松守岁寒〔5〕。

【注释】

〔1〕赵晦之：名昶。详见前74页《减字木兰花》（贤哉令尹）注〔1〕。元祐六年（1091），苏轼自杭还朝四月过高邮，时赵昶知高邮军，饯苏轼，苏轼作此词相赠。

〔2〕春光亭下:亭下春光。谓于春日送友人于亭舍。

〔3〕"流水"句:感时光易逝。杜牧《题安州浮云寺楼寄湖州张郎中》:"当时楼下水,今日到何处?"

〔4〕阑珊:暗淡,零落。赵曾被罢官,又因与苏轼游而远贬藤州,故云。

〔5〕"青松"句:此处以"青松守岁寒"喻赠主的节操,与时令无关。惭愧,感幸之词,意为"难得"。

【点评】

底本题无"晦之"二字,据傅注本补。元祐六年(1091),苏轼自杭还朝四月过高邮,时赵昶为知军,公作此词赠之。老友重逢,感慨遥深,纯用赋体,神情毕肖。结二句自慰并慰人。

南歌子

舞妓〔1〕

云鬓裁新绿,霞衣曳晓红。待歌凝立翠筵中。一朵彩云何事、下巫峰〔2〕。　趁拍鸾飞镜〔3〕,回身燕漾空〔4〕。莫翻红袖过帘栊。怕被杨花勾引、嫁东风。

【注释】

〔1〕元祐六年(1091)八月,苏轼在京出知颍州的前夕,令侍妾朝云向秦少游乞词,少游作《南歌子》(霭霭迷春态)相赠,苏轼作此词答之。

〔2〕"一朵"句:意谓朝云如巫山神女般美艳。

〔3〕"趁拍"句:形容朝云随着节拍,如鸾而舞的身姿之美,兼指担心如孤鸾照镜而不幸。南朝宋刘敬叔《异苑》:"罽(jì)宾王买得一鸾,欲其

鸣不可致。饰金繁饷,珍惜对之,愈戚,三年不鸣。夫人曰:‘尝闻鸾见类则鸣,何不悬镜照之?’王从其言。鸾睹影悲鸣,中宵,一奋而绝。”此句至结尾全为戏语,意为怕朝云随秦观而去。

〔4〕“回身”句:形容朝云舞蹈转身如燕子之快速之敏捷,兼指疑心她将飞去(戏指随秦观而去)。漾,投。

【点评】

底本无此阕,据明刊《苏轼全集》与《二妙集》补。此为艳科词,上片写朝云侍宴佐酒时待歌待舞的艳媚,下片既将朝云舞姿的灵动活脱纸上,又全为戏语,担心朝云被秦观勾引而去,一击两鸣,此乃东坡之绝诣。其实在戏语中,既反衬出朝云对东坡的情纯如一,又反衬出秦观对东坡的忠敬无二。如与秦观原词对观,则师徒之风流倜傥可鉴。

浣溪沙

荷花

四面垂杨十里荷〔1〕。问云何处最花多。画楼南畔夕阳和。　天气乍凉人寂寞。光阴须得酒消磨。且来花里听笙歌。

【注释】

〔1〕“四面”句:颍州西湖,袤十里,广二里,翳然林木,为一郡之胜。

【点评】

元祐六年(1091)闰八月苏轼出知颍州,深秋作此词。此为咏物词,然不过以荷花起兴而已,所谓“人寂寞”,“酒消磨”,“听笙歌”,完全是一幅花下独酌的冷冷清清景象,表现了消沉的闲情逸致,勉强算是一种无可奈何的寄托吧。以苏轼之聪慧锐敏，大概已感到政治风暴之将近。

玉 楼 春

次欧公西湖韵[1]

霜余已失长淮阔[2]。空听潺潺清颍咽[3]。佳人犹唱醉翁词[4]，四十三年如电抹[5]。　　草头秋露流珠滑。三五盈盈还二八[6]。与余同是识翁人，惟有西湖波底月[7]。

【注释】

〔1〕元祐六年(1091)闰八月苏轼至颍州任，游西湖，闻歌者唱欧阳修《玉楼春》词，遂和韵。

〔2〕"霜余"句：意为霜降时节淮水水位已经下降，河床变窄。此年九月初二霜降。

〔3〕潺潺：水流的声响。

〔4〕醉翁词：即欧公《玉楼春》："西湖南北烟波阔。风里丝簧声韵咽。舞余罗带绿双垂，酒入香腮红一抹。杯深不觉琉璃滑。贪看六么花十八。明朝车马各西东，惆怅画楼风与月。"

〔5〕"四十三年"句：欧阳修《玉楼春》写于宋仁宗皇祐元年(1049)，至元祐六年(1091)计四十三年。如电抹，喻时间过得迅速。

〔6〕"三五"句：月于十五、十六日圆，故云盈盈。

〔7〕"与余"二句：意为时隔久远，识醉翁者唯余与月。

【点评】

底本无题，据毛本补。元祐六年(1091)深秋，苏轼在知颍州任，次欧阳韵作此词。词追忆欧阳,却以“佳人犹唱醉翁词”作为引信,将今昔连缀在一起,构思奇巧,语言古拙,结句深沉,笔有余韵。若两两相较,则原韵赏西湖美景而饮酒听歌,一气呵成,浑然一体;次韵则游西湖而怀念故人,跌宕多姿,收纵自如。

渔 家 傲

临水纵横回晚鞚[1]。归来转觉情怀动。梅笛烟中闻几弄[2]。秋阴重。西山雪淡云凝冻。 美酒一杯谁与共。尊前舞雪狂歌送[3]。腰跨金鱼旌旆拥[4]。将何用? 只堪妆点浮生梦。

【注释】

〔1〕水:指颍州西湖。鞚(kòng):马勒。

〔2〕梅笛:《梅花落》,本笛中曲。弄:奏乐曰弄。

〔3〕舞雪:喻舞姿轻盈如飘雪。张衡《观舞赋》:“裾似飞鸾,袖如回雪。”

〔4〕金鱼:饰金的鱼袋,似鱼。本以为出入宫禁的凭证,后以官职大小论品而佩。宋制,凡服紫者鱼袋饰以金,服绯者鱼袋饰以银。见《宋史·舆服志》。苏轼此时已佩金鱼。旌旆:州官仪仗。

【点评】

元祐六年(1091)深秋作于颍州。此乃遣怀词,上片写晚归之愁怀,于笛声秋阴中见之;下片抒孤独烦闷之心境,无人共饮,尊前狂歌,高官厚禄亦“只堪妆点浮生梦”而已。全词在自言自语中抒发了独斟解闷的郁悒情怀。

临江仙

送钱穆父[1]

一别都门三改火[2]，天涯踏尽红尘[3]。依然一笑作春温[4]。无波真古井，有节是秋筠[5]。　惆怅孤帆连夜发，送行淡月微云。尊前不用翠眉颦。人生如逆旅，我亦是行人[6]。

【注释】

〔1〕钱穆父：钱勰字穆父，已详见前231页《浣溪沙》（珠桧丝杉冷欲霜）注〔1〕及“点评”。钱于元祐三年九月知越州，元祐五年十月知瀛州，六年九月移为江淮荆湖等路转运使。此词写于元祐六年辛未（1091）十月钱赴江淮荆湖转运使任经颍州时。

〔2〕改火：宋代清明改新火。

〔3〕红尘：繁华之地。

〔4〕春温：心境如春。

〔5〕“无波”二句：白居易《赠元稹》：“无波古井水，有节秋竹竿。”秋筠，秋竹。

〔6〕“人生”二句：李白《春夜宴桃李园序》：“夫天地者，万物之逆旅也；光阴者，百代之过客也。”逆旅，客舍，旅馆。行人，过客。

【点评】

底本无题，据傅注本、元本补。元祐六年（1091）十月至十一月间，钱勰赴江淮荆浙发运使任过颍州，苏轼饯钱作此词。此为赠人词，上片谓其“笑作春温”，“无波古井”，“有节秋筠”，仅十二字即写出钱穆父的情操可鉴。下片抒惜别之情，未免悲失前路，惆怅满怀，结在“人生如逆旅，我亦是行人”，在慰人复自慰中见其旷达情怀。

减字木兰花

春月〔1〕

春庭月午〔2〕。摇荡香醪光欲舞〔3〕。步转回廊。半落梅花婉娩香〔4〕。　轻云薄雾。总是少年行乐处。不似秋光。只与离人照断肠。

【注释】

〔1〕赵德麟《侯鲭录》云：“元祐七年正月，东坡在汝阴州，堂前梅花大开，月色鲜霁。王夫人曰：‘春月色胜如秋月色，秋月令人凄惨，春月令人和悦。何如召赵德麟辈来，饮此花下。’先生大喜曰：‘吾不知子亦能诗耶，此真诗家语耳。’遂召德麟饮，因作此词。”堂，指聚星堂，欧阳脩守颍时建造。

〔2〕月午：月至午夜。

〔3〕香醪（láo）：香酒。

〔4〕婉娩（wǎn）香：柔顺的香味。

【点评】

元祐七年（1092），苏轼年五十七。此词乃正月于颍州聚星堂聚会作，月摇香醪，步转回廊，轻云薄雾，月夜闲情毕现，结在“不似秋光”，卒章点题。

满 江 红

怀子由作[1]

清颍东流，愁目断、孤帆明灭。宦游处、青山白浪，万重千叠。孤负当年林下意[2]，对床夜语听萧瑟[3]。恨此生、长向别离中，添华发。　一尊酒，黄河侧[4]。无限事，从头说。相看恍如梦，许多年月。衣上旧痕余苦泪，眉间喜气添黄色[5]。便与君、池上觅残春，花如雪[6]。

【注释】

〔1〕时子由在京师。

〔2〕林下：意谓归隐。林下，山林，林泉，意皆为归隐。

〔3〕对床夜语：苏辙《逍遥堂会宿二首》引："辙幼从子瞻读书，未尝一日相舍。既壮，将游宦四方，读韦苏州诗，至'安知风雨夜，复此对床眠'，恻然感之，乃相约早退，为闲居之乐。"

〔4〕"一尊"二句：苏轼宦游往来常经黄河侧，此次进京亦在黄河侧，故云。

〔5〕"眉间"句：古人以为眉间见黄则喜。见南唐宋齐丘《玉管照神局》。

〔6〕"便与君"二句：想象至汴京后与子由相见时的残春景象。

【点评】

底本无词题，据毛本补。元祐七年（1092）苏轼在知颍州任。二月告下，知扬州，应弟子由之请，欲绕道至京然后赴扬州，作此词怀念子由。词全用赋体，如兄弟对床夜语，絮絮道来，兄弟情意，家国情怀，如烟往事，政治风云，胸中郁闷，半生坎坷，均由所经的江河山岳作证，读之令人感慨不已。幸此将见，故云“眉间喜气添黄色”，复计程到京可与弟赏晚春之景，却因后来改变行程直赴扬州而终成泡影。

江神子

墨云拖雨过西楼〔1〕。水东流。晚烟收。柳外残阳，回照动帘钩。今夜巫山真个好〔2〕，花未落，酒新篘〔3〕。

美人微笑转星眸〔4〕。月华羞〔5〕。捧金瓯〔6〕。歌扇萦风，吹散一春愁。试问江南诸伴侣，谁似我，醉扬州。

【注释】

〔1〕“墨云”句：意为黑云拖雨而去。

〔2〕巫山：神女所居之地，此处指歌楼。

〔3〕新篘（chōu）：新滤。篘，滤酒之竹器，此作动词。

〔4〕星眸：喻美人目光如星光流转。眸，眼珠。

〔5〕月华羞：月华愧不如美人星眸之美。

〔6〕金瓯（ōu）：酒杯。

【点评】

元祐七年（1092），苏轼自颍州移知扬州，三月二十六日到扬州任。此词是扬州同僚为苏轼接风时所写。时晁补之为扬州通判，则补之为此次宴会的主人。补之作《浣溪沙》词欢迎苏轼，轼次其韵。上片写初到扬州情景，宛如一幅云过天青、晚照夕阳、花卉迷人之水墨图。下片写晚宴盛况，星眸、月华、金瓯、歌扇，交错掩映，锦绣满纸，又有巫山神女般之妓歌舞其间,则酒不醉人人自醉。

浣 溪 沙

扬州赏芍药樱桃[1]

芍药樱桃两斗新。名园高会送芳辰。洛阳初夏广陵春[2]。　红玉半开菩萨面[3]。丹砂浓点柳枝唇[4]。尊前还有个中人。

【注释】

〔1〕元祐七年(1092)四月,颍州西湖成,和赵令畤韵,赏芍药、樱桃,作《浣溪沙》词。然壬申四月苏轼已至扬州任,当为寄和。

〔2〕"洛阳"句:洛阳盛产牡丹,初夏开花。因芍药形似牡丹,故连及洛阳初夏。广陵,即扬州。扬州以盛产芍药出名

〔3〕"红玉"句:指芍药花开似红玉,又似菩萨面。此以菩萨面比花之美。

〔4〕"丹砂"句:意为樱桃有如丹砂点过的柳枝之唇。柳枝,韩愈侍妾名,此指佐酒的歌妓。

【点评】

元祐七年(1092)四月,苏轼在知扬州任,四月颍州西湖成,赵令畤寄诗词给苏轼,苏轼一一相和,此为和词。既以花喻美女,复以美女喻花,中以柳枝点化绾结,语语双关,构思奇巧。

减字木兰花

五月二十四日，会于无咎之随斋。主人汲泉置大盆中，渍白芙蓉，坐客翛然，无复有病暑意[1]。

回风落景[2]，散乱东墙疏竹影。满坐清微[3]。入袖寒泉不湿衣。　梦回酒醒。百尺飞澜鸣碧井[4]。雪洒冰麾[5]。散落佳人白玉肌[6]。

【注释】

〔1〕无咎：晁补之，字无咎，时为扬州通判，为苏轼下属。随斋：晁在扬读书待客之室。芙蓉：即荷花。翛（xiāo）然：无拘无束，自由自在。

〔2〕落景：落日，夕阳。

〔3〕清微：清风。

〔4〕“百尺”句：写汲水于井状。

〔5〕雪洒冰麾（huī）：喻井水洒荷花时的清凉。麾，同“挥”。

〔6〕佳人白玉肌：喻荷花。

【点评】

底本无此阕，据元本补。元祐七年（1092），苏轼在知扬州任，五月作此词。将白荷置于清风、疏竹、寒泉、飞澜之中，犹暑天入冰室，顿觉暑意尽消。全词摇之曳之，风神自见。

生 查 子

送苏伯固[1]

三度别君来，此别真迟暮。白尽老髭须，明日淮南去。

酒罢月随人，泪湿花如雾[2]。后夜逐君还[3]，梦绕湖边路[4]。

【注释】

〔1〕苏伯固：详见前234页《南歌子》(海上乘槎侣)注〔1〕。时苏伯固当移任扬州，归吴中故居，苏轼作此词相送。

〔2〕花如雾：意为泪眼模糊，花似雾中。

〔3〕“后夜”句：扬州与镇江一水之隔，近在咫尺，故云。逐，盼望。

〔4〕“梦绕”句：意为梦绕扬州西湖等你了。

【点评】

底本题作“诉别”，据元本改。元祐七年(1092)，苏轼在知扬州任。是年夏秋间，苏伯固移任扬州，归吴中故居，苏轼作此词送别。三度相别，此别迟暮，月影随人，泪眼障雾，语浅情深，正所谓“相见时难别亦难”，别时难舍，复见又赊，又结在“梦绕湖边路”，尤见其情深。

青 玉 案

和贺方回韵送伯固归吴中故居[1]

三年枕上吴中路[2]。遣黄耳、随君去[3]。若到松江呼小渡[4]。莫惊鸥鹭。四桥尽是[5],老子经行处[6]。

辋川图上看春暮[7]。常记高人右丞句[8]。作个归期天已许。春衫犹是,小蛮针线[9],曾湿西湖雨[10]。

【注释】

〔1〕贺方回:贺铸,字方回,长于度曲,元祐中,通判泗州,又倅太平州,后退居吴下。

〔2〕“三年”句:元祐四年(1089)苏坚与苏轼在杭相识,至此整三年。

〔3〕黄耳:陆机有骏犬名黄耳,语犬曰:“我家绝无书信,汝能赍书取消息不?”犬遂传书,得报书还。见《晋书·陆机传》。

〔4〕松江:即吴淞江,亦名吴江。

〔5〕四桥:傅注:“姑苏有四桥,长为绝景。”

〔6〕老子:老者自称,宋人俗语。此处为苏轼自谓。

〔7〕辋(wǎng)川图:王维曾画《辋川图》。辋川在今陕西蓝田县,王维曾于此建辋川别业以居。此以辋川喻指苏伯固故居。

〔8〕高人右丞:王维奉佛,故谓高人。官至尚书右丞,人称“王右丞”。

〔9〕小蛮:白居易家伎名。此以小蛮喻苏坚之妾。

〔10〕西湖:指扬州西湖。

【点评】

与上阕作于同时，贺方回作《青玉案》词送别苏伯固，苏轼和之，亦为伯固送别。词形象生动地描绘出一幅苏伯固归里图，情景兼备，景真情切，结在"小蛮针线，曾湿西湖雨"云云，有掉转笔头首尾相应之妙。而清况周颐《蕙风词话》谓此词"奇艳、绝艳"，则仅见句而未见篇。然若将贺原韵与轼和韵两两相较，则原韵一气呵成，浑然一体，化人者速，感人者切；和韵则浓墨渲染，多彩多姿，意趣天成。然多用典，若有所轩轾，则原韵似胜一筹。

减字木兰花

银筝旋品〔1〕。不用缠头千尺锦〔2〕。妙思如泉。一洗闲愁十五年〔3〕。　　为公少止〔4〕。起舞属公公莫起〔5〕。风里银山〔6〕。摆撼鱼龙我自闲〔7〕。

【注释】

〔1〕银筝：银饰的筝。旋品，此为王巩弹筝，非歌妓弹筝，犹言（你）边弹（我）边品，陕西方言至今仍用，唯作如此解释，才能与下句合。

〔2〕缠头：赏给歌舞女的锦用以缠头。因系王巩自弹，故云"不用"。

〔3〕"一洗"句：元丰元年（1078）重阳，苏轼与王定国相会于徐州，元祐七年（1092）重阳与王巩相会于南都，则整整十五年。闲愁，无端之愁。

〔4〕为公少止：犹言你将演奏稍稍停止吧，我还想看看你的舞蹈。为，演奏。白居易《琵琶行》："轻拢慢捻抹复挑，初为霓裳后六幺。"

〔5〕"起舞"句：意为请你起舞，从《公莫舞》开始。属公，请公。公莫，舞名，即《公莫舞》，亦称巾舞。起，开始。

〔6〕银山：喻舞姿如雪浪般翻涌。

〔7〕鱼龙：古时漫衍鱼龙的一种游戏，扮作鱼龙，戏于庭，戏毕化作比目鱼，跳跃漱水，作雾障目，然后又化成黄龙八丈，出水敖戏于庭。此指

王巩的舞姿如漫衍鱼龙游戏一样变化多端。王巩舞而苏轼只是观赏,故云"我自闲"。

【点评】

《苏轼诗集》卷三十九有《在彭城日,与定国为九日黄楼之会。今复于是日相会于宋。凡十五年,忧乐出处,有不可胜言者。而定国学道有得,百念灰冷,而颜益壮,顾予衰病,心形俱悴,感之作诗》。元祐七年(1092)苏轼自扬州还朝,重阳与王巩相会于南都,作此词赠王巩。十五年间,二人休戚相关,南都再见,银筝自弹自品,衣袖自挥自舞,劫后余生的酸甜苦辣,全在琴声与舞姿中体现出来。苏轼平生写歌舞者多不胜数,然写男性如王巩自歌自舞者除此则未见。

行香子

寓意[1]

三入承明[2]。四至九卿[3]。问书生、何辱何荣。金张七叶[4],纨绮貂缨[5]。无汗马事,不献赋,不明经[6]。

成都卜肆,寂寞君平。郑子真、岩谷躬耕[7]。寒灰炙手[8],人重人轻。除竺乾学,得无念,得无名[9]。

【注释】

〔1〕细按词意,则为苏轼自嘲自解之作。

〔2〕三入承明:苏轼曾三次入朝。承明,即承明庐,两汉时官员直宿之处。

〔3〕四至九卿:苏轼尝为翰林学士知制诰、翰林学士承旨、兵部尚书、礼部尚书等职,皆为九卿之列,故云。

〔4〕金张七叶:西汉金日磾(mì dī)与张安世两家祖孙七代大贵。七叶,七世相传。见《汉书》之《金日磾传》与《张安世传》。

〔5〕纨绮貂缨:贵官的穿戴。纨,细绡。绮,绸子。貂缨,侍中常侍之冠。貂,以貂尾为饰。缨,冠之饰带。

〔6〕"汗马事"三句:汗马事,指战功。献赋,司马相如献赋于汉武帝,帝以之为郎。不明经,不明儒家之经书。谓"无""不"者,牢骚语。

〔7〕"成都"三句:汉代严君平曾卜筮(古代用龟甲预测吉凶称卜,用蓍草称筮)于成都,郑子真耕于岩谷之下,见《汉书·王贡两龚鲍传》。

〔8〕寒灰炙手:喻指官途通达与坎坷。

〔9〕"除竺乾学"三句:意为除了佛学外,谁能使你得到无念无名的境界呢?竺乾,古印度的别称,见南北朝释僧祐《弘明集·证诬论》。

【点评】

元祐八年(1093)苏轼年五十八。是年八月告下,以二学士(翰林学士、端明殿学士)充河北西路安抚使兼马步军都总管出知定州军州事,九月二十七日出都门,十月到定州任。苏轼出知定州后,预感祸变将临,作此词,故出语在吞吐间,题曰"寓意"者当因此。上片自嘲,将功名富贵一笔抹尽,可与后来写的《洗儿诗》对读:"人皆养子望聪明,我被聪明误一生。惟愿孩儿愚且鲁,无灾无难到公卿。"下片自解,以君平、郑子真为楷模,欲回避世间之"寒灰炙手",愿"无念""无名"。然苏轼晚期虽绝意于政治,却始终未能绝意于人生,徘徊在出世与入世之间,而出世却始终是一种自我解脱,入世之情从未泯灭,此苏轼之所以有别于他人者。

行香子

述怀

清夜无尘。月色如银。酒斟时、须满十分[1]。浮名浮利，虚苦劳神。叹隙中驹[2]，石中火[3]，梦中身。虽抱文章，开口谁亲。且陶陶、乐尽天真。几时归去，作个闲人。对一张琴，一壶酒，一溪云。

【注释】

〔1〕“酒斟”句：意为酒船中都盛满酒。宋郑獬《觥记注》：“南海出龟同鹤顶杯酒船，以金银为之，内藏风帆十副。酒满一分，则一帆举，饮干一分，则一帆落，真鬼工也。”

〔2〕隙中驹：典出《庄子·知北游》：“人生天地之间，如白驹之过隙，忽然而已。”即一闪而过之意。

〔3〕石中火：击石所发的火，一闪即灭。

【点评】

元祐八年（1093）冬作于定州。与上词题曰“寓意”不同，此则题曰“抒怀”，褪尽吞吐之致，写月夜独酌，明抒怀抱。上片参透名利，以“隙中驹”，“石中火”，“梦中身”目之，警醒世人。下片用“一张琴，一壶酒，一溪云”写尽一个“闲”字。快人快语，看得破，说得透，也是一种苏轼式的自我解脱。可惜当政者连这一点微求也不给他，后来在惠州，写《纵笔》诗曰：“白头萧散满霜风，小阁藤床寄病容。报道先生春睡美，道人轻打五更钟。”当政者看到这首诗后就说：“看把你美得”，于是又贬他到儋耳去了。

戚　氏

玉龟山[1]。东皇灵姥统群仙[2]。绛阙岧峣[3]，翠房深迥[4]，倚霏烟[5]。幽闲。志萧然。金城千里锁婵娟[6]。当时穆满巡狩[7]，翠华曾到海西边[8]。风露明霁，鲸波极目[9]，势浮舆盖方圆[10]。正迢迢丽日，玄圃清寂[11],琼草芊绵[12]。　　争解绣勒香鞯[13]。鸾辂驻跸,八马戏芝田[14]。瑶池近、画楼隐隐,翠鸟翩翩[15]。肆华筵。间作脆管鸣弦[16]。宛若帝所钧天[17]。稚颜皓齿,绿发方瞳。圆极恬淡高妍。尽倒琼壶酒,献金鼎药,固大椿年[18]。　　缥缈飞琼妙舞,命双成、奏曲醉留连[19]。云璈韵响泻寒泉[20]。浩歌畅饮,斜月低河汉。渐渐绮霞、天际红深浅。动归思、回首尘寰。烂漫游、玉辇东还。杏花风、数里响鸣鞭。望长安路,依稀柳色,翠点春妍。

【注释】

〔1〕玉龟山:西王母所居的昆仑山有玉龟台。见前蜀杜光庭《墉城集仙录》。下不另注者均见此书。

〔2〕东皇:即东王公,男仙皆归其统领。灵姥:即西王母,女仙皆归其统领。

〔3〕绛阙:西王母宫阙。岧峣(tiáo yáo):高峻貌。

〔4〕翠房:西王母所居有“紫翠丹房”。

〔5〕霏烟:飘飞的云雾。

〔6〕“金城”句:金城,西王母所居“有金城千里,玉楼十二”。婵娟,美人。

〔7〕穆满巡狩:周穆王姓姬名满。巡狩,晋郭璞《穆天子传》载穆王西巡曾至西王母所居的昆仑山。

〔8〕“翠华”句:翠华,天子的车驾。海西,西王母所居昆仑山在海西,见《穆天子传》。

〔9〕鲸波:犹言惊涛骇浪。

〔10〕舆盖:此处谓天地。地为舆,天为盖。

〔11〕玄圃:亦作“悬圃”,仙人所居之所,此指西王母所居。

〔12〕琼草芊（qiān）绵：琼草，亦曰瑶草，芊绵，草木丛生貌。

〔13〕绣勒香鞯（jiān）：勒，马络头。鞯，鞍下之垫。

〔14〕"八马"句：周穆王西巡曾乘八骏戏于芝田。芝田，仙人种芝的田。见佚名撰晋郭璞注《穆天子传》。

〔15〕翠鸟：指西王母信使青鸟。

〔16〕"间作"句：交替演奏管乐与弦乐。

〔17〕钧天：天有九野，中央曰钧天。古代神话中天帝住的地方。

〔18〕椿年：意为长寿。《庄子·逍遥游》："古有大椿者，以八千岁为春，八千岁为秋。"

〔19〕"缥缈"三句：许飞琼、董双成，皆西王母的侍女。

〔20〕"云璈（áo）"句：意为乐声冲天，响如寒泉。璈，古乐器名。

【点评】

底本题下有小注云："此词始终指意，言周穆王宾于西王母之事。"据元本删。绍圣元年（1094）苏轼年五十九。正月，"闻歌者歌《戚氏》，公方论穆天子事，因依其声成《戚氏》词"。此为檃括词，历来褒贬不一。李之仪记："足以为中山一时盛事，前固莫与比，而后来者未必能继也。"宋费衮《梁溪漫志》却谓："此等鄙俚猥俗之词，殆是教场倡优所为，虽东坡灶下老婢，亦不作此语。"至近人俞陛云则谓："以白雪之高词，发青霞之遐想，为东坡乐府二卷中希有之作。"可谓有"上九天"、"下九渊"之别矣。然据李之仪所记"使妓再歌（柳永《戚氏》词）之，随其声填写，歌竟篇就，才点定五六字而已"，足见其才博且捷，却终为游戏笔墨，不可学，也学不来，亦不必褒之使上九天，贬之使之下九渊。若与柳永原词对观，则又见九酝与浊醪之别。

归朝欢

和苏坚伯固[1]

我梦扁舟浮震泽[2]。雪浪摇空千顷白。觉来满眼是庐山，倚天无数开青壁[3]。此生长接淅[4]。与君同是江南客。梦中游，觉来清赏，同作飞梭掷。　明日西风还挂席[5]。唱我新词泪沾臆。灵均去后楚山空[6]，澧阳兰芷无颜色[7]。君才如梦得。武陵更在西南极[8]。竹枝词，莫傜新唱[9]，谁谓古今隔[10]。

【注释】

〔1〕绍圣元年(1094)闰四月三日告下，苏轼坐前掌制命语涉讥讪，落端明殿学士(杂学士，为贴职)兼翰林侍读学士(职事官)，依前左朝奉郎(寄禄官)责知英州军州事，罢定州任，降充左承议郎(寄禄官)仍知英州，四月十四日行，六月二十五日抵当涂，"告下落左承议郎责授建昌军司马惠州安置不得签书公事"，七月至湖口，达九江。苏坚伯固时由澧阳移任武陵，至九江专会东坡，数日后苏坚去武陵任，作《归朝欢》与苏轼别，苏轼和作此词。苏坚原词已佚。

〔2〕"我梦"句：震泽，即太湖。因苏坚故里在镇江丹徒，故云。

〔3〕青壁：喻庐山峭峰青如壁立。

〔4〕接淅(xī)：《孟子·万章下》："孔子之去齐，接淅而行。"赵岐注："淅，渍米也。"意谓孔子匆匆而行，不及炊，仅带淘过之米而去。故后以"接淅"形容匆忙。

〔5〕挂席：古人江行多挂席为帆。

〔6〕灵均：屈原字。

〔7〕“澧阳”句：因苏坚罢澧阳任，故云。兰芷，芷，白芷。兰，兰草。皆香草，以喻君子。

〔8〕“君才”二句：刘禹锡曾被贬郎州，即武陵，今湖南常德一带，古武陵地。苏坚移任武陵，故云。武陵溪洞间，率多禹锡之辞。

〔9〕“竹枝”二句：意为苏坚如刘禹锡之才，也能写出《竹枝词》，故云“新唱”。《竹枝词》本出巴渝，刘禹锡在沅湘，仿作《竹枝词》九章。莫傜，一作“莫徭”，长沙一带的少数民族。

〔10〕“谁谓”句：谢灵运《七里濑》：“谁谓古今殊，异世可同调。”

【点评】

底本题下有小序，云：“公尝有诗与苏伯固，其序曰：昔在九江，与苏伯固唱和，其略曰：‘我梦扁舟浮震泽，雪浪横江千顷白。觉来满眼是庐山，倚天无数开青壁。’盖实梦也。然公诗复云：‘扁舟震泽定何时，满眼庐山觉又非。’”据元本删，又补词题。绍圣元年(1094)七月苏轼至湖口，达九江，与苏坚泣别作此词。苏轼走一路，贬一路，若雷霆虎豹之随行。此时的境遇，直是惶惶若丧家之犬，然处逆境却泰然若无其事。词上片醒、梦交错，开阖有度，江山如画，满眼锦绣，清赏在目，途中的狼狈窘迫却化为纸上云锦。下片以灵均、梦得喻指伯固，而在读者看来，喻指苏轼似乎更为恰当，真可谓绛树两歌，一声在喉，一声在咽。又于赞辞中画出苏坚归去的行程路线，乃客中送客，精警之极。

贺新郎

夏景

乳燕飞华屋〔1〕。悄无人、桐阴转午，晚凉新浴。手弄生绡白团扇〔2〕，扇手一时似玉。渐困倚、孤眠清熟。帘外谁来推绣户，枉教人、梦断瑶台曲。又却是，风敲竹[3]。

石榴半吐红巾蹙[4]。待浮花、浪蕊都尽，伴君幽独[5]。秾艳一枝细看取，芳心千重似束。又恐被、秋风惊绿[6]。若待得君来向此，花前对酒不忍触。共粉泪，两簌簌。

【注释】

〔1〕“乳燕”句：此喻指侍妾榴花被苏轼放出后另随他人。余参点评。

〔2〕白团扇：晋中书令王珉与嫂婢有情，而珉好捉白团扇，故多用于侍妾、婢女。

〔3〕“枉教人”三句：唐开成初，进士许瀍（chán）游河中，病魔中与西王母侍女许飞琼交接，醒后言许飞琼命他作诗曰：“晓入瑶台露气清，坐中唯有许飞琼。尘心未悟俗缘在，十里下山空月明。”复改第二句曰：“天风吹下步虚声”，言许飞琼“不欲世间人知有我也”。遂复命改之。见宋陈葆光《三洞群仙录》卷十一引《逸史》。风敲竹，化用李益《竹窗闻风寄苗发司空曙》“开门复动竹，疑是故人来”。此句喻指榴花随人后却又不愿人知，仍留恋苏轼，苏轼也不忘榴花的复杂心情。

〔4〕“石榴”句：意为榴花尚年轻可爱。红巾，喻石榴花半开时如皱拢成的红巾。蹙，皱拢。

〔5〕“待浮花”二句：喻指榴花不愿离开苏轼。石榴繁盛时，百花落尽，故云。

〔6〕惊绿：突然变绿。石榴花变绿则结籽，喻侍妾榴花韶光易逝。

【点评】

傅注本、元本无词题。此词前人说法颇歧异，或云为杭妓秀兰而作，或云为东坡侍妾榴花而作，或云东坡倅杭时作，或云守杭时作，或云贬海外作。为杭妓秀兰而作不可信，胡仔已驳其非。为侍妾而作却难否定，据拙著《东坡词编年笺证》增订本考证，绍圣元年（1094），七月，在九江送苏坚回澧阳后，又至都昌，遣侍妾碧桃、榴花于此县，作此词。词以乳燕喻指榴花，上片写她晚凉新浴之后熟睡的娇媚情态，复写其梦中迷恋主人（苏轼），醒后怅惘之情。下片一石两鸟，既写石榴花，又写侍妾榴花，以“待浮花、浪蕊都尽，伴君幽独”赞颂榴花的可贵品质，又贴切石榴花所开时令。复以“秋风惊绿”喻指榴花韶光易逝，“若待得”想象其后若能再见时的凄楚。全词从将别、临别、难别写到别后，层次分明，笔致委婉，格调凄凉。

南歌子

紫陌寻春去〔1〕，红尘拂面来〔2〕。无人不道看花回〔3〕。惟见石榴新蕊、一枝开。　　冰簟堆云髻〔4〕，金尊滟玉醅〔5〕。绿阴青子莫相催〔6〕。取红巾千点、照池台〔7〕。

【注释】

〔1〕紫陌：指京师郊野的道路。

〔2〕红尘：车马扬起的飞尘。

〔3〕“无人”句：用刘禹锡《玄都观桃花》成句。

〔4〕“冰簟”句：正是七月光景。簟，竹席。云髻，乌云般的发髻。

〔5〕金尊：酒杯。滟：浮动。玉醅（pēi）：玉，喻酒色如玉。醅，未滤之酒。

〔6〕“绿阴”句：意为光阴莫要催人老。杜牧《叹花》：“自恨寻芳到已迟，往年曾见未开时。如今风摆花狼籍，绿叶成阴子满枝。”

〔7〕红巾：见上阕“石榴”句注。

【点评】

底本题作“暮春”，据傅注本、元本删。绍圣元年（1094）七月下旬自南康至都昌县，遣侍妾碧桃、榴花于此，复作此词。《花草粹编》卷五题作“寄意侍妾榴花”可证。上片写寻春，并非时在春季，正是杜牧《叹花》诗的意境。下片写别后情景，谓“绿阴青子莫相催”，期望她红颜永驻。

玉 楼 春

宿造口闻夜雨寄子由、才叔[1]

梧桐叶上三更雨。惊破梦魂无觅处。夜凉枕簟已知秋[2]，更听寒蛩促机杼[3]。　　梦中历历来时路。犹在江亭醉歌舞[4]。尊前必有问君人，为道别来心与绪[5]。

【注释】

〔1〕造口：在今江西万安县西南。子由：苏辙字。才叔：张庭坚字，广安军人，进士高第，后入元祐党籍。何时与苏轼交往，不详。

〔2〕枕簟：泛指卧具。

〔3〕"更听"句：蛩，蟋蟀。蟋蟀八九月鸣，则天寒，故曰寒蛩。古语曰："促织（蟋蟀的别名）鸣，懒妇惊。"

〔4〕"犹在"句：苏轼南迁时曾于四月十八日视子由于汝州，江亭，指汝州。

〔5〕"尊前"二句：谓与朋友聚会饮酒时，必然会有人向你问到我的近况，你就告诉他们我现在的心绪。尊，指酒樽。

【点评】

绍圣元年（1094）八月，赴惠州贬所，七日上惶恐滩，抵造口作此词。此乃以词代简，梦出，梦入，回环反复，景在醒时，情在梦中，梦中"犹在江亭醉歌舞"，所谓"悌友"情怀可知。

浣 溪 沙

绍圣元年十月二十三日，与程乡令侯晋叔、归善簿谭汲同游大云寺。野饮松下，设松黄汤，作此阕〔1〕。

罗袜空飞洛浦尘〔2〕。锦袍不见谪仙人〔3〕。携壶藉草亦天真〔4〕。　玉粉轻黄千岁药〔5〕，雪花浮动万家春〔6〕。醉归江路野梅新。

【注释】

〔1〕程乡：即梅州，今广东梅县。侯晋叔：字德昭，元丰八年进士，时为程乡令，与苏轼兄弟关系甚笃。归善：今广东惠阳，宋时属惠州。簿：主簿。谭汲：未详。大云寺，在归善县西八十里。松黄汤：《本草》："松花名松黄，服之轻身。"

〔2〕"罗袜"句：曹植《洛神赋》："凌波微步，罗袜生尘。"此以曹植喻侯晋叔，谓其虽有文采却沉沦下僚，故曰"空"。

〔3〕"锦袍"句：贺知章称李白为"谪仙人"。此以谪仙喻谭汲，谓其虽有太白之才却仍为吏，未能衣彩（锦袍）。

〔4〕藉草：以草为席，即坐于草地上。

〔5〕"玉粉"句：即黄松汤。

〔6〕雪花：指酒花，酒杯上浮起的白沫。万家春：苏轼自酿酒名。

【点评】

绍圣元年（1094）十月二日苏轼到惠州贬所，十三日游大云寺，作此词。此为应酬之作，首二句以曹植、李白喻指同游者侯晋叔与谭汲，三人"携壶藉草"，饮松黄，品佳酿，真乃飘飘欲仙之境。

阮 郎 归

梅词

暗香浮动月黄昏[1]。堂前一树春。东风何事入西邻。儿家常闭门[2]。　　雪肌冷，玉容真。香腮粉未匀[3]。折花欲寄岭头人。江南日暮云[4]。

【注释】

〔1〕“暗香”句：林逋《山园小梅》诗：“疏影横斜水清浅，暗香浮动月黄昏。”暗香，幽香。

〔2〕“堂前”三句：唐蒋维翰《春女怨》：“白玉堂前一树梅，今朝忽见数枝开。儿家门户重重闭，春色因何得入来。”儿家，即我家，唐宋人俗语。

〔3〕“香腮”句：苏轼《次韵曹辅寄壑源试焙新芽》：“仙山灵雨湿行云，洗遍香肌粉未匀。”

〔4〕“折花”二句：用陆凯寄范晔梅花典，详见149页《江神子》（黄昏犹是雨纤纤）注〔6〕。

【点评】

绍圣元年（1094），十一月作于惠州。词咏堂前梅花，多化用前人诗句。毛本题作“集句梅花”。“雪肌冷，玉容真”，以人喻花。结二句“岭头人”谓谁，未详。岂子由乎？

西江月

咏梅

马趁香微路远[1],沙笼月淡烟斜。渡波清彻映妍华。倒绿枝寒凤挂[2]。　　挂凤寒枝绿倒,华妍映彻清波。渡斜烟淡月笼沙[3]。远路微香趁马。

【注释】

〔1〕“马趁”句:谓趁马上路,梅之微香远远飘来。

〔2〕“倒绿”:岭南珍禽有倒挂子,绿毛,红喙,如鹦鹉而小,自东海来。

〔3〕“渡斜”句:杜牧《泊秦淮》:“烟笼寒水月笼沙,夜泊秦淮近酒家。”

【点评】

绍圣元年(1094),苏轼在惠州贬所,岁末作此词。此是回文体,有上下句回文者,有上下片回文者,此是上下片回文。此类体裁,骋才而已。

蝶恋花

春景

花褪残红青杏小[1]。燕子飞时,绿水人家绕。枝上柳绵吹又少[2]。天涯何处无芳草[3]。　　墙里秋千墙外道。墙外行人,墙里佳人笑[4]。笑渐不闻声渐悄。多情却被无情恼[5]。

【注释】

〔1〕花褪残红:意为花已落尽。

〔2〕柳绵:柳絮。

〔3〕"天涯"句:化用《离骚》"何所独无芳草兮,尔何怀乎故宇"句意。天涯,天边。

〔4〕"墙外"二句:宋杨湜《古今词话》云:"盖行人多情,佳人无情耳。"

〔5〕恼:逗引,撩拨。

【点评】

绍圣二年(1095)苏轼年六十。暮春作此词。上片写景凄迷,柳绵漂泊,青杏尚小,普天芳草,真乃"鸡犬丧家分散后,林园失主寂寥时。落花不语空辞树,流水无情自入池"(白居易《过元家履信宅》)的惜春境界,无怪乎朝云歌至此二句,"为之流泪。病极,犹不释口"了。下片历来有两解,一如杨湜《古今词话》所云:"盖行人多情,佳人无情耳。"开清人"手滑","逸思,非文人所宜"之评;一谓"此亦寓言,无端致谤之喻",意谓抒情委婉,有骚体笔致,以"墙外行人"自比,"墙里佳人",自是章惇、蔡卞、张商英、沈括之流。为苏轼计之,实不该自触忌讳,然"秋虫候鸟,自鸣自已",不如此又非苏轼。今两说并存,读者自参。

减字木兰花

西湖食荔枝〔1〕

闽溪珍献〔2〕。过海云帆来似箭〔3〕。玉座金盘。不贡奇葩四百年〔4〕。　　轻红酽白〔5〕。雅称佳人纤手擘〔6〕。骨细肌香。恰是当年十八娘〔7〕。

【注释】

〔1〕西湖:此指惠州西湖,亦名丰湖,在惠州城西,为观览胜地。据蔡襄《荔枝谱》载,广南、闽中出荔枝名火山,四月熟。词有“闽溪珍献”句,当为火山荔枝。

〔2〕闽溪:泛指闽(福建)地。

〔3〕“过海”句:荔枝经日则色香味俱变,必由海道以进者始速致。

〔4〕四百年:据《海山记》载,隋大业中(605—617)闽地贡五种荔枝。大业至宋绍圣年间四百七十余年,言四百年,取其整数。

〔5〕“轻红”句:傅注:“壳轻红而肉酽白也。”酽,浓。

〔6〕擘(bāi):同“掰”。

〔7〕十八娘:荔枝中有十八娘荔枝,因其色深红而细长,故时人以少女比之。见宋蔡襄《荔枝谱》。

【点评】

绍圣二年(1095)苏轼在惠州贬所,是年四月,初食荔枝,作此词。上片借食荔枝而咏史,隐含对统治者为口腹之香而祸民意;下片写荔枝骨细肌香,极尽形容之致。

殢人娇

赠朝云

白发苍颜，正是维摩境界[1]。空方丈、散花何碍[2]。朱唇箸点[3]，更髻鬟生菜[4]。这些个，千生万生只在。

好事心肠，着人情态。闲窗下、敛云凝黛[5]。明朝端午，待学纫兰为佩[6]。寻一首好诗，要书裙带[7]。

【注释】

〔1〕“白发”二句：意为佛家清净无欲的境界。维摩，即维摩诘。此二句苏轼以维摩诘自比。

〔2〕“空方丈”句：维摩诘在一丈之室说法，空中即有天女散花。此喻朝云。苏轼无方丈说法之室，故云“空”，又云“何碍”。

〔3〕朱唇箸点：言其口小，像箸点的一样。

〔4〕生菜：喻头发如生菜般鲜嫩。

〔5〕敛云凝黛：拢发聚眉。云，谓发。黛，画眉之墨，此指眉。

〔6〕“待学”句：《离骚》“纫秋兰以为佩。”纫，编结。

〔7〕“寻一首”二句：寻一首好诗，即下首《浣溪沙》（轻汗微微透碧纨），书于裙带之上。

【点评】

绍圣二年（1095）五月四日，作此词赠朝云。词以维摩自比，以仙女比朝云。上片写朝云的美艳，下片写朝云的情态，语言本色，情感朴素，格调清新隽永。咏佳人而无闺房气，出以佛子家风，咏朝云实亦自咏。

浣 溪 沙

端午

轻汗微微透碧纨。明朝端午浴芳兰[1]。流香涨腻满晴川[2]。　彩线轻缠红玉臂[3],小符斜挂绿云鬟[4]。佳人相见一千年。

【注释】

〔1〕浴芳兰:用《楚辞·九歌·云中君》"浴兰汤兮沐芳"句意。

〔2〕流香涨腻:出自杜牧《阿房宫赋》:"渭流涨腻,弃脂水也。"

〔3〕"彩线"句:五月五日,古有以五彩丝系臂的风俗,名之曰"长命缕"。

〔4〕"小符"句:五月五日,古有作赤灵符系于胸前的风俗。

【点评】

绍圣二年(1095)五月五日,复作此词赠朝云。上阕谓"千生万生只在",此阕谓"佳人相见一千年",见其情深。

行 香 子

病起小集[1]

昨夜霜风。先入梧桐[2]。浑无处、回避衰容[3]。问公何事，不语书空[4]。但一回醉，一回病，一回慵。秋来庭下，光阴如箭，似无言、有意催侬[5]。都将万事，付与千钟。任酒花白，眼花乱，烛花红。

【注释】

〔1〕绍圣二年(1095)七月，苏轼痔疾发作，八九月间始愈，小集宴会，作此词。

〔2〕"昨夜"二句：梧桐叶大，故云"先入"。

〔3〕"浑无处"句：意为无法躲避一天天衰老。浑，简直。

〔4〕书空：殷浩被黜放，口无怨言，但终日在空中书"咄咄怪事"四字而已。见《晋书·殷浩传》。

〔5〕"秋来"三句：意为光阴飞快流逝，似有意在催我衰老。

【点评】

底本题作"秋兴"，据傅注本、元本改。绍圣二年(1095)九月作于惠州。苏轼酒量不大却嗜酒如渴，饮少辄醉。因病断酒，病愈却嗜酒如初。词写病痛却不见病痛，反而快人快语，乐其天真，观后不禁令人解颐。上下片结尾皆出以排比句，绝妙。然着"不语书空"四字，其郁结在心头的万千感慨，又不禁令人联系到他晚年的遭际，欲哭无泪。

临江仙

惠州改前韵[1]

九十日春都过了，贪忙何处追游。三分春色一分愁。雨翻榆荚阵，风转柳花球。　我与使君皆白首[2]，休夸年少风流。佳人斜倚合江楼[3]。水光都眼净，山色总眉愁。

【注释】

〔1〕苏轼曾于神宗熙宁九年(1076)四月作《临江仙》词,绍圣三年(1096)四月间改写下片成此词。今分作二首。上片已见前词注,不另注。

〔2〕使君:此指惠守詹范。

〔3〕合江楼:东江、西江于惠州城东合流,有合江楼在三司行衙中,后为城楼。苏轼初至惠州,曾寓居合江楼。

【点评】

绍圣三年(1096),苏轼年六十一。三月,得白鹤峰故基,即忙于营建事,四月初,惠守詹范来访,作此词。上片抒惜春之情,下片写宾主宴集,"眼净","眉愁",借景抒怀。

西 江 月

梅花

玉骨那愁瘴雾,冰姿自有仙风〔1〕。海仙时遣探芳丛。倒挂绿毛幺凤〔2〕。　　素面翻嫌粉涴〔3〕,洗妆不褪唇红〔4〕。高情已逐晓云空〔5〕。不与梨花同梦〔6〕。

【注释】

〔1〕"玉骨"二句:玉骨、冰姿,皆形容梅花耐寒的品格。

〔2〕"海仙"二句:意为海仙亦羡梅姿,时时相遣绿毛幺凤而来探芳丛。绿毛幺凤,见前294页《西江月》(马趁香微路远)"倒绿"注〔2〕。

〔3〕翻嫌:反嫌。涴(wò):污染。

〔4〕“洗妆”句:白梅花叶四周皆红,故云“唇红”。

〔5〕逐晓云:逐,跟随。晓云,即朝云。时朝云已卒,故着一“空”字。

〔6〕“不与”句:王昌龄《梅诗》:“落落寞寞路不分,梦中唤作梨花云。”梅花为君子之花,梨花乃凡花,故云“不与梨花同梦”。

【点评】

底本无词题,据《二妙集》、《全宋词》补。绍圣三年(1096)十月作此词。此为咏物词,玉骨、冰肌、素面、仙风,可谓将白梅的芳姿、风骨、情韵写得出神入化,无与伦比。杨慎《词品》谓“古今梅词,以坡仙‘绿毛幺凤’为第一”,实为的评。然此词题旨何在,古今看法不一,有谓悼朝云者,有谓寓意于朝云者,有谓乃谶语“须罚教去”者。所谓为悼朝云而作,并无政治忌讳,何不径题曰“悼朝云”,却题曰“梅花”?所谓谶语“须罚教去”者,乃古人迷信之俗,自不必论,亦不必驳。笔者以为惠洪《冷斋夜话》谓“寓意为朝云作”方妥。所谓“寓意”,就是寄托。咏物词贵在有寄托,而寄托又如周济所谓“无寄托不入,专寄托不出”,正在于有无之间方见其妙。若谓此词无寄托,则结两句难解,而此两句正是此词的结穴处,亦为全词的神采所在。所谓“高情已逐晓云空”,即花谢人去,所谓“不与梨花同梦”,即而今而后能夜夜入梦者仅梅花。如此看来,非“寓意于朝云”而何?若此断不谬,则此词可谓句句咏白梅,又句句咏朝云。王世贞《艺苑卮言》仅以“爽语”二字为评,亦非知音。

浣溪沙

春情[1]

道字娇讹语未成[2]。未应春阁梦多情[3]。朝来何事绿鬟倾[4]。　　彩索身轻长趁燕[5]。红窗睡重不闻莺[6]。困人天气近清明。

【注释】

〔1〕循州守周彦质来惠州访苏轼，苏轼作此词相赠，戏周彦质与丫鬟有情事，故题曰“春情”。下阕同。

〔2〕“道字”句：意为小鬟年小，说话吐字不准。

〔3〕“未应”句：意为小小年纪不应有多情的春梦。

〔4〕“朝来”句：此为浪谑，因夜来有情事才会头发散乱。绿鬟倾，云鬟倾斜不正。

〔5〕“彩索”句：彩索，秋千的绳索。美人体轻，高低往来如燕。

〔6〕睡重：谓熟睡。

【点评】

绍圣四年（1097）苏轼年六十二。二月中旬，循守周彦质（文之）罢任后专门过惠访苏轼，留半月，至闰二月初始离惠，苏轼写此词赠周彦质小鬟。此亦戏作，艳语艳情满纸，然俗不伤雅。

浣溪沙

春情

桃李溪边驻画轮〔1〕。鹧鸪声里倒清尊〔2〕。夕阳虽好近黄昏。　　香在衣裳妆在臂〔3〕，水连芳草月连云。几时归去不销魂。

【注释】

〔1〕驻画轮：停车。画轮，用彩色装饰的车轮。

〔2〕“鹧鸪”句：古人谐鹧鸪鸣声为“行不得也么哥”，故谓其声有留

恋之意。

〔3〕“香在”句：元稹《莺莺传》：“张生辨色而兴，自疑曰：‘岂其梦耶？’及明，靓妆在臂，香在衣，泪光荧荧然，犹莹于茵席而已。”

【点评】

与上阕作于同时，然褪尽艳情，情景兼及，格调清俊。

谒金门

秋感

今夜雨。断送一年残暑。坐听潮声来别浦。明朝何处去。　　辜负金尊绿醑[1]。来岁今宵圆否？酒醒梦回愁几许[2]？夜阑还独语[3]。

【注释】

〔1〕绿醑(xǔ)：绿色美酒。

〔2〕几许：多少。

〔3〕夜阑：夜将尽时。

【点评】

绍圣四年(1097)，苏轼在惠州贬所。四月，责授琼州别驾，七月二日到儋州，十五日作此词，抒发孤独无依、英雄失路的感慨，格调凄凉。

谒金门

秋夜

秋帷里。长漏伴人无寐[1]。低玉枕凉轻绣被。一番秋气味。　　晓色又侵窗纸。窗外鸡声初起。声断几声还到耳。已明声未已。

【注释】

〔1〕“长漏”句:长漏,古人以漏壶滴水计时,无寐,不能入睡。

【点评】

与上阕作于同时,仍在叙述中抒发孤独无依、彻夜不眠的情怀,明白如话,读之不禁令人扼腕叹息,感慨万端。

谒金门

秋兴

秋池阁。风傍晓庭帘幕。霜叶未衰吹未落。半惊鸦喜鹊[1]。　　自笑浮名情薄。似与世人疏略[2]。一片懒心双懒脚。好教闲处着[3]。

【注释】

〔1〕“半惊”句：承上句而来，谓秋吹叶黄，鸦鹊亦为之一惊。

〔2〕疏略：疏远而少来往。

〔3〕“一片”二句：语出司空图《题休休亭》（又作《耐辱居士歌》）：“伎俩虽多性灵恶，懒是常教闲处着。”

【点评】

与上阕作于同时。上两阕写夜晚，此阕写白昼。夜去昼来，寂寞惊心，酕醄伤神，在自言自语中抒发落寞无着、惊魂难定、闲愁无聊之心境。“一片懒心双懒脚，好教闲处着”，奇峭中见其郁闷无聊。

西江月

世事一场大梦，人生几度秋凉。夜来风叶已鸣廊。看取眉头鬓上〔1〕。　酒贱常愁客少，月明多被云妨。中秋谁与共孤光〔2〕。把盏凄然北望。

【注释】

〔1〕看取：且看。

〔2〕孤光：月光。

【点评】

绍圣四年（1097）中秋，作此词和子由。情景交融，惟情从何来？古今均有两说，一谓悌友，一谓爱君，其实兼而有之，观其“月明多被云妨”可知，若单谓“悌友”，则此句难解。

千秋岁

次韵少游[1]

岛边天外，未老身先退[2]。珠泪溅，丹衷碎[3]。声摇苍玉佩，色重黄金带[4]。一万里，斜阳正与长安对[5]。

道远谁云会。罪大天能盖。君命重，臣节在。新恩犹可觊[6]，旧学终难改[7]。吾已矣，乘桴且恁浮于海[8]。

【注释】

〔1〕秦少游绍圣三年(1096)于衡阳作《千秋岁》(水边沙外)词，辗转传至时在儋耳之苏轼，苏轼和作此词。

〔2〕"岛边"二句：时苏轼在儋耳(今海南儋州)，故云岛外天边。宋制七十致仕，而此时苏轼始六十三，却得罪当政，坐废边陲，故云"未老身先退"。

〔3〕丹衷：丹心、丹诚。

〔4〕"声摇"二句：苏轼时虽遭贬，而服饰冠带仍旧，故云。玉佩，高官所佩之玉牌方，黄金带，皇帝所赐的金带。

〔5〕"斜阳"句：长安，指京都即宋都汴京。此句暗用《世说新语·夙惠》晋明帝"日近长安远"典。

〔6〕"新恩"句：新恩，君王的新诏。此言希望得到皇帝赦免的命令。觊(jì)，希望。

〔7〕旧学：谓儒家的忠君直谏之学。

〔8〕"乘桴"句：《论语·公冶长》："道不行，乘桴浮于海，从我者其

由与。”桴，小筏子。

【点评】

诸本均无此阕，据《能改斋漫录》补。元符元年（1098）苏轼年六十四，贬居儋耳作。此词可谓东坡“事君四十年”的血泪之作，字字沉痛，语语伤心。结在“乘桴”句，又怨而不怒。

减字木兰花

己卯儋耳春词〔1〕

春牛春杖〔2〕。无限春风来海上。便与春工。染得桃红似肉红。　　春幡春胜〔3〕。一阵春风吹酒醒。不似天涯。卷起杨花似雪花。

【注释】

〔1〕己卯：1099年。儋耳：汉置儋耳郡，唐置儋州，即今海南儋州。宋制，立春日前，郡邑均要造土牛于城外，至立春日绝早，府僚出城鞭土牛，称作“打春”。

〔2〕春牛春杖：旧俗，立春日，百官执春杖环击春牛，表示劝耕。

〔3〕春幡：红纸剪成的小旗，挂于树枝以示喜庆。春胜：剪成两个菱形重叠相连的装饰品相赠。

【点评】

底本题作“立春”，据傅注本、元本改。元符二年（1099）正月初七立春，作此节气词，写出立春的风俗与海南春景。

踏 青 游

改火初晴，绿遍禁池芳草。斗锦绣、火城驰道[1]。踏青游，拾翠惜，袜罗弓小[2]。莲步袅[3]，腰支佩兰轻妙。行过上林春好[4]。　　今困天涯，何限旧情相恼。念摇落、玉京寒早。任刘郎、目断蓬山难到[5]。仙梦杳，良宵又过了。楼台万家清晓。

【注释】

〔1〕火城驰道：冬至、正月初一，大官仪仗皆备珂伞，列烛五六百炬，称作火城。驰道，天子所行之道。珂，白色玉石，一说，贝类。

〔2〕弓小：指美人足。

〔3〕袅：摇曳，颤动。

〔4〕上林：即上林苑，秦时旧苑，汉武帝更增广之。此指宋御苑。

〔5〕“任刘郎”句：刘郎，指汉武帝，因其好神仙术，故云。李商隐《无题四首》之一：“刘郎已恨蓬山远，更隔蓬山一万重。”蓬山，即蓬莱山，海上三神山之一。此代指汴京。

【点评】

诸本无此阕，《全宋词》据《全芳备祖》后集卷十《草》门录补。邹王本谓：“元符二年(1099)作于儋耳。案：细玩词意，显然为忆昔伤今之作。词上片写‘禁池’、‘驰道’、‘上林’等全系帝景景物，又写‘拾翠惜’、‘袜罗弓小’、‘莲步袅’、‘腰肢轻妙’、‘踏青游’、‘春好’等，显为宫嫔士女、王公少妇游春之景象。而能于上林禁苑亲眼目睹此景象者，绝非一般下层人物。词下片写‘今困天涯’、‘旧情相恼’，又感叹‘玉京寒早’、‘蓬山难到’、‘仙梦杳’、‘良宵过了’，也显然是遥念失落了的京都繁华生活，抚今追昔而无限烦恼。此情此景，与苏轼特殊的身世遭遇，漂泊天涯的思想感情及贬官儋州时期所写作品的基调。极为合拍，因可断定此词作于作者一再遭贬之绍圣、元符年间。暂编元符二年己卯，以俟详考。”

减字木兰花

以大琉璃杯劝王仲翁〔1〕

海南奇宝。铸出团团如栲栳〔2〕。曾到昆仑，乞得山头玉女盆〔3〕。　　绛州王老〔4〕。百岁痴顽推不倒。海口如门。一派黄流已电奔。

【注释】

〔1〕琉璃：透明的玉石。王仲翁：当指王六翁。王肱，字公辅，俗称王六翁，居儋州城东，能占天象，预人知生死祸福，苏轼十分器重。

〔2〕栲栳（kǎo lǎo）：柳编盛物圆器。以栲栳比酒杯，喻其杯大，酒量亦大。

〔3〕“曾到”二句：玉女盆，并非实指华山玉女盆，乃合用晋潘尼《琉璃碗赋》与南朝陈江总《玛瑙碗赋》采昆仑玉做碗典，以喻琉璃杯之大。

〔4〕绛州王老：绛人年长，问其年齿，则日：“臣生之岁，正月甲子朔，四百有四十五甲子矣。其季于今，三之一也。”人不知其意，师旷解曰：“七十三年矣。”史赵解曰：“亥有二首六身，下二如身，是其日数也。”古亥字二画在上，三人在下，故以二为首以六为身，谓二万六千六百六十日也。见《左传·襄公三十年》，李峤《神龙历序》：“亥有二首，方闻绛老之年。”然《左传》未云绛老姓何，苏轼谓王老，当为王六翁。王六翁元符三年（1100）恰七十三岁。

【点评】

底本无此阕，据元本补。元符三年(1100)苏轼年六十五。四月，苏轼访王公辅，其时王七十三岁，与其对饮，全用夸张手法作此词。上片以“玉女盆”形容“琉璃杯”之大，下片以“口如门”、“已电奔”形容王六翁之豪饮。纯用赋体，却天趣层出，忍俊不禁，令人绝倒。

鹧鸪天

陈公密出侍儿素娘，歌《紫玉箫》曲，劝老人酒。老人饮尽，因为赋此词[1]。

笑捻红梅亸翠翘[2]。扬州十里最妖娆[3]。夜来绮席亲曾见[4]，撮得精神滴滴娇[5]。　　娇后眼，舞时腰。刘郎几度欲魂消[6]。明朝酒醒知何处，肠断云间紫玉箫[7]。

【注释】

〔1〕陈公密：陈缜，字公密，为曲江令。苏轼北归自英州发韶州，韶倅李公寅与曲江令尝自韶派专使往迎，余未详。素娘：傅注本、元本作“素姐”。《紫玉箫》：古曲名。老人：苏轼自称。

〔2〕亸翠翘：亸，摇曳，飘动。翠翘，翠羽之毛，此指以翠翘所做的首饰。

〔3〕“十里”句：杜牧《赠别二首》其一：“娉娉袅袅十三余，豆蔻梢头二月初。春风十里扬州路，卷上珠帘总不如。”妖娆，娇媚。此句意为侍女素娘美如扬州美女。

〔4〕夜来：昨日。

〔5〕撮得：聚得。

〔6〕“刘郎”句:刘禹锡在李司空席上听妙妓唱歌,赋诗《赠李司空妓》云:“鬟髻梳头宫样妆,春风一曲杜韦娘。司空见惯浑闲事,断尽江南刺史肠。”

〔7〕云间紫玉箫:谓其歌声嘹亮入云。

【点评】

元符三年(1000),苏轼在儋州贬所。五月大赦,量移廉州安置。六月过琼州,十二月过韶州,饮陈缜(公密)家,缜出侍儿素娘佐酒,作此词相赠,盛赞其艳媚与舞姿的轻盈及歌声的悠扬。

临江仙

赠王友道〔1〕

谁道东阳都瘦损〔2〕,凝然点漆精神〔3〕。瑶林终自隔风尘〔4〕。试看披鹤氅〔5〕,仍是谪仙人〔6〕。　省可清言挥玉麈〔7〕,真须保器全真〔8〕。风流何似道家纯。不应同蜀客,惟爱卓文君〔9〕。

【注释】

〔1〕王友道:据词意,知为道人,其余未详。

〔2〕东阳:指沈约,因其曾为东阳太守。沈郎易瘦,参前《临江仙》(多病休文都瘦损)注。

〔3〕凝然:精神凝聚貌。点漆:眼乌黑光亮。

〔4〕瑶林:玉林,泛指仙境。风尘:尘世。

〔5〕鹤氅:道袍。

〔6〕谪仙人:李白曾被贺知章称为谪仙人。此誉王友道。

〔7〕“省可”句:意为不要学魏晋人挥麈清谈之风,这样会伤身。省可,休要,不要。清言,亦云清谈、玄谈。魏晋时有玄谈之风。玉麈(zhǔ),即拂尘,以麈尾作成。

〔8〕保器全真:保重身体,蓄养元气。

〔9〕“蜀客”二句:蜀客,谓司马相如追求卓文君的爱情故事名垂青史。苏轼为蜀人,借指自己尚迷恋人间,反衬王友道出世高风。

【点评】

建中靖国元年(1101),苏轼年六十六。度岭北归,正月过虔州,四月至庐山,约此时作此词赠王友道,赞赠主有道家风骨兼太白之风流。

未编年词

临江仙

冬夜夜寒冰合井[1]，画堂明月侵帏。青缸明灭照悲啼[2]。青缸挑欲尽[3]，粉泪裛还垂[4]。　未尽一尊先掩泪，歌声半带清悲。情声两尽莫相违。欲知肠断处，梁上暗尘飞[5]。

【注释】

〔1〕冰合井：喻极寒冷。井泉温，非极寒则不结冰。

〔2〕"青缸"句：意为青缸明灭，灯芯上端凝成灯花（灯芯上端凝成的花状物），灯光在明灭之间。缸，同"釭"。悲啼，指佐酒之妓因惜别而啼。

〔3〕挑欲尽：指将灯花挑了又挑，灯芯已将燃尽，指夜深。

〔4〕"粉泪"句：指泪水已沾湿了衣裳却仍在垂泪。裛（yì），沾湿。

〔5〕"梁上"句：形容唱到感情悲痛之时，歌声冲得梁上积尘飞动。

【点评】

此词写一歌妓深夜悲唱的情景。上片以寒冰合井、明月侵帏、青釭明灭，造成悲戚之气氛；下片以执樽掩泪、歌声清悲，状其悲戚之情。何以悲戚？本事未知，未敢妄断。若臆断之，盖为闺情伤悲耳。

西江月

闻道双衔凤带[1]，不妨单着鲛绡[2]。夜香知与阿谁烧[3]。怅望水沈烟袅。　　云鬓风前绿卷，玉颜醉里红潮。莫教空度可怜宵[4]。月与佳人共僚[5]。

【注释】

〔1〕双衔凤带：意为一女子在二恋人之间难以取舍。李商隐《饮席代官妓赠两从事》："新人桥上着春衫，旧主江边侧帽檐。愿得化为红绶带，许教双凤一时衔。"双凤，指两从事（州郡长官自己征召任用的下属官吏）。意为二从事恋一妓，妓难以取舍，恨不能化为双绶带，教二人同衔。

〔2〕"不妨"句：意谓与其难分彼此，不如在二人之间选一而专情。鲛绡，与绶带相对，指赠给恋人的礼物。

〔3〕"夜香"二句：意为夜来烧香究竟是为谁呢？只能惆怅而望香烟袅袅而已。水沈，水沉香。

〔4〕可怜宵：句出《太平广记》载南朝梁沈玄机《凤将雏衔娇曲》："徘徊花上月，空度可怜宵。"

〔5〕共僚：一样漂亮。僚，通"嫽："。句出《诗经·陈风·月出》："月出皎兮，佼人僚兮。"

【点评】

词写一女子在所恋二男子之间难于取舍的矛盾心情，却以旁观者所见写出，将女子的心态活脱纸上。然用僻典，遂成典障。

定风波

感旧

莫怪鸳鸯绣带长[1]。腰轻不胜舞衣裳[2]。薄幸只贪游冶去[3]。何处。垂杨系马恣轻狂。　　花谢絮飞春又尽。堪恨。断弦尘管伴啼妆[4]。不信归来但自看。怕见。为郎憔悴却羞郎[5]。

【注释】

〔1〕鸳鸯绣带长:意谓因情思瘦损,故显其带长。鸳鸯带,女子的腰带。

〔2〕“腰轻”句:意为弱不胜衣。

〔3〕薄幸:薄情、负心。

〔4〕“断弦”句:意为无心弹奏,只有断弦之琴、尘封的笛管与啼妆相伴而已。妇人以薄粉饰目下,似有泪痕,称啼妆,此处代指泪痕。

〔5〕“为郎”句:用崔莺莺《寄张生诗》(一作《绝微之》)“不为傍人羞不起,为郎憔悴却羞郎”原句。

【点评】

此词写一女子独处深闺,思念一纵情游冶之男子的苦闷心情。题曰“感旧”,本事未知。

南乡子

双荔枝

天与化工知。赐得衣裳总是绯[1]。每向华堂深处见,怜伊。两个心肠一片儿。　　自小便相随。绮席歌筵不暂离。苦恨人人分拆破,东西。怎得成双似旧时。

【注释】

〔1〕衣裳:此指荔枝壳。绯:红色。

【点评】

词咏双荔枝，惜其同心同片却被拆破，以物喻人，一击两鸣。或有寓意。本事未知，难于断言。

南乡子

集句

寒玉细凝肤吴融[1]。清歌一曲倒金壶郑谷[2]。冶叶倡条遍相识李商隐[3]，争如。豆蔻花梢二月初杜牧[4]。　年少即须臾白居易[5]。芳时偷得醉工夫白居易[6]。罗帐细垂银烛背韩偓[7]，欢娱。豁得平生俊气无杜牧[8]。

【注释】

〔1〕“寒玉”句：吴融《即席十韵》：“暖金轻铸骨，寒玉细凝肤。”

〔2〕“清歌”句：郑谷《席上贻歌者》：“花月楼台近九衢，清歌一曲倒金壶。”

〔3〕“冶叶”句：李商隐《燕台诗四首》之一：“蜜房羽客类芳心，冶叶倡条遍相识。”

〔4〕“豆蔻”句：杜牧《赠别》：“娉娉袅袅十三余，豆蔻梢头二月初。”

〔5〕“年少”句：白居易《东南行一百韵寄通州元九侍御澧州李十一舍人果州崔二十二使君开州韦大员外庚三十二补阙杜十四拾遗李二十助教员外窦七校书》：“岁华何倏忽，年少不须臾。”

〔6〕“芳时”句：非白居易诗。五代郑遨《招友人游春》：“难把长绳系日乌，芳时偷取醉工夫。”《全唐诗》又误作杜光庭诗。

〔7〕“罗帐”句：韩偓《闻雨》：“罗帐四垂红烛背，玉钗敲着枕函声。”

〔8〕“豁得”句：杜牧《寄杜子二首》之一：“狂风烈焰虽千尺，豁得平生俊气无。”

【点评】

此为集句词，苏轼才高八斗，集他人句如自己出。然此类词乃文人游戏笔墨，即使上者亦不过百衲衣而已。下二首同，不评。

南乡子

集句

怅望送春杯杜牧[1]。渐老逢春能几回杜甫[2]。花满楚城愁远别许浑[3]，伤怀。何况清丝急管催刘禹锡[4]。　吟断望乡台李商隐[5]。万里归心独上来许浑[6]。景物登临闲始见杜牧[7]，徘徊徊。一寸相思一寸灰李商隐[8]。

【注释】

〔1〕“怅望”句：杜牧《惜春》：“怅望送春杯，殷勤扫花帚。”案：胡可先以为《惜春》诗非杜牧作，而是一首混入杜牧集的伪作，原作者当为许浑，参见胡可先《杜牧研究丛稿·杜牧诗真伪考》，人民文学出版社1993年版。

〔2〕“渐老”句：杜甫《漫兴九首》之四：“二月已破三月来，渐老逢春能几回。”

〔3〕“花满”句：许浑《竹林寺与德玄别》：“花满楚城伤远别，蝉鸣萧寺喜同游。”

〔4〕“何况”句：刘禹锡《洛中逢韩七中丞之吴兴口号五首》之三：“今朝无意诉离杯，何况清弦急管催。”

〔5〕“吟断”句:李商隐《晋昌晚归马上赠》:“征南予更远,吟断望乡台。”

〔6〕“万里”句:许浑《冬至登越王台怀归》:“月沉高岫宿云开,万里归心独上来。”

〔7〕“景物”句:杜牧《八月十二日得替后移居霅溪馆因题长句四韵》:“景物登临闲始见,愿为闲客此闲行。”

〔8〕“一寸”句:李商隐《无题四首》之三:“春心莫共花争发,一寸相思一寸灰。”

南乡子

集句

何处倚阑干杜牧〔1〕。弦管高楼月正圆杜牧〔2〕。蝴蝶梦中家万里崔涂〔3〕,依然。老去愁来强自宽杜甫〔4〕。　明镜借红颜李商隐〔5〕。须着人间比梦间韩愈〔6〕。蜡烛半笼金翡翠李商隐〔7〕,更阑。绣被焚香独自眠许浑〔8〕。

【注释】

〔1〕“何处”句:杜牧《初春有感寄歙(shè)州邢员外》:“闻君亦多感,何处倚阑干。”

〔2〕“弦管”句:杜牧《怀钟陵旧游》四首其一:“歌谣千里春长暖,丝管高台月正圆。”

〔3〕“蝴蝶”句:崔涂《春夕旅怀》:“蝴蝶梦中家万里,杜鹃枝上月三更。”。

〔4〕“老去”句:杜甫《九日蓝田崔氏庄》:“老去悲秋强自宽,兴来今

日尽君欢。”

〔5〕“明镜”句:李商隐《戏赠张书记》:“危弦伤远道,明镜惜红颜。”

〔6〕“须着”句:韩愈《遣兴》:“莫忧世事兼身事,须着人间比梦间。”

〔7〕“蜡烛”句:李商隐《无题》:“蜡照半笼金翡翠,麝香数度绣芙蓉。”

〔8〕“绣被”句:李商隐《碧城三首》之二:“鄂君怅望舟中夜,绣被焚香独自眠。”此词下注误属许浑。

菩萨蛮

歌妓

绣帘高卷倾城出[1]。灯前潋滟横波溢[2]。皓齿发清歌。春愁入翠蛾[3]。　　凄音休怨乱[4]。我已先肠断。遗响下清虚[5]。累累一串珠。

【注释】

〔1〕倾城:谓美人。

〔2〕“灯前”句:意为美人眼波如水波流动。潋滟,水波漫溢。

〔3〕翠蛾:翠眉。

〔4〕怨乱:悲哀杂乱。

〔5〕“遗响”句:余音自天而降。清虚,天空。

【点评】

此词上片写歌妓歌声的清苦,下片写听者的感受,逼真。

菩萨蛮

咏足

涂香莫惜莲承步[1]。长愁罗袜凌波去[2]。只见舞回风[3]。都无行处踪。　　偷穿宫样稳[4]。并立双趺困[5]。纤妙说应难。须从掌上看[6]。

【注释】

〔1〕“涂香”句:东昏侯“凿金为莲华以帖地,令潘妃行其上,曰:‘此步步生莲华也。’涂壁皆以麝香,锦幔珠帘,穷极绮丽”。见《南史·齐本纪》。

〔2〕罗袜凌波:曹植《洛神赋》:“凌波微步,罗袜生尘。”

〔3〕舞回风:曹植《洛神赋》:“飘摇兮,若流风之回雪。”

〔4〕宫样:宫廷样式的鞋。

〔5〕双趺(fū):双足之趾。

〔6〕掌上看:传说赵飞燕能做掌上舞。

【点评】

此词俗气,为苏词中之糟粕,不可取。

菩萨蛮

玉镮坠耳黄金饰。轻衫罩体香罗碧。缓步困春醪。春融脸上桃。　　花钿从委地[1]，谁与郎为意。长爱月华清。此时憎月明[2]。

【注释】

〔1〕花钿:用金片做成的花朵形的装饰品。

〔2〕“长爱”二句:宋无名氏《踏莎行》(碧藓回廊):“照人无奈月华明,潜身却恨花阴浅。”

【点评】

此词上片写美人体态的美艳与酒后的娇困,下片写对意中人的思念,末句“憎月明”写出特殊环境之特殊情态,精警。

浣溪沙

山色横侵蘸晕霞[1]。湘川风静吐寒花[2]。远林屋散尚啼鸦[3]。　　梦到故园多少路,酒醒南望隔天涯。月明千里照平沙。

【注释】

〔1〕蘸晕霞:为绯红色晚霞所染。蘸,沾湿。

〔2〕湘川:指湖南一带。然苏轼终生未至湘川地区,疑“湘川”二字有误,苦无依据,存疑待考。

〔3〕远林屋散:村舍散落在远林之中。故虽偏僻,尚闻鸦啼,以鸦晚必归舍旁树故。

【点评】

上景下情,“酒醒”句见其思乡之切,“月明”句于景中见情,怅惘无限。

浣 溪 沙

新秋

风卷珠帘自上钩[1]。萧萧乱叶报新秋。独携纤手上高楼。　　缺月向人舒窈窕[2]，三星当户照绸缪[3]。香生雾縠见纤柔[4]。

【注释】

〔1〕钩：指帘钩。

〔2〕窈窕（yǎo tiǎo）：娴静美好貌。

〔3〕“三星”句：三星，二十八宿之一，即心星，亦称参星。绸缪，缠绵。《诗经·唐风·绸缪》：“绸缪束楚，三星在户。”毛传：“三星在天，可以嫁娶矣。”

〔4〕雾縠（hú）：縠薄如雾。縠，皱绢之类。

【点评】

词借秋景并用“三星当户”典，抒发一女子独处深闺而思恋待嫁的寂寥心情。

浣溪沙

方响[1]

花满银塘水漫流[2]。犀槌玉板奏《凉州》[3]。顺风环佩过秦楼[4]。　远汉碧云轻漠漠[5]，今宵人在鹊桥头[6]。一声敲彻绛河秋[7]。

【注释】

〔1〕方响：古磬类打击乐器，置于水中演奏，见唐段安节《乐府杂录·方响》。

〔2〕银塘：指置方响的银盆，因方响演奏时要置于水中调音，故云。

〔3〕犀槌：犀角所制以击方响。玉板：玉质的拍板。《凉州》：曲名。

〔4〕“顺风”句：方响声如顺风环佩飘过秦楼。秦楼，秦穆公为其女弄玉所建之楼，亦称凤楼。见汉刘向《列仙传》。

〔5〕远汉：远远的天河。

〔6〕鹊桥：织女七夕当渡河，使鹊为桥。

〔7〕绛河：传说中南海的河名，见晋王嘉《拾遗记》。

【点评】

底本无此阕，据毛本补。词写方响的悦耳动听，既谓其声“过秦楼”，复谓达“远汉碧云”，再谓“敲彻绛河秋”，极尽想象夸张之能事。

浣 溪 沙

春情

风压轻云贴水飞。乍晴池馆燕争泥[1]。沈郎多病不胜衣[2]。　　沙上不闻鸿雁信，竹间时听鹧鸪啼[3]。此情唯有落花知。

【注释】

〔1〕“乍晴”句：初春燕子北归，始衔泥以筑巢，故云。

〔2〕“沈郎”句：详见239页《临江仙》（多病休文都瘦损）注〔2〕。

〔3〕鹧鸪啼：古人谐其啼声为“行不得也么哥”，表现思故乡之情。

【点评】

此词写春日的离情别绪，首二句写春日美景，反衬抒情主体多病而又相思之苦。清黄苏《蓼园词评》云：“按此作在其被谪时乎？首尾取喻。‘燕争泥’，喻别人得意。‘沈郎’，自比。‘未闻鸿雁’，无佳信也。‘鹧鸪啼’，声凄切也。通首婉恻。”可参。然作年莫考，难以遽断。

江 神 子

腻红匀脸衬檀唇[1]。晚妆新。暗伤春。手捻花枝，谁会两眉颦。连理带头双□□，留待与、个中人[2]。
淡烟笼月绣帘阴[3]。画堂深，夜沉沉。谁道□□，□系得人心。一自绿窗偷见后，便憔悴，到如今。

【注释】

〔1〕腻红：细腻红润。檀唇：香唇。

〔2〕个中人：犹言此中人。

〔3〕淡烟：淡雾。

【点评】

底本无此阕，据《二妙集》、《全宋词》补。词写一女子相思之苦，上片写晚妆执花，完全是一幅“待月西厢下”的意境；下片以“淡烟笼月”形容画堂的寂寞，“一自”两句写久等的无奈。

蝶恋花

记得画屏初会遇〔1〕。好梦惊回，望断高唐路〔2〕。燕子双飞来又去〔3〕。纱窗几度春光暮。　那日绣帘相见处。低眼佯行，笑整香云缕〔4〕。敛尽春山羞不语〔5〕。人前深意难轻诉。

【注释】

〔1〕画屏：有画饰的屏风，分两种，一为室内屏风，一为床上屏风，可映人，亦作狎昵之用。与下两句合观，此为床上的屏风。温庭筠《南歌子》：“呵花满翠鬟，鸳枕映屏山。”柳永《洞仙歌》：“金丝帐暖银屏亚。并粲枕、轻偎轻倚，绿娇红姹。”可证。

〔2〕高唐：楚王在高唐梦见巫山神女。此暗喻男女情事。

〔3〕“燕子”句：以燕子双飞反衬相思之孤单。

〔4〕“低眼”二句：意为低眼假装着在整理发鬟。香云，喻美人头发。

〔5〕敛尽春山:紧锥眉头。春山,喻美人眉。晋葛洪《西京杂记》:“文君姣好,眉色如望远山。”

【点评】

底本无此阕,据《二妙集》、《全宋词》补。词写一女子对所恋男子的思念,却先从梦境写起,奇特。“画屏初会”,却“梦断高唐”,憾恨何如!“燕子双飞来又去”,即“最狠应是枝头鸟,故向愁人作对飞”的造境手法。“低眼佯行,笑整香云”,羞涩的情态毕现。

蝶恋花

雨霰疏疏经泼火[1]。巷陌秋千,犹未清明过。杏子梢头香蕾破。淡红褪白胭脂涴[2]。 苦被多情相折挫。病绪厌厌[3],浑似年时个[4]。绕遍回廊还独坐。月笼云暗重门锁。

【注释】

〔1〕泼火:旧时寒食节禁火,其时所下之雨曰“泼火雨”。见明徐应秋《玉芝堂谈荟》。

〔2〕“淡红”句:杏花初开时花粉为白色,花粉褪色后呈淡红色,像胭脂染出的一样,故云。涴(wò),染。

〔3〕厌厌:困倦貌。

〔4〕“浑似”句:全如去年一个样。浑,全。年时,去年。个,助词,无实义,用以估量某种光景。

【点评】

底本无此阕,据《二妙集》、《全宋词》补。上景下情,由景生情,情复含景,写一女子寒食前后思念所欢的心情。杏子蕾破,淡红褪白,八字即写尽春景,复隐喻少女之美丽动人。多情折挫。病绪厌厌,亦只八字即写尽少女相思之苦。回廊独坐,月笼云暗,此情何堪!

蝶恋花

蝶懒莺慵春过半。花落狂风,小院残红满。午醉未醒红日晚。黄昏帘幕无人卷。　　云鬓鬅松眉黛浅〔1〕。总是愁媒〔2〕,欲诉谁消遣。未信此情难系绊。杨花犹有东风管。

【注释】

〔1〕鬅(péng)松:发乱貌。

〔2〕愁媒:致愁的媒介。

【点评】

底本无此阕,据《二妙集》、《全宋词》补。词以"蝶懒莺慵"起兴,活画出一幅思妇慵妆图。花落风狂,小院残红,黄昏帘幕,正是"小院黄昏人忆别"的境界。"杨花犹有东风管",于无奈中见出愁深似海,意谓东风还管物情,而我的愁思又有谁来管呢!

减字木兰花

花

玉房金蕊〔1〕。宜在玉人纤手里。淡月朦胧。更有微微弄袖风。　　温香熟美〔2〕。醉慢云鬟垂两耳。多谢春工〔3〕。不是花红是玉红〔4〕。

【注释】

〔1〕玉房金蕊:指牡丹。白居易《牡丹芳》:“牡丹芳,牡丹芳,黄金蕊绽红玉房。”玉房,指花房,花冠。

〔2〕温香熟美:意为醉后沉睡。温香,柔和清淡的香气。熟美,熟睡。此处喻牡丹如温香熟睡之美人。

〔3〕春工:谓司春之神。

〔4〕玉红:指美人玉红的肤色。

【点评】

写牡丹却脱去富贵态,以娴雅出之,如月下之睡美人,温婉。

减字木兰花

莺初解语〔1〕。最是一年春好处。微雨如酥。草色遥看近却无〔2〕。　　休辞醉倒。花不看开人易老〔3〕。莫待春回。颠倒红英间绿苔〔4〕。

【注释】

〔1〕莺初解语:黄莺初唱,意为春天刚刚到来。

〔2〕“最是”三句:化用韩愈《早春呈水部张十八员外二首》其一诗意:“天街小雨润如酥,草色遥看近却无。最是一年春好处,绝胜烟柳满皇都。”

〔3〕花不看开:白居易《玩半开花赠皇甫郎中》:“勿讶春来晚,无嫌花发迟。人怜全盛日,我爱半开时。”

〔4〕颠倒红英:指落花。

【点评】

赏春情怀正浓,惜春心绪又赊。花看半开,酒饮微醉,皆为至境。

点绛唇

红杏飘香,柳含烟翠拖轻缕[1]。水边朱户。尽卷黄昏雨。　　烛影摇风,一枕伤春绪。归不去。凤楼何处[2]。芳草迷归路。

【注释】

〔1〕轻缕:指细柔的柳枝。

〔2〕凤楼:秦穆公女弄玉所居之楼。此泛指女子所居之楼。

【点评】

词写女子因思念而伤春,以至担心久游不归的游子忘记"凤楼何处"而"迷归路",痴情可鉴。

虞美人

持杯遥劝天边月[1]。愿月圆无缺。持杯复更劝花枝。且愿花枝长在、莫离披[2]。　　持杯月下花前醉。休问荣枯事。此欢能有几人知。对酒逢花不饮、待何时。

【注释】

〔1〕"持杯"句:李白《月下独酌》四首之一:"举杯邀明月,对影成三人。"

〔2〕离披:枝叶脱落。

【点评】

前二"持杯",痴迷语!后一"持杯",醒悟语!由痴迷而醒悟,始知及时行乐耳。

虞美人

冰肌自是生来瘦。那更分飞后〔1〕。日长帘幕望黄昏。及至黄昏时候、转销魂。　　君还知道相思苦。怎忍抛奴去。不辞迢递过关山〔2〕。只恐别郎容易、见郎难。

【注释】

〔1〕分飞:喻夫妻别离。典出古乐府《东飞伯劳》:"东飞伯劳西飞燕。"

〔2〕迢递:遥远。

【点评】

此亦思妇词,上片写永昼望黄昏,黄昏至时转销魂,相思之情态可掬。下片由思念转为怨游子,则更进一层。

诉衷情

海棠

海棠珠缀一重重[1]。清晓近帘栊。胭脂谁与匀淡[2]，偏向脸边浓。　看叶嫩，惜花红。意无穷。如花似叶，岁岁年年，共占春风[3]。

【注释】

〔1〕珠缀：如珍珠般连缀不断。

〔2〕胭脂：喻海棠颜色。

〔3〕"岁岁"二句：刘希夷《代悲白头翁》："年年岁岁花相似，岁岁年年人不同。"

【点评】

上片写海棠之美，下片抒赏花之情，尾二句翻刘希夷语义，新颖。

翻香令

金炉犹暖麝煤残[1]。惜香更把宝钗翻[2]。重闻处，余熏在，这一番、气味胜从前。　背人偷盖小蓬山[3]。更将沉水暗同然[4]。且图得，氤氲久，为情深、嫌怕断头烟[5]。

【注释】

〔1〕麝煤：熏炉中燃烧的香料。宋陈允平《山房》："此际衣偏湿，熏笼着麝煤。"

〔2〕更把宝钗翻：因惜香，故持宝钗翻弄，使之燃尽。把，持，拿。

〔3〕蓬山：镂作蓬山之状的香炉。

〔4〕沉水：即沉香，香之名品。然：同"燃"。

〔5〕断头烟：即断头香，香未焚完即熄，古以为不祥。

【点评】

写思妇情深，上片谓"惜香更把宝钗翻"，即将其深夜不眠、闻香思人的情态活托纸上。下片复以"偷盖""更拈"两个动作，状其怕人发现之微妙心情，所谓"他避我遮遮掩掩，抵多少等等潜潜"。结在"嫌怕断头烟"，既写出女子心态，复有使全词回甘之妙。

桃源忆故人

暮春

华胥梦断人何处〔1〕。听得莺啼红树〔2〕。几点蔷薇香雨。寂寞闲庭户。　　暖风不解留花住。片片着人无数。楼上望春归去。芳草迷归路〔3〕。

【注释】

〔1〕华胥梦：黄帝梦至华胥国，见《列子·黄帝》。后以喻指梦境。

〔2〕红树：指暮春时节，树上飘满了落花。

〔3〕芳草迷归路：唐僧惟审《别友人》："芳草迷归路，春衣滴泪痕。"

【点评】

梦醒春残，莺啼红树，闲庭昼永，怨风落花，望春归去，惜春之情满纸。

占春芳

红杏了，夭桃尽，独自占春芳[1]。不比人间兰麝，自然透骨生香[2]。　　对酒莫相忘。似佳人、兼合明光[3]。只忧长笛吹花落，除是宁王[4]。

【注释】

〔1〕"独自"句：谓梨花。《钦定词谱》卷六："苏轼咏梨花制此调，取词中第三句为名。"宋张嵲(niè)《约人泛舟》："四山不复见桃李，开到梨花春有几？"

〔2〕"不比"二句：意为人间美人总是靠投抹兰麝而生香，梨花却自身透骨生香。

〔3〕"似佳人"句：汉武帝求仙，起明光宫，发燕赵美女二千人充之。佚名《三辅黄图》。此谓花若美人合住明光宫。

〔4〕"只忧"二句：笛中曲有《梅花落》。宁王，李宪被封为宁王，见《旧唐书·睿宗诸子传》。杨贵妃曾偷吹宁王紫玉笛，诗人张祜诗云："梨花静院无人见，闲把宁王玉笛吹。"见宋乐史《杨太真外传》。

【点评】

底本无此阕，据《二妙集》、毛本与《全宋词》补。词以佳人喻花，妙；以宁王指笛中曲《梅花落》，生僻，反成典障。

鹧鸪天

佳人

罗带双垂画不成[1]。殢人娇态最轻盈[2]。酥胸斜抱天边月[3],玉手轻弹水面冰[4]。　　无限事,许多情。四弦丝竹苦丁宁。饶君拨尽相思调[5],待听梧桐叶落声。

【注释】

〔1〕画不成:王安石《明妃曲》:"意态由来画不成,当时枉杀毛延寿。"

〔2〕殢人:状美人亲昵迷人的娇态。

〔3〕天边月:谓琵琶。

〔4〕水面冰:以水面冰声喻琵琶声。

〔5〕饶君:任君。

【点评】

写美人弹琵琶,上片为佳人写生,下片写相思之苦。

西江月

佳人

碧雾轻笼两凤[1],寒烟淡拂双鸦[2]。为谁流睇不归家[3],错认门前过马。　　有意偷回笑眼,无言强整衣纱。刘郎一见武陵花[4]。从此春心荡也。

【注释】

〔1〕“碧雾”句:意为美人发上笼着双凤。碧雾,喻美人发。凤,如凤形的首饰。

〔2〕双鸦:指少女双髻。

〔3〕流睇(dì):以目传情。睇,斜视。

〔4〕“刘郎”句:用刘晨入天台山遇仙女典。

【点评】

词写情窦初开的少女,着以“错认”“有意”“无言”,情态毕现。

醉落魄

述怀

醉醒醒醉。凭君会取这滋味。浓斟琥珀香浮蚁[1]。一到愁肠,别有阳春意[2]。　　须将幕席为天地[3]。歌前起舞花前睡。从他落魄陶陶里。犹胜醒醒，惹得闲憔悴。

【注释】

〔1〕“浓斟”句：琥珀，指琥珀作的酒杯。蚁，即绿蚁，酒名。

〔2〕“别有”句：白居易《咏家酝十韵》：“捧疑明水从空化，饮似阳和满腹春。”

〔3〕幕席为天地：以天为幕，以地为席。

【点评】

纵观全词，乃“以酒浇愁愁更愁”的意境。何以如此？题曰“述怀”，本事未知，难于遽断。

沁园春

情若连环〔1〕，恨如流水，甚时是休。也不须惊怪，沈郎易瘦〔2〕。也不须惊怪，潘鬓先愁〔3〕。总是难禁，许多魔难，奈好事教人不自由。空追想，念前欢杳杳〔4〕，后会悠悠。　　凝眸。悔上层楼。谩惹起，新愁压旧愁。向彩笺写遍，相思字了，重重封卷，密寄书邮。料到伊行〔5〕，时时开看，一看一回和泪收。须知道，□这般病染〔6〕，两处心头。

【注释】

〔1〕连环：连接成串的玉环。此喻相思不断。

〔2〕沈郎易瘦：详见前239页《临江仙》（多病休文都瘦损）注〔2〕。

〔3〕潘鬓先愁：潘岳《秋声赋序》："余春秋三十有二，始见二毛。"愁，疑为"秋"字之误。

〔4〕杳杳：渺茫。

〔5〕伊行：她的身边。

〔6〕孔凡礼按："□"原缺，据律补。

【点评】

诸本均无此阕，据孔凡礼《全宋词补辑》补。自柳永以赋为词，始给戏曲、说部入词，创造了便利条件，这就是词的叙事化与情节化。苏轼学柳，此乃不争之事实，故其词中叙事化、情节化的倾向亦十分明显，此即其一。词首谓"情若连环，恨如流水"，即为所叙事之主题，接用两个"不须惊怪"之典，叙其被"魔难"折磨得不自由。下片复叙其如何"新愁压旧愁"，并叙其将"彩笺写遍，相思字了，重重封卷，密寄书邮"，又想象收笺人"一看一回和泪收"，在叙事化、情节化中给人以感染。

后　　记

普及读物中，苏轼词多为选本，这里奉献给读者诸君的这一注评本却是苏词全集。它的好处是可让读者一窥苏词全貌，但给注者却提出了一个难题，这就是宋人爱用典，苏词也不例外。毫无疑问，典故是读者的"拦路虎"，而苏词中有时竟一句出现两三个"拦路虎"。况且典故也有长短，有的典故原文长至数百甚至逾千字。而作为普及读物，却要求深入浅出，言简意赅，就是要长文短作。但也不是越短越好，短的尺度就是短到不能再短，让注语和词语的意思密丝合缝，读者一看就一目了然。为此我做了如下尝试。

首先是对典故统摄原意，另铸新辞，并注明出处，供读者去翻检验证。如《临江仙》（九十日春都过了）"阆苑先生须自责"句仅七字就连用三典，南宋人傅幹仅注曰："阆苑先生，东方朔也。汉武帝曰：'先生起自责。'"读者读了还是一头雾水。我初注时虽将三典缩水，但还嫌长，于是三改后注曰："西王母居处有阆风之苑，见《集仙传》，而西王母又称东方朔为'我邻家小儿'，见东汉班固《汉武内传》，故知'阆苑先生'指东方朔。汉武帝赐从官肉，大官未来，东方朔独拔剑割肉而去，武帝发现后说：'先生起自责也。'见《汉书·东方朔传》。"但是否做到与词语的意思密丝合缝，短到不能再短了，只好让读者来评说了。

其次是悉心翻检，力争不漏注典故，否则还会给读者留下一些"拦路虎"。钱锺书先生在撰《宋诗选注》时，曾发出了唯恐漏掉一个“埋伏的典故”的感叹。我在撰此书时,就深有此体会。如《醉落魄》(轻云微月)“公子佳人,不记归时节”二句,完全是大白话,有什么好注的?南宋人傅幹《注坡词》也漏掉了。但这首词是思念夫人的,难道苏轼能称自己与夫人为“公子佳人”么?这才发现仍然是用典,于是注道:“《楚辞·九歌·湘夫人》云:‘沅有芷兮澧有兰。思公子兮未敢言……闻佳人兮召予,将腾驾兮偕逝。’宋罗愿《尔雅翼》卷二《杜若》条,又解释此数句为湘君与湘夫人各备礼物以‘交相欢(聚)之义’,复与下片‘觉来幽梦无人说’句合观,此句是写梦境,借典故喻指苏轼自己与夫人互相思念之切与相聚之欢。”像这样“埋伏的典故”还挖出了一些。至于对苏词中化用前人诗文的处理,节引或全引原著后,读者一看能说“原来如此”就够了,笔者宁肯不着一字。

除了典故以外,还有一个注得到位不到位的问题。词语如注得不到位,读者还可以自己去查辞书。麻烦的是牵涉到唐宋习俗若注得不到位,就会给读者留下疑点。如《南乡子》(绣鞅玉环游)一词中有“花遍六幺球”句,前四字似难实易,而最难解的反倒是最后这个“球”字,它就是唐宋盛行的“踏鞠”,也就是当今的足球。歌姬佐酒歌舞与足球有什么关系呢?但如果不注,读者就会产生疑问。于是注云:“赞其能歌善舞,以至边歌边舞又边玩足球,即益奇者。”仍苦于没有佐证。经编审葛云波君见告,苏轼《再用前韵》诗中有“连娟六幺趁踏鞠”句,佐证有了。但歌场能兼球场吗?这才想到了刘攽《中山诗话》与司马光《温公续诗话》中说柳三复与丁谓能将“球起复于背膂幞头间”,如“龙蛇绕四肢”的记载,不就是当今一个人能玩的花式足球么?

至于《注评》中的“评”,我没有采用当今盛行的写鉴赏文章的办法,不是这类文章不好,而是与体裁不符。于是“点评”式的古为今用就成了最佳选择，即寻找全词的结穴与词眼所在，点到为止，力争能启发读者的艺术想象。还是为了短到不能再短，在采用大白话的同时，也兼采文白相间，也就是通常所说的“词典语言”，以不给读者造成阅读障碍为度。总体来说，苏词自然美轮美奂，但也不是篇篇珠玑，对此则实话实说，这一点在前言中已有论述，在点评中亦复如此。

说到这本书的成因，还得感谢葛云波君的建议，在写作过程中又小叩大鸣，益我匪浅，成稿后，又亲自担任责编，足见他对此书的重视与期望之深。但能否使葛君如愿以偿，让读者诸君首肯称是，尚在未知之数，而我却是狮子搏兔，用尽全力了。读者诸君若不吝赐教，则感荷莫名！本书的撰写得到西北大学校长郭立宏君与科研处、文学院领导的支持并赞助出版，于此并致谢忱！

薛瑞生

2018 年 5 月于西北大学蜗居轩